太阳照在马塔塘上

戴红伟 著

陕西新华出版传媒集团

太白文艺出版社·西安

图书在版编目（CIP）数据

太阳照在马塔塘上 / 戴红伟著. -- 西安 ： 太白文
艺出版社，2023.1
ISBN 978-7-5513-2228-7

Ⅰ．①太… Ⅱ．①戴… Ⅲ．①散文集－中国－当代
Ⅳ．①I267

中国版本图书馆CIP数据核字（2022）第200719号

太阳照在马塔塘上
TAIYANG ZHAOZAI MATATANG SHANG

作　　者	戴红伟
责任编辑	靳　嫦
整体设计	悟阅文化
出版发行	陕西新华出版传媒集团
	太 白 文 艺 出 版 社
经　　销	新华书店
印　　刷	成都市兴雅致印务有限责任公司
开　　本	880mm×1230mm　1/32
字　　数	220千字
印　　张	9.25
版　　次	2023年1月第1版
印　　次	2023年1月第1次印刷
书　　号	ISBN 978-7-5513-2228-7
定　　价	78.00元

带着泪花的深情回眸

——为戴红伟散文集《太阳照在马塔塘上》作序

王 立

因为厄运，更懂珍惜；因为苦难，更知感恩。

打开戴红伟的这部散文集《太阳照在马塔塘上》，我建议你先读他的散文《终身相随的疾病》。出生于嘉善乡村的戴红伟两三岁时不幸罹病，一场寒热之后，他的右腿便无法正常行走了。父母亲想方设法带他去上海治疗，去杨庙针灸，去嘉兴手术……在戴红伟的记忆中，感受最深的是那时家境贫困，教书的父亲被开除公职后回老家劳动改造，母亲在农村务农，经济来源极其匮乏，但是为了给他治病，母亲不仅节衣缩食，而且把首饰等值钱的物品全部变卖一空，甚至为了不因耽误生产队出工而带来的工分损失（一天的工分收入四五角钱），母亲会挑选在下雨天，用一块包布把三十来斤重的儿子绑在自己背上，前往七八公里远的杨庙看大夫。

凡是经历过那个时代的人都知道乡村道路的状况，不是崎岖不平的土路，就是窄而长的田埂。雨中的泥路一脚踩下去，高筒套鞋大部分会陷入泥浆中，使劲一拔脚，脚出来了，套鞋却浆住了，只好把脚再伸进套鞋里，既要用力又要使巧，才能将套鞋一起带出来。田埂上的泥浆尽管层浅，但极其光滑，又因狭长，两边无所依凭，人一不小心就会滑倒在田埂边的水沟或田里。因为儿子患了病，所以母亲变得很自卑，为了躲避行人的说三道四，她专挑偏僻的路段行走，甚至不惜绕道，宁可多走一段路程，也不愿意让自己与儿子听闲话、受委屈。因此，两人大清早从家里出发，母亲背着儿子一路上走走歇歇，到达目的地杨庙北大街时，往往已正午。这艰难而又漫长的行程，在下午回家时又将重复一遍。

是怎样一种信念激发了一个柔弱的母亲如此坚强的毅力？我想只有伟大的母爱，即使天塌地陷了，母亲也会毫不犹豫地伸出双臂守护自己的儿女。

为母则刚，又无微不至。在往返途中，有一段狭窄的田埂好长好长，似乎走不到尽头，母亲每次踏上这段田埂前，都不忘紧一紧绑住儿子的包布，并回头关照道："阿因，别动。"因为走在泥泞的田埂上随时会发生滑倒在水沟中的危险，所以母亲显得格外小心。

"阿因，别动。"母亲的这句叮嘱，戴红伟记忆犹新。我相信他忘不了的还有母亲每一步沉重的脚印，每一声急促的喘息，每一颗滴落的汗珠。

后来，戴红伟这样说："残疾是我此生比别人多得的一份经历。人生路上多一点曲折，多一份磨难，这辈子不就比别人过得更加丰富、更有意思了吗？"

这样的人生经历，是戴红伟自强不息的底色与动力。日本著名实业家稻盛和夫说过："在波澜万丈的人生中，无论遭遇怎样的苦难与逆境，都不要怨恨、不要哀叹、不要沉沦，而要积极开朗，要坦然接受人生的考验。只要以纯粹之心拼命努力就好。无论面对怎样的命运，只要抱有感谢之心，积极向上，人生之路一定光明。"戴红伟正是这样，以坚强乐观的精神面对苦难，逆境奋发，励志向上。

一路行来，鲜花盛开。生活中的戴红伟不仅爱好体育，而且爱好写作。他的散文《红烧肉》发表在《中国作家》2020年下半年"仁美文学专刊"，《豆腐浜的变迁》入编"红船精神"全国网络文学大咖征文集《红雨》。他今天捧出的这部厚厚的散文集，是他历年以来撰写作品的汇编，从中可以窥见一个残疾人生活与心路的历程。

戴红伟笔下的父亲母亲、童年往事、家乡记忆……这一切无不充满了脉脉温情，朴实而坦诚，这是人生岁月投射在他心中的绚丽彩虹，是带着泪花的深情回眸，是感恩生活的真诚记录。文学艺术可以滋养心灵，丰富精神，充实生活，相信戴红伟是有切身感受的。

就散文创作而言，选择熟悉的题材作为切入点，毫无疑问是正确的路径，从这个意义上来看，戴红伟已迈入了门槛，并通过这部散文集的写作实践，积累了一定的经验。我更希望的是，戴红伟以此为出发的起点，更加精益求精，聚焦于既能打动自己又能打动他人的题材与细节，如母亲带他求医问诊这个题材，完全可以单独成文，写出一篇感天动地的散文，同时进一步加强经典阅读与写作训练，在谋篇布局、行文遣词上充分增强文本的文学性、感染力。

以文学点亮生活，以文学温暖人生，愿以此与戴红伟共勉！

2022年2月

王立，中国散文学会会员，浙江省作家协会会员。

目 录
CONTENTS

童年往事

人在旅途

后记

童年往事

阿东公公

我的童年是在浙北农村度过的。几十年过去了，如今的我在梦里依稀可见缕缕炊烟从农家屋顶的烟囱里升腾而起，清澈的河水在古朴的石板桥下不知疲倦地流淌。一位过世多年的老人至今让我难忘，他便是离了婚、独自一人借住在我家、靠卖熟食为生的阿东公公。

那个时候，阿东公公还不到六十岁，皮肤黝黑，头发稀疏，原本瘦高的个子时常因为咳嗽而成了一张弯曲的弓。阿东公公是我们生产队的农居户，平日里不用下地劳动，生产队允许他做点小生意来换取口粮。他卖的是熟食，这是村子里的独门生意。

在那个买米用粮票、买肉用肉票的年代，为了能够买到猪肚子、猪肠子、猪肺头等不需要票证的猪下水，阿东公公必须在天明之前赶到镇上的肉店门口排队。我家所在的那个地方在官溇村的最北端，走到镇上的肉店有二三公里远。那时的乡间小道可没有现在这般好走，路面坑坑洼洼不说，路途中还要过一个渡口，来回摆渡得花很长的时间。为了做生意，阿东公公每日后半夜三四点钟光景就得从床上爬起，吱呀地打开房门，走到院子里看看天上的星星，听听村里的鸡叫，估摸着时辰差不多了，就在胳膊肘上挎一只篮子，手里打着一个光线昏黄的手电筒慢吞吞地上路了。碰上刮风下雨，乡道泥泞，睡眼惺忪的他免不了摔倒几次，回来时身上沾满了泥巴。有一次，他大概是太疲倦了，竟倒在稻田里呼呼大睡，直到天亮时才被人发现叫醒，因而耽误了那天的生意。

阿东公公靠看星星、听鸡叫来判断时间，难免会有误差，为了避免去晚了买不到东西做不成生意，他便很早就出发，常常一个人坐在肉店门口的台阶上打瞌睡。我父亲和母亲于心不忍，决定给家里买个闹钟，晚上借给阿东公公用，白天再让他还给我们。第一次把闹钟送去的时候，阿东公公推却得脸红耳赤，死活不肯要，后来还是我家的诚意说服了他，他才不再推却。不过此后晚上去给他送闹钟时，阿东公公时常会回赠一颗事先准备好的糖果，表示感谢。

社员们跟着小队长的哨子下田劳动后，阿东公公才一步一颠地从镇上采购回来。气喘吁吁的他，先将重重的篮子放下，抽根烟，稍事休息，然后来到我家屋后的河桥头（河埠）不紧不慢地清洗起来。这个时候的河滩边常常吸引了不少附近的小孩前来观看，而清澈的河水里也总是会游来一群群鳘鲦，抢着吞食那些洗涤下来的油腻。

个把钟头后清洗工作结束，猪下水下了锅，阿东公公顿时来了精神，换汤，去沫，撒盐，倒酱油，加料酒，放香料，添柴火……动作娴熟，一环紧扣一环。他一会儿急火烧，一会儿文火煮，一会儿掀开锅盖闻一闻，一会儿凑上耳朵听一听，再焖上个大半天，直烧得香气四溢，撩人口水，方才罢休。

太阳下山前，熟食起了锅，阿东公公把烧好的熟食分装在大大小小的碗盏里，之后便提着他那只一层叠一层的宝塔篮走村串户开始了叫卖。猪大肠一角五分钱一段，约一根筷子长短；肉嵌油卜一角钱两只，油卜塞得满满的；盐津豆三分钱一包，每包三十粒；素油卜一分钱一只，买多买少数量随便。除此之外，还有盘得像麻花一样的红烧小肠，同样红烧的大肚、小肚，鲜美无比的肚肺汤等，种类丰富，样样好吃。买好了熟食，好多客人往往还要多讨些汤卤，一调羹汤就能过掉大半碗饭。

傍晚时分，社员们收了工，在自家门前的场地上摆开八仙桌，坐在长凳上露天吃饭。男人杯中倒上了酒，女人在一旁陪着，孩子们在空地上跑来跑去，专等着阿东公公的到来。村民们从阿东公公那里购买爱吃的小菜，有付现钱的，也有不少赊账的，阿东公公并不计较，只是在沾着油腻的香烟壳子背面做上记号，二话不说又去做其他人家的生意。

晚上，阿东公公总要喝点酒，吃一些卖剩下的零碎或汤汁。我们几个小孩子经常去他的屋里缠着他讲故事，他就摇头晃脑地讲一些稀奇古怪的故事故意来吓唬我们，顺便也让我们帮他数他炒好的盐津豆。有一回，阿东公公讲到嘉兴市区瓶山公园中瓶山的来历，他说那里原本没有山，是太平天国的队伍驻扎在那个地方，官兵们喝酒扔下的空酒瓶多了，就堆成了山。我们弄不清楚他讲的这个故事是真是假，不过阿东公公的床底下倒是真有不少的空酒瓶，堆得像座小山。

后来我去了外地读书，由于交通不便，很少回家，也就很少再见到阿东公公。有一次家里来信说，阿东公公生肺病住进了医院，小队长派了人专门照顾他，希望他能早日康复，重新回来卖熟食。据说村里的那些大男人因为一时没有了那份下酒菜，干起活来都没了精神。可是医院最终还是没能留住阿东公公的生命。

阿东公公去世后，生产队集体给他发丧，每家出一个人去吃豆腐饭，那场面很是热闹。毫无疑问，各家派去的吃饭代表，大都是饭量大、能喝酒的当家男人，当然也有少数人家是派女人去的，算是例外。大家都说阿东公公是个好人，从来都没有见他跟谁红过脸，吵过架，如今他赊下的一些账已来不及讨回去了，今天一起送送他，给他鞠个躬，权当还上了一份人情吧。

那一天，阿东公公的儿子"大囡"领着一个年纪与我妹妹相仿的小孙女前来奔丧。父女俩是城里人，操着一口桐乡方言，"吾拉，吾拉"地跟乡亲们说了许多道谢的话。原来老人有着自己的后代，他们的日子看样子还过得去，只是不明白阿东公公为什么不和他们一起生活。

2001年6月24日

蚕豆的故事

　　蚕豆，又叫胡豆，为粮食、蔬菜、饲料和绿肥兼作的农作物。蚕豆可烧、可蒸、可煮、可炒、可充饥、可零食，在那艰苦的岁月里，更是乡下人家不可或缺的一份食粮。

　　麦苗青了，油菜黄了，春蚕豆成熟的时节也就不远了。清人汪士慎在《蚕豆花香图》中所绘的"蚕豆花开映女桑，方茎碧叶吐芬芳。田间野粉无人爱，不逐东风杂众香"正是入春以后，春蚕豆盎然生长时的乡野景象。

　　小时候，我经常去马塔塘"港北"割猪草，那里有着大片的农田，阡陌纵横，一望无垠。大地复苏、万物生长之时，饥肠辘辘的孩子们时刻关注着蚕豆的长势，当密密的豆株长过小孩半人高，当豆荚的肚子开始鼓胀起来，我们这些性急的"小鬼头"就要去烧"野豆饭"了。有人偷豆，有人放哨，有人挖坑架灶，有人去捡柴火……各尽所能地忙碌起来。很快从豆荚中剥出豆子，豆子装在蚌壳或者竹筒里，不放米也不加盐，点着乱柴一通猛烧，烧到香气四溢，等不及冷却，你几颗，我几颗，他几颗，坐地分起了"赃"。此时的青蚕豆鲜鲜的，嫩嫩的，香香的，糯糯的，吃时连皮带壳，一并吞入肚中。

　　春天里，大田里的麦子、油菜、蚕豆大片大片地竞相生长，我们这些小孩子个头本来就不高，人人又都是贼精，一头扎进庄稼地，就像游击队进了青纱帐、芦苇荡，让那几个负责看地的老人根本找不着。难得有几次我们被逮住跑不掉，只要偷吃得不多，也不往家里带，最多就是被骂上几句，严重一点报告家长，被教育一下也就没事了。

孩子们吃到鲜嫩的豆子，劲头十足地割起了草，而生产队开摘春蚕豆，还得再过上一阵子。大田里栽种的那些蚕豆，绝大部分要等到春花结束才会收割，到时作为口粮分给各家各户。那时豆荚失了水分，蚕豆变得硬邦邦，那样的豆子只能烧烧发芽豆、剪刀豆、和尚豆，或者剥壳蒸豆瓣，烧豆瓣汤。好在家家户户多少有点自留地，房前屋后、角角落落见缝插针地都种上了蚕豆。自家的作物自己做主，摘来绿绿的豆荚，剥出鲜嫩的豆子，或咸菜炒蚕豆，或烧咸肉豆饭，或直接煮豆吃，实在是鲜美无比，而且吃起来不需要吐壳。至于生产队里分到的那些蚕豆，大多会将豆子晒干，存放在瓶罐、桶钵之中，留待日后慢慢食用。

蚕豆是我父亲的最爱，也是他一生爱吃的杂粮。"文革"期间，父亲在老家劳动改造，那时的他抽上了烟，喝上了酒，以此缓解精神的压抑和身体的疲劳。可是老酒不能空着肚子喝，家里没有几个钱，买不起大鱼大肉，平常日子也舍不得杀鸡宰鹅，顶多就是炒几个鸡蛋吃吃。母亲的炒蚕豆就成了父亲的下酒菜。

父亲提着空酒壶到大队代销店去吊白酒的时候，母亲就唤来我的大姐，母女俩一起在灶头上给父亲炒蚕豆。大姐点火添柴，慢慢把铁锅烧热，母亲则不急不忙地从碗盏橱里搬出装豆的瓷瓶，盛出一碗蚕豆，哗啦倒入锅中。大姐在灶膛口烧着火，闻讯而至的我和妹妹在灶头边上看热闹。母亲从慢到快、由轻到重不断地翻炒，边烧边炒间豆随锅热，发出崩裂的声音，那声音此起彼伏，也越来越响，直到噼里啪啦响成一片，此时镬子里的蚕豆已悉数熟了。母亲瞅准时机，把备好的一碗盐开水泼下锅去，水汽升腾而起，香气扑鼻，大姐减了火势，母亲却不停手，手中的铲子继续翻动，直到豆子再次被炒干，浑身沾满了白花花的盐末，这才起锅装盘，端到我父亲的跟前。在我们老家，这种炒制的蚕豆叫作盐津豆。盐津豆闻起来香喷喷，咬起来嘎嘣嘣，吃起来咸滋滋，正好让父亲下酒。因"津"与"金"字发音相同，苦中作乐的父亲，时常把盐津豆叫作"盐金豆"。

包产到户不久父亲平了反，重新当上教师的他为了让家里早日盖起楼房，也为了供我这个儿子读大学，硬是要把抽了九年的烟戒掉。戒烟需要坚强的毅力，戒烟失败的人比比皆是。父亲把母亲炒的盐津豆叫作"戒烟豆"，常常用报纸包着，揣在衣服口袋中，烟瘾上来的时候就吃上几颗豆，这个方法居然让他成功地戒了烟。

官凑村里把盐津豆炒得最好吃的人，非借住在我家、以卖熟食为生的阿东公公莫属。阿东公公炒制的盐津豆三分钱一小包，既是女人、孩子们的零食，也是男人不可缺少的下酒菜。晚上，我们几个小孩聚集在阿东公公的屋子里，看他喝酒吃菜，听他讲故事。听故事是有任务的，那就是帮他数豆子，三十颗一堆，数好后阿东公公用纸包起来。在数豆的过程中，我们常常会趁机吃上一两颗豆。最后剩下的豆子，阿东公公也会犒赏给我们。

阿东公公在村子里做着卖熟食的独门生意，本来足保他吃喝无忧了，但他毕竟上了年纪，又是从早忙到晚，全年无休，再加上他既抽烟又喝酒，还闻多了油烟味，最终得下了肺病。阿东公公病重之际，我母亲去给他送饭，说是饭，其实那时他只能喝点薄粥汤了。阿东公公勉强吃了几口便不吃了，他向我母亲点了下头，算是感谢。母亲问他："还想吃点什么吗？"阿东公公想了想，勉强说了三个字："吃蚕豆。"

那时季节尚早，我家自留地上种的蚕豆刚刚落下了白中带紫的豆花，豆荚还是瘪塌塌的，吃不成。母亲想起了庄家塘桥西侧、官溇九队的那片蚕豆地，觉得那里的蚕豆应该长势不错，于是拿了把草吉（割草的小镰刀），提了只竹篮，佯装去割草。她趁没有人看见，一猫腰钻进了蚕豆地，迅速摘了几把豆荚，藏在篮子底下悄悄回了家。那是老实本分的母亲第一次偷公家的庄稼，心中不免有些紧张。回到家中，她立即动手给阿东公公烧了一碗蚕豆咸菜心。

阿东公公终于在那天吃下了很多的东西，精神也稍稍恢复了些。小队长觉得他这副样子可能还有救，派人把阿东公公送去了公社卫生院，可老人最终还是阳寿已尽，一去不返。那天吃豆的神情多半是一种回光返照。

我父亲在世的时候，每逢大年三十的晚上，吃过年夜饭之后总不让母亲去洗碗，而是要她抓紧炒一些蚕豆。蚕豆炒好后，父亲借着酒意，难得地大方一回，将一把把豆子抛撒到房间的角角落落和门窗外面，他边抛边喊"铜钿银子，踢脚绊手""贼丫乌珠，摸黑逃走"。这是父亲从祖辈那里学来的习俗，是在祈求全家平安，富裕幸福。

想不到，我家的蚕豆还能有那样的妙用。

2018年2月24日

吃不厌的咸菜心

妻子每次去乡下，都要从她姑妈家的菜地上拔一些青菜、大蒜、菠菜、韭菜之类的绿色蔬菜回来。姑妈种的菜，用的是土肥，农药施得少，吃起来感觉总比菜市场里卖的那些大棚菜好吃许多。这一次，妻子照例满载而归，不过出乎意料的是，她还给我带来了两瓶腌制好的咸菜心。时间虽是农历二月头，今年的咸菜心却已可以尝鲜了。

爱吃咸菜心是我儿时养成的习惯。我出生在乡下，小时候家中清贫，鲜有吃鱼吃肉的机会，我家餐桌上摆得最多的就要数盐齑菜、咸菜心这类的咸菜了。咸菜心一般采用春天里摘下的油菜，用传统的方法腌制而成，虽说颜色暗黄，闻之有味，但吃起来却是鲜美至极。

油菜在嘉善农村种植十分普遍。20世纪50年代，本地的土油菜以白菜型为主，到了60年代才引进了甘蓝型的油菜品种，因为产量高，被叫作胜利油菜，又因为油菜的花莛儿叫薹，油菜心也叫作薹心菜。

油菜在秋收后下种，等到长出两三片真叶后开始移栽，正好弥补农田在冬季里的空白。小小的油菜苗经历了霜打和冰冻，开春后迅速蹿高，生长出许多嫩薹来，然而这些性急的嫩薹是必须在开花之前摘掉的，为的是让油菜长出更多的分株，从而让菜地里开出更多金灿灿的油菜花，结下更多的油菜籽。每年春风开始吹拂的时候，生产队都会组织劳动力下地打菜心，打下来的菜心分发给每家每户。

油菜营养丰富，维生素C含量高，可直接炒着吃，也可腌制咸菜心。腌制油菜心以第一次打下的头薹最好，头薹梗粗却很嫩，从二薹、三薹开始菜梗逐渐变细发硬，失去了韧性，吃起来硬邦邦的，口感也就差了许多。腌菜前须将菜心晒干，待其失去水分而干瘪，此时摘除黄叶和老枝，就可以动手腌菜了。

母亲白天在生产队劳动，总是在黄昏时段腌制咸菜心，那时姐姐、妹妹和我三个小孩都在家中，一起围在菜缸边上，抢着给她帮忙、看热闹。我家人口多，自然分到的油菜心也较多，加上自留地上也种了一些，腌咸菜心的时候往往需要使用家里最大的那只"七石缸"。母亲在菜缸里铺菜、撒盐——盐的用量是有讲究的，放少了菜不香还易坏，放多了太咸又没法吃，一般十斤晒干的菜心需放六七两盐——一层层往上码放，菜心全部入缸后，母亲穿上蒲鞋，爬入缸中开始踏菜。为了增加重量，母亲会将我妹妹驮在背上，这让我羡慕不已。没办法，自从有了妹妹，我就失了宠。等到菜心踩踏结实之后，母亲又搬来几块腌菜石压在上面，用以加快腌菜成熟的速度。

"三天盐齑菜，七天腌芥菜，拔脚薹心菜"，意思是盐齑菜腌三天，芥菜腌七天后可以吃了，如果心急的话，头天傍晚腌下去的油菜心第二天就可炒来吃。不过此时亚硝酸盐含量较高，最好还是忍住嘴馋，耐心地等上二十来天，直到菜心由绿色变成暗黄的咸菜色，这才是吃菜的最佳时机。此时正好春笋、蚕豆上市，咸菜心炒笋丝或炒蚕豆堪称美味佳肴。

一般来说，咸菜心的腌制方法有湿腌和干腌两种，湿腌就是把菜心一直存放于菜缸当中,吃时搬开石头按需去取;干腌则是把腌熟的菜心从卤水中捞起来,分装到不同大小的玻璃瓶或菜氅中,再用塑料布扎紧口子,留待日后慢慢享用。

腌熟的咸菜心可保存很长的时间,一直吃到当年的秋天甚至冬天都没有问题。以前农舍中有咸菜的气味弥漫着,有些人家菜缸里的咸菜卤中甚至长满了蛆虫,但仍被主人当成宝贝似的留着,不舍得扔掉,所以咸菜心又叫臭菜心。这跟千里飘"香"的臭豆腐差不多,闻起来臭,吃起来香,一直是我们乡下人饭桌上常见的下饭菜,可谓百吃不厌。

咸菜心的做法有油炒的,也有蒸或炖的,在我们的家乡话中,"蒸"和"炖"差不多是同一个意思。做菜时先将菜心放在清水中浸泡一会儿,洗掉些咸味,然后把菜心剁成细小的菜末,再多倒上些菜油,"油多不坏菜"这句话用在此处最合适不过。各人口味不同,姜末、辣椒和白糖等作料可酌情投放。准备妥当,将咸菜心放在饭镬上蒸煮,等到揭锅开饭时,香喷喷的咸菜心已经蒸好了。

或许有人对吃咸菜不屑一顾,可我的童年就是吃着这样的咸菜心长大的。初中时我是住校生,一周五天半的时间吃住在学校里,父母每周给我五角钱,那可是包括了生活费和购买学习用品的全部费用。可在学校食堂上吃一日三餐,早饭一分,中饭三分,晚饭三分,即使顿顿吃素也需七分钱。最便宜的荤菜是大头菜炒肉片,八分钱一份,平时只有城镇学生吃得起,农村学生只有在考出好成绩的时候,才舍得买上一回,偷偷地奖励一下自己。

星期天下午返回学校,我的书包里必定放着一瓶蒸熟的咸菜心。咸菜含盐量较高,常温下存放不容易坏,可以吃很长的时间,这样我只需在食堂蒸饭而不用经常买菜了,也就能省下钱来购买必需的生活用品和学习用品。有时到了周末,摸摸口袋竟还有少量的余钱，心中不免有些激动。出了校门，底气十足地跟着离校的人群到大街上转转，见到汆萝卜丝饼或卖鸡蛋糕的摊头，就买几个回去分给家人品尝。

如今生活条件好了，哪怕想吃点山珍海味也不算什么难事了，可我仍对家乡的咸菜心一直念念不忘。不过多吃咸菜终究对身体不好，现在的我主动找咸菜心吃的次数少之又少，但是如果哪天让我在餐桌上见到了，肯定还是拒绝不了那暗黄色的诱惑，免不了要吃上几口的。

那种熟悉的咸菜味浸泡了我的肠胃几十年，每每吃到它，常常让我想起贫困的童年，从而更加热爱改革开放以后过上的幸福生活。

2009年10月26日

钓葛多

在我们老家，以前常常可以见到一种小型的蛙类，人们称之为"葛多"（音）。这种小蛙，学名泽蛙，隶属于蛙科蛙属，雄蛙咽下有外声囊，鸣声响亮。

葛多出没于农田、垄沟、池塘或菜地之中，外形酷似青蛙，趾间有蹼，腹部浅白，背部呈深灰色、棕褐色或橄榄色，有时也为赭红色，不同的皮肤颜色与其所处的环境有关，是它们的保护色。

闲来无事，我就把青蛙、蟾蜍、葛多三者放在一起做了比较。青蛙形态优美，动作敏捷，似有公主王孙般的高贵。蟾蜍以丑闻名，身体长满疙瘩，"癞蛤蟆想吃天鹅肉"说的就是这个种群。前些年，浙江、上海交界处的西塘、枫泾、朱家角一带，一度风靡吃"熏拉丝"（"拉丝"是蟾蜍的俗称）。蟾蜍能够成为趋之若鹜的美食，不免让人唏嘘。葛多比上不足，比下有余，它们以昆虫为食，保护庄稼与粮食，但作为自然界生物链中的一环，也存在着被禽类、鼠类和蛇类吃掉的危险。

从前，我家的鸭棚里经常养着一群"旱鸭"。鸭子们平时踱着方步，一副悠然自得的样子，有时把头伸到翅膀底下权当休息，有时弯着脖子梳理自己身上的羽毛。一旦有人靠近，它们便嘎嘎嘎地集体发声，似在大发牢骚，表达对主人把它们关起来圈养的不满。鸭子是喜水的，倘若把它们放出去，任其在河港里游来游去，不但会有将蛋下在外面的风险，也完全有可能游进东边的三角荡迷失方向，最终成为别人家的美餐。所以村子里养鸭的人家大多把鸭子圈养起来，很少放出去。为了安抚鸭子们的情绪，主人总要想办法弄点荤食来给它们吃吃，螺蛳、蝌蚪、葛多就是鸭子爱吃的食物。

这些食物中，螺蛳是人吃的，喂给鸭子吃的只是剪下来的螺蛳屁股而已。小蝌蚪在浅河滩、池塘等相对平静的区域活动，捞起来轻而易举，不过总是数量太少，不能让鸭子们吃得过瘾。而青蛙作为动物界的弹跳高手，反应极为灵敏，一旦发现危险，瞬间划出一道优美的弧线，扑通一声跳到池塘的中心，沉入水底后许久不再露脸；或者跳到远处傲慢地朝你看看，让你无可奈何。相比之下，葛多可就老实多了，它们很容易上当，一支竹竿，一根线，轻轻松松就可以把它们收入囊中。

传说姜太公钓鱼不用鱼钩，我小时候钓葛多也是这样。钓葛多的诱饵是葛多的腿，将其绑在线上，用竹竿吊着在草丛里晃来晃去，傻傻的葛多以为有虫子前来挑衅，纵身一跃，张口便咬。葛多是死脑筋，咬住后任人吊起，死不松口，直到放入给它准备好的竹篓之中。一旦有了"新人"加入，竹篓里的葛多总要上蹿下跳一阵子，徒劳无果后才安静下来，不过很快又有新的葛多前来报到，又一阵狂跳是免不了的。这样跳一阵，歇一阵，小小的竹篓里充满了葛多身上分泌出来的白色泡沫，像是在洗泡泡浴。

"葛多葛多，快快上钩"，这是小伙伴们钓葛多时常念的一句口头禅。葛多数量极多，钓起来也方便，偶尔还会遇到两只葛多同时扑食的意外场面，葛多们从不同的方向同时向诱饵发动袭击，系在绳子上的葛多腿被咬得稀巴烂。也有葛多上下叠在一起被钓的——钓住了下面的一只，上面那只抱着同伴死不松手，自愿跟着一起"被捕"。有时我低头垂钓，不知不觉闯入坟墩窠中也浑然不知，等到发现白骨时不禁汗毛直立，一蹦三尺高。在乡下，也是经常遇到蛇的，如果冷不丁遇上了，倒也用不着害怕，脚上穿着高筒套鞋，手里握着竹竿，只需站在原地保持戒备就可以了。大多情况下都是蛇怕人，对峙不久后它便扭着身子先行离开了。

鸡和鹅向来吃素，不会跟鸭子抢食葛多。喂食葛多时，鸭子们一哄而上，将已经用开水烫晕的葛多团团围住，一只只囫囵吞下，常常可以看到清醒过来的葛多在鸭头颈、鸭肚皮处垂死挣扎，那种情形让人觉得有些残忍。但是没办法啊，鸭子吃了荤食，肉头长得快，下蛋也特别多，总得想办法让它们吃得好一点吧。

我刚开始钓葛多的时候，只有七八岁，出门前母亲一遍遍交代我要注意安全，不要跌进垄沟或草泥潭里。一次我在马塔塘港北钓葛多，突然乌云压顶，电闪雷鸣，狂风大作，一场暴雨即将来临。要命的是，我所处的位置找不到任何可以躲雨的地方，大树底下有雷击的风险，更是不能躲的。此时想逃回家显然已来不及了，我只好硬着头皮，一路朝西向着红机埠方向狂奔而去。红机埠是用红砖砌起来的小房子，里面装有水泵，是专门用来给农渠里灌水的。好不容易到了那个地方，却发现大门锁着进不去，只得缩着身子贴在门洞里，尽量少淋到一些雨。

与此同时，母亲在家里怕我出意外，不顾大雨跑到庄家塘桥上焦急地寻找我这个儿子。那一刻天昏地暗，大雨倾盆，一道道闪电，一个个响雷，母亲心急如焚，却又无可奈何。幸亏夏天的阵头雨来得急，去得也快，过了一会儿雨势渐小，天空逐渐亮堂起来，长长的机耕道上出现了行人。等到那人走近，母亲迫不及待地上去打招呼，询问对方有没有看到如此这般的一个小男孩。行人说："看见了，有一个男孩在红机埠那边躲雨。"后面还加了一句，"放心吧，人好着呢。"母亲心里的一块石头落了地。

那天，我家的晚饭添了荤菜，一盆香喷喷的炒鸭蛋摆放在饭桌上离我最近的地方。

太太（曾祖母）过世的那天，我与堂弟一起在港北钓葛多，钓着钓着，东场的阿五宝婶妈和西场的小二宝婶妈突然跑来喊我们，说我们的太太过世了，让我们赶紧回家，说完，她们又去施家湾给我太太的妹妹薛家太太家报丧。闻听此言，我一阵难过，脚下一滑，差点掉进水田里。太太向来疼我，我小时候，她老人家时常把我驮在背上宠爱得不得了，有一点好吃的总要留给我这个残疾的长曾孙，这事常让堂弟嫉妒不已。我和堂弟即刻跑回了家，把钓来的葛多往地上随便一扔，径直去了太太的房间。此时任我再怎么叫唤，九十二岁的太太双眼紧闭，嘴巴微张，再也没有像往日那样理会我。

前些年，由于工业发展造成水体污染，加上除草剂、杀虫剂等农药广泛使用，以及水稻的栽培方式发生了改变，造成田里的葛多数量急剧减少，几乎绝迹。如今回到乡下，偶尔去田边走走，空气是清新了，天空也很蓝，却很少再能见到葛多的影子，不免觉得有些遗憾。

回来吧，葛多，你是自然界的一员，也是这片土地上的原住民。我家不再养鸭，我也决不会再诱你上钩了。

2016年10月9日

读书路上已经消失的大轮船

一

星期天的下午，总是回城公交最为忙碌的时间，周末回了家的乡下学生都要赶在晚饭前返回学校。莘莘学子肩上背着书包，手里拎着水果或牛奶，不约而同地拥向镇上的公交站。而城乡线上行驶的公交车辆都是中巴，学生们蜂拥而上，本不宽敞的车厢内瞬间变得拥挤不堪。

车子驶出小镇，沿途过河上桥，穿越田野和村庄，一路上是城里学生看不到的田园风光。此时，坐着的人可以美美地欣赏路边的风景，而站在过道上的学生娃就不会有同样好的心情，他们尚在发育中的身躯随着车体时不时地颠簸，费力地扭曲、摇晃着。前方的路上，还有不少的学生正伸长着脖子等着公交车的到来。车内人声嘈杂，窗外风景如画，在这样的时候，我的眼前常常会出现自己做学生时，坐轮船去县城读书的那一幕幕情景。

二

我的高中是在县城读的，那是十年寒窗中最为关键的几年。那时候大部分乡镇不通公路，去城里只能靠轮船来回，而坐轮船最大的体会就是慢吞吞，一趟航班从乡下开到县城需要两个多小时，再心急火燎也没有别的办法。

嘉善二中，是县里最好的一所高中，也许是穷人家的孩子懂事早，明白读书的重要性，在这所重点学校里读书的学生，很多来自偏远的农村。每个星期，学校上五天半课，每隔一个月左右的时间，乡下的学生都必须回家一趟，除了换掉过季的衣服，还要向父母讨要下个月的生活费。返校时，每人背上二三十斤大米，连同加工费一起交到学校的食堂里，以此换取一个月所需的饭票。

从我家走到镇上有三里多地，中间要坐渡船过红旗塘。我的脚有残疾，大多时候父母会帮我把大米背到镇上的轮船码头，但是在县城的码头上岸后，走到学校还要横穿整个县城。那会儿乡下没有自行车，连条像样的水泥路都没有，我的上学路可比现在的学生娃遭罪得多。改革开放前，考大学几乎是改变农村学生命运的唯一出路，不知道有多少苣儿寒窗学子，像我那样行走在泥泞而艰辛的求学路上。然而相比于弃学务农或打工的同龄人，我们这些坚持下来的读书人又是何等幸运。

三

镇上的轮船码头在人民桥的东边，过了小猪行不远就是。说是轮船码头，其实只是一座水泥和石板混砌的河埠，岸上还有一个不足四十平方米的候船大厅，室内灯光昏黄，空气潮湿而混浊。大厅一分为二，小间为售票处，墙头上贴着价目表和时刻表，余下的空间里，靠墙摆放着几张木条凳，坐不了多少乘客，去得晚的人只好拎着行李在门外候船。去县城的船票三角钱一张，好多年没有涨过价，乘客们却不能随到随买，航运公司的工作人员躲在售票房里喝喝茶、嗑嗑瓜子，非要等到开班前的半小时才肯打开售票口的小窗。

按照航运公司的规定，买票本来是要排队的，但那时的文明程度普遍不高，排着的队伍不久就变了形。心急的乘客为了早点上船占座位，纷纷使出浑身力气挤向售票口，而售票口的大小却只够买票人的手伸进去递钱和取票。每到这个时候，码头上的工作人员都会出来喊上那么几声，但是根本起不了多大的作用，过不了多久混乱的场面就再度重现。天长日久，售票窗口周围的墙面被磨得油光发亮。

镇上跑县城的客轮是可乘上百人的大型轮船，分为上下两层。下层为主舱，中间有过道，两边有十来排背靠背的木椅子，每条木椅上能坐三人。坐轮船最大的好处是空间比公交车大得多，只要不嫌脏，舱内的过道、上下的扶梯级上都可以坐上不少乘客。椅子的靠背上明明是用油漆编过座位号的，但是船票上却只有卖出时手写的流水号，两者之间没有对应关系，乘客们按号排队检票，上船后先到先坐，这就是造成买票混乱的主要原因。不过相对来说县城轮船码头的管理还算规范，排队的秩序还算好。

人多的时候，船员们打开客轮上层的顶舱，以容纳更多的乘客。顶舱只有半人高低，没有凳子，乘客们猫腰钻进去席地而坐，坐在两边的话有栏杆可以靠靠，坐在中间就"无依无靠"了，时间一长免不了屁股酸痛，腿脚发麻。彼此熟悉的乘客倒也有办法，他们默契地转过身去背靠背地坐着，这样身体就有了依靠。在顶舱，我喜欢爬到驾驶室背后的地方去寻找"落座"的空间，在那里透过驾驶室的后窗，可以像船长一样监视驾驶员左右来回操控方向盘。

四

江南水乡河网交错，河道里轮船、挂桨船和一条条手摇船来来往往，非常热闹。每当有船只过往交会或者进出港口时，船员就会拉响船上的汽笛，发出"呜——呜——"的声响，这是水上行船的通用语言，声音有短有长，声势浩荡，一下能传出几里远。

坐轮船最不受待见的地方是客轮的尾部，这些轮船以柴油机为动力，单调而枯燥的发动机声以及发动机散发出来的阵阵柴油味道，总是让乘客们心烦意乱，昏昏欲睡。所以大多时候，我宁愿坐到顶舱也不去船尾。顶舱不装窗户，栏杆上挂满了救生圈，每边还有一块从头连到尾的大帆布，放下来可以遮挡风雨和寒冷。

顶舱乘客向来不多，坐高而望远，视野开阔，空气新鲜，在那里可以看看书，看看两边掠过的水乡风光，以此消磨时光。春天麦苗青青，油菜花开；夏天草木茂盛，稻田泛黄；深秋之后层林尽染；一到冬天四顾茫茫。若凭栏后眺，滚滚白浪卷打着船帮，一波一波地远去，人的思绪也会随之发散，浮想联翩，不知不觉忘记了航程的单调和漫长。遇到风大的时候，风平浪静惯了的河道里会涌起些大浪来，整艘大船便随之摇晃。这时候，船员们的神情高度紧张，他们穿上了救生衣，在船头与船尾间来回地走动，加强瞭望。

轮船是20世纪中后期穿梭于水乡间的主要交通工具，我就是坐着这样的客轮离开家乡到县城读书的，然后考上大学，开始了城市里的工作和生活。如今这些曾经在内河航道中行驶的大轮船，随着年代的久远都已消失不见了，只在我的回忆中有时还来来往往。

2009年12月6日

儿时少有零花钱

20世纪60年代，我出生在浙北水乡的一个农户家庭，三岁时得了儿麻，一条病腿将本不宽裕的家庭拖入了困境。不久，父亲回乡接受劳动改造，从此家中失去了重要的经济来源，生活更加窘迫。虽说春节走亲戚时都有给小孩子压岁钱的习惯，但那些钱对我来说不过是过过手，事后都乖乖交给了母亲，不然母亲哪有钱给亲戚家的孩子发压岁钱呢？

母亲总共生下五个孩子，只有大姐、我和妹妹三个长大成人。大姐比我大三岁，比小妹大八岁，自然懂事较早，乖巧的她几次趁我与妹妹不在场的时候私下里跟父亲讨要零花钱，据说父亲或多或少给了她一些。因她做此事十分隐蔽，我和妹妹都被蒙在了鼓里。

没有零花钱，自然不能买糖吃，不能买玩具玩，也不能买小人书看。年头上走村串巷看新娘子、讨糖吃，那是小时候吃糖的大好时机，不容错过，每次讨要两颗糖总不会落空。我儿时唯一值钱的玩具是一盆塑料花，这盆花原是我父亲写字台上的一件摆设，后来成了我心爱的玩具。我没有什么小人书，想看时就去好朋友长向明家借来看。向明与我同岁，个子高出我一头，因此我叫他"长向明"。他父亲是在上海工作的"外出工人"，经常给他零花钱。

养猪是我家那时主要的副业，不过受条件所限，每次只能养一头猪，一年也就卖掉两三头猪。有一阵子家里养了几只兔子，兔毛剪下来可以卖钱。眼巴巴等到卖了猪，卖了兔毛，就能从母亲的手里得到一点零花钱，因此我放学后背着羊箢去田横头割草，割起来劲头十足。除此之外，我还在河道里耙水菜（河蚌），耙到的水菜也能卖钱。有了零花钱，总得找个存放的地方，我的那些零花钱一直藏在猫洞口一块松动的青砖下，天下应该没有第二个人知道，我也舍不得轻易取出来花。

农忙时，小伙伴们一起在田间劳动，所得的工分都记在母亲的名下，只是工分不值钱，也不能立即变现，能值多少钱要到年底才见分晓。我家年年都是透支户，年终分红时父亲给生产队写借条，借来五块或十块钱，勉勉强强过个年。那种年头，家里能给的零花钱最多也就一两角钱，只够我到街上去买一张火药纸或一串小百响（鞭炮）。要想有更多的零花钱，就得自己想办法。

夏天的夜晚，繁星在头顶高挂，蛰伏在泥土之中的蝉蛹破土而出，不约而同地爬上树脱壳成蝉。蝉衣是一味清咽润喉的良药，每年秋天的时候，镇上药材店的门口都会贴出收购的告示，这就给了我挣零花钱的机会。然而洗净、晒干的蝉壳分量轻得很，几十只甚至上百只集在一起，才勉强能让秤杆翘起来，所以要挣这份钱可不太容易。为了多卖点钱，有人偷偷在蝉壳里塞进小石子，卖的时候药店的工作人员倒也没有发现，成功的人因此沾沾自喜。但我断然不会去贪那种小便宜，仍然按自己的办法，干干净净卖蝉壳。

找蝉壳得起早，天蒙蒙亮时起床，一头钻进树丛之中，打着手电筒往树上东照照、西照照，伸长脖子寻找蝉壳，找到后用竹竿捅下来，拾在手里，如获至宝。在树林里钻来钻去，免不了沾上刺毛花，或者被蚊虫叮咬，冷不丁遇到乌梢蛇、赤链蛇也是常有的事，每次都吓得我汗毛直竖，拔腿就逃。

另一个赚零花钱的办法是到河滩边去吸废铁。那时正好有从旧喇叭上拆下来的环形磁铁，将其系上尼龙绳后扔到河当中，再慢慢拉上来，能有不少的收获。吸到的废铁积少成多后就能卖到镇上的收购站去换钱。马塔塘北岸几处的河滩边，有时能吸到又粗又长的棺材钉，运气好时还能捡到几枚铜钱。一枚品相好的铜钱在大队代销店里可以换到一分钱一颗的粒头糖，这种糖吃到嘴巴里甜蜜蜜的。那时的我只图吃得开心，不知道那些铜钱若能留到现在，无不都是值钱的古钱币，当年换了糖吃实际是亏大了。

多年以后，家乡的河道里一度到处都是收废品的船只，形成了民间水上交易市场。那时有人摇着小船到河当中吸废铁，常常收获颇丰。如此说起来，在河港里吸废铁，我是他们的祖师爷。

小时候，父母给我最大的一笔零花钱有四角钱，那是小学三年级的时候，我被学校选中去县城烈士陵园扫墓。那一次，学校四五年级的学生人人都能参加，而低年级只有每个班级抽的几名表现好的学生。母亲知道我名列其中，她的脸上绽满了笑容。

临行之时，母亲大方地给了我四角钱，关照我到了县城要跟着队伍走，千万不能走丢了，另外还要记得给妹妹带些吃的东西回来。那天上午，全校上百名师生乘坐一条农用挂机船去了县城。同学们在烈士陵园列队，献花，默哀，鞠躬，场面庄严而肃穆。老战士讲起了解放县城战役中解放军英勇牺牲的故事，女生们带头落下了眼泪，哭声随即响成了一片。

扫墓完毕沿原路返回，途经的那条大街上没有卖糖果和糕点的商店。我是第一次进县城，人生地不熟，一直担心掉队找不到停船的地方，故不敢独自到其他的地方去给妹妹买东西。那天负责开机船的人是我家的邻居"大爱生"，爱生伯伯受我母亲之托，帮我在水箱里热好了白米饭和咸菜心，我就在船上吃了中饭。这趟县城之行，最终一分钱都没有花出去。

回到村里时间尚早，有人提议去烧基港那边的窑墩上玩一阵，呼啦一下，立即有五六个男孩前呼后拥一同前往。我们在窑膛里钻出钻进，在窑梯级上爬上爬下，玩得不亦乐乎。玩到兴头上，我无意间摸了下裤袋，猛然发现放在里面的钱竟然没有了，再翻遍身上其他的口袋，也是空空荡荡，顿时急出了一身冷汗，赶紧央求小伙伴们帮忙一起寻找，可找来找去都没有找到。儿时最大的一笔零花钱，就这样被我弄丢了。

钱没了，无法给妹妹买东西，也没法向母亲交代。回家时路过一片油菜地，正有成群的蜜蜂飞来飞去，伸手一抓，还真让我捉住了一只，细看是只沾满花粉飞不动的黄蜜蜂，于是将它装进捡来的玻璃小瓶中带回了家。妹妹毕竟小，还不太懂事，看着那只黄蜜蜂，居然玩得非常开心。

长大后，"黄蜜蜂的故事"成了妹妹经常调侃我的话题，如若让她知道我去外地出差或旅游，必定会说："阿哥，记得捉一只黄蜜蜂回来！"

2018年10月20日

过年做客忙

　　小时盼望过年，过年最开心的事就是穿上新衣裳，跟着父母去亲戚家里做客人、讨拜年钿（压岁钱）。年头上十来天时间里，人们穿戴整齐，全家出动，吃完这家吃那家，吃完上顿吃下顿，凡是有来往的亲戚都要挨家挨户吃一遍。那时的过年，如果只用一个字来总结，那就是"吃"。

　　在我们老家，年头上做客人的风俗由来已久（我们把去亲戚家做客、吃饭称为"做客人"），20世纪七八十年代应该算是一个顶峰。尽管那时仍然贫困，但到了春节，日子一向紧巴巴的乡下人突然变得"大方"起来，家家户户请客，家家户户也都有做客人的任务，以至于吃饭的时间需要预约，遇到有些因"档期"不合、年初十之前一直请不来的客人，不得已只好请那家的客人分开，同时到两个地方吃，或者请人家来吃早饭。当然这顿早饭可不是平常的早饭，那也得像中饭、晚饭一样正儿八经地招待，该有的礼数一样不能少。

　　各地的风俗各不相同，有些地方可能年初二才开始做客人，而我家大年初一那天就有客人上门了。那一天，二姑妈、三姑妈、小姑，三个姑妈照例带着全家回娘家来做客人，三户人家、十几个客人轮流在我家和我叔叔家吃中饭和晚饭。母亲的娘家客人有杨庙娄斗浜的我外公外婆家、东顺东枣浜的我姨妈家，加上她在村里认的邱家寄妈（干妈）的三个儿子——我的三个娘舅家。另外母亲自己也有一个干女儿（我全华阿姐）。这些亲戚年头上都是要来往的，唯有母亲的亲弟弟、我的大舅在杭州大学教书，路远迢迢年头上不做客人。除此之外还有些老亲，除了婚丧嫁娶办大事到场外，几年走一回亲戚也属正常。如远在施家湾的薛家太太，是我太太（曾祖母）的妹妹，她生下两个儿子，儿子的下辈又派生出好几家。油车港曹家扇的一门亲戚，那是我祖母招赘的头个上门女婿的亲戚。曹家人向来看得起我父亲，特别是在他落难的那段时间。

母亲嫁到官溇村的时候人生地不熟，在集体劳动的过程中，一位邱姓老人对她特别照顾，两人也十分投缘，别人就起哄让母亲认寄妈。母亲欣然同意，按当时的规矩烧了一斤白米饭（那时缺粮），买了两包香烟送给干爹抽，上门认下了这门过房亲。不过那是20世纪60年代初的事情，虽说当初认了亲，也只是嘴巴上叫叫，逢年过节并不来往。后来我父亲在"文革"中回到老家劳动改造，也就是从那年起，我寄奶奶在年头上让三个娘舅来请我家去吃饭做客人。

按我们那里的习俗，做客人不能空着手，多多少少要带上一些"包扎"作为随礼。所谓包扎，大多是从镇上南货店里买来的糕点，有牛皮纸包的，也有纸盒装的，饼干、绿豆糕、云片糕、枇杷梗之类深受欢迎。如果想省点钱，也可以自己划点松糕、裹些粽子当礼物送。礼物不必备得太多，春节里总有亲戚会送来的，轮到自己做客人时再转送出去就行了。那些包扎在亲戚之间送来送去，就像人民币一样，大家都是过过手，除非包装破了，否则谁都不会拆开来吃。有时收到的包扎上细看会发现有拆过的痕迹，那肯定是有不懂事的孩子偷偷打开吃过了，也就只能当作不知道，继续拿出去送人。等到过完了年，多出来的东西才可以吃，不过那时有些糕点难免已经坏掉，甚至还有可能发霉。

做客人有一种常见的"麻松糕"，人称"客气糕"，吃的时候这个说"你吃"，那个说"你吃"，互相推来推去，看起来客客气气，实则那种糕太硬了，谁都不想吃。最后大多被老人泡在碗里当面糊吃掉，经历过饥荒的人懂得食物的珍贵。

年头上做客人，进门要请客人喝一碗糖汤茶。茶碗里泡的一般是饭糍或冬米，又香又甜，得趁热赶紧吃掉。到了饭点，客人挨个落座，大人的座位是肯定有的，而小孩子很可能需要"抬饭碗"，不过没关系，端着饭碗跑来跑去一样不会少吃，碗里吃光，再去添就是了。招待客人至少要有八个菜，所谓"蹄子八样头"，是在那时的经济条件下最高的待客规格。做客人有一些规矩要遵守，那就是完整的蹄髈、囫囵的鸡鸭、满碗的大肉、整条的鱼，除非主人夹给你吃，否则自己是不能先动筷子的。有些菜叫作"样头"，保不准是摆在桌上做做样子的，后面还要派用场、招待下一拨客人呢。只有遇到"待蹄子"，也就是宴请第一次上门做客人的新娘子时，等新娘子吃过了第一筷以后，其他的人就不必客气了。

所谓"萝卜青菜各有所爱"，我爱吃金针菜，妹妹经常嘲笑我，叫我"金针菜阿四"，我则以"皮蛋阿五"予以还击。谁让她在阿三娘舅（我寄奶奶的三儿子）家吃饭那次，一盆切开的皮蛋共有八片，她一人就吃掉了七片半呢？剩下的那一点点，留给谁吃好？

春节气温低，饭菜冷得快，有条件的人家待客人会用暖锅。暖锅通体由铜皮制成，中间烧炭，外围一圈圆形的锅体中放置鸡鸭鱼肉和香菇、冬笋、开洋、肉皮、蛋饺、菠菜之类吊鲜的食物，再加入原汁鸡汤，烧到热气腾腾，吃起来鲜美无比。此时桌子是方的，暖锅是圆的，客人围坐四周，正合了"天方地圆"之意。

　　吃饭过程中，主人热情地把菜夹到客人饭碗里，还要用力往下一戳，让你非吃不可，可有些人挑食，也有些人吃素，平时鸡肉鸭肉碰都不碰，这时吃与不吃左右为难。为了不冷场，主人经常点点筷子，对客人说："小菜呒啥啥（菜不多），大家多吃点。"客人吃完了饭，筷子往碗上一搁，礼节性地说："大家体太（慢用），我吃饱了。"

　　吃完了饭，送上热毛巾洗脸，洗完后脸上还要涂上雪花膏，顿觉神清气爽，舒适无比。一会儿工夫，桌子收拾干净，倒上瓜子，泡上茶，主人又想请客人坐下来再聊一会儿家常，可这时小孩子拉着大人的衣角，个个嚷嚷要回家，实际是在催促主人赶紧发放拜年钿。拜年钿每人两角，对孩子们来说是比吃饭还要重要的头等大事。

　　有一年，施家湾的薛家太太家托人捎来消息，邀请我家年头上去做客人。由于路途较远，我走路吃不消，只好眼巴巴看着妹妹和堂兄、堂妹三个小家伙神气活现地跟着母亲出发。

　　那一天，亲戚家烧了好多菜招待我家去的客人，可千好万好，就是不给小孩压岁钱。弟弟妹妹们大失所望，不情不愿地踏上了回家的路，过了青龙港，西北风呼呼地刮，他们几个赖在路边再也不肯往前走一步。母亲没有办法，只好背上最小的那个往前先走了一段，回头看看，剩下的两个仍然站在原地一动不动，只得放下背上的小孩，再去驮第二个、第三个。这样来来回回折腾，等于她一个人走了三趟施家湾路，等到回到家时已到了吃晚饭的时间，可把母亲给累坏了。

　　作孽吧，这都是不给拜年钿惹的祸。

2021年4月9日

红烧大肠与卖鸡蛋

我自打出生以来就没见到过自己的祖父和曾祖父，他们也没有照片或画像之类的影像留下来，因而戴家祖上的男人长什么样子，我是一点印象都没有。至于长辈中的女性，家里倒是有一个长寿的太太（活到九十二岁过世的曾祖母），一直以来对我这个残疾的曾孙疼爱有加，用我们家乡的话来说，就是值钿（宠爱）得不得了。

在我五六岁的时候，父亲与叔叔分了家，家里两位老人一家分到一个，娘娘（祖母）分到我家，太太分给了叔叔家。父亲作为长兄，把饭量小又有点微薄房租收入的太太让给了自己的弟弟，在粮食紧缺、经济拮据的农村，那一点点的差别还是显见的。

太太突然与我成了两家人，不能在同一张桌子上吃饭，也不能再用她每月一元钱的房租收入去阿东公公那里买熟食吃了，我这个小娃娃无论如何也接受不了。哭过、闹过都没用，顾不了那么多的我，照样天天往太太那里跑，逮到机会就往她老人家的怀里钻。

一天中午，婶妈又从阿东公公那里买来了香喷喷的红烧大肠，一家人围着他们家的饭桌美美地吃起了饭，那股浓浓的香味钻进了我的鼻孔，勾起了我的馋虫，诱得我小嘴巴口水直流。我急急忙忙跑回家，见着母亲就喊："姆妈，我要吃大肠！"母亲向来是疼我的，她看看桌上确实也没有什么像样的菜，真就端了只空碗往阿东公公那里去买熟食了。阿东公公专卖熟食，一段筷子长短的红烧大肠在他那里卖一角五分钱，肉嵌油卜五分钱一只，素油卜一分钱一只。母亲到了那里，终究还是心疼钱，只给我买了两只肉嵌油卜满心欢喜地回了家。本来呢，我也是爱吃肉嵌油卜的，可那天受到了大肠的诱惑，就像中了邪似的不肯吃油卜。结果母亲生了气，一把将那个"只要吃大肠，不要吃油卜"的我拖到了院子里，把我摁在院子当中的那块大青石上晒太阳。赤日炎炎似火烧，灼人的高温早就把青石晒得滚烫滚烫，我只穿了一件小背心和一条短裤衩，这一下，院子里响起了我哇哇的号哭声。

青石上晒过没几天，我照例又去太太住的横屋里玩。太太问我："阿囡，你娘前几天把你摁在石头上晒，你的小屁股痛不痛啊？"

"痛——"说起了伤心事，我又差点哭了起来。

"不哭，不哭，"太太转过身，一骨碌爬上床去，从放在里床的饼干筒里摸出了一个鸡蛋，小心翼翼交到我的手心里，说，"阿囡，太太给你一个鸡蛋，拿去叫你娘给你煮了吃。"

我从小爱吃鸡蛋，鸡蛋的做法也挺多，如炒鸡蛋、水炖蛋、荷包蛋、白焐蛋、蛋炒饭等。刚刚分家那会儿，家里养的那几只鸡并没有分开，鸡窝里捡到的蛋一律交给太太保管，最后由她分给我家与叔叔家。太太偷偷给了我一个鸡蛋，而且个头也不大，该怎么吃好呢？

犹豫来，犹豫去，最后还是母亲给我出了主意。她让我把鸡蛋卖掉换成钱，有了钱，不就可以买自己喜欢的东西了吗？这绝对是个好主意，可我当时年纪尚小，上街路又远，独自一个人去卖鸡蛋母亲不放心，她想了想，想到了前场的杨五宝奶奶。杨奶奶上了年纪，不再在生产队里劳动，空闲的她经常到镇上卖土产，卖掉后换点油盐酱醋。母亲前去一问，明天正好是杨奶奶赶集的日子。

第二天早早起了床，我兴奋地跟在杨奶奶的身后，沿着村中的小路往镇上赶。一老一小上了红旗塘上的摆渡船，艄公摇着船，水浪一个接着一个拍打着船头，人随船动，起起伏伏，时有凉凉的野风吹到我的脸上，心中不免有一丝紧张，也有一些期待。

到了热闹的大街上，杨奶奶不断唤着我的小名"阿卫"，时不时地回头看看，她是担心我在熙熙攘攘的人群中走散，那样的话要把我找回来可得耽误不少工夫。到了杨奶奶经常摆摊的地方，那是大街中段馆子店和药材店中间一处朝南的台阶，台阶上坐人，台阶下摆货。边上还有一条弄堂，有很多的人从那里出出进进，在那里摆摊生意必然不错。我们开始摆摊，杨奶奶带去的东西不少，满满当当一大堆，相比之下我的摊位可就简单了，就是只有一个小鸡蛋。

那个时候正是早市高峰，大街上人声嘈杂，行人摩肩接踵，有匆匆忙忙赶路的，也有不紧不慢逛街的。杨奶奶做惯了生意，自然懂得吆喝，她的摊位前不时有客人光顾，讨价，还价，称重，算钱，收钱，找零，摊位上的东西慢慢少了起来，而我的那个鸡蛋孤零零地躺在地上，一直就没人问津。鸡蛋只有一个，不足以引起人家的兴趣，我也想过叫喊，可张开嘴巴，喉咙就是出不了声音。

十分难堪的是，鸡蛋没有卖掉，我那不争气的肚子却咕咕地叫了起来。这也难怪，边上就是馆子店，店堂里食客盈门，买馄饨和吃面条的人排着长队，浓浓的香味从大门口飘逸而出，一阵一阵向我袭来。我实在抵挡不住诱惑，口水流了下来。

日头直的时候，街上的行人稀少起来，杨奶奶带去的东西已经卖得差不多了，而我的鸡蛋仍然没有卖掉，心里有些焦急。这时，正好一个男人从旁边的小弄堂里走出来，杨奶奶就冲他喊："同志，鸡蛋要不要？这个小囡头有一个鸡蛋要卖掉，蛋壳上有血丝，是一个头窠鸡蛋。你行行好事，买走吧。"

那人停下脚步，看了看鸡蛋又望了望我，开口问道："几钿？"

"你看着给吧。"杨奶奶笑着替我作答。

好心的男子递给了我一角钱，随手拿走了鸡蛋。

有钱了，有钱了，我有了一角钱。虽说过年时也能得到些压岁钱，可那些钱事后一分不剩都上交给了母亲。平时父亲和母亲能给我的零花钱也就一分两分。我一下子有了这么多钱，不免有些欣喜若狂。

接下来问题来了：该怎么花掉这一角呢？买糖吃？买小人书看？买鞭炮玩？还是走进馆子店去吃阳春面？手里攥着钱的我，一时在大街上乱了方寸。

我的目光扫到了大街斜对面的水果店，一下子有了主意。对啊，我要买个苹果给太太吃，太太对我那么好，太太是我最亲的人。在杨奶奶的陪同下，我在水果店里选好了一个大苹果，店员一称，说是六分钱。六分钱就六分钱吧，还能剩下四分钱，也够我花上一阵子啦。

回到家，苹果给了太太，有了四分零花钱的我，高高兴兴去找小伙伴玩了。

2019年6月19日

划糕，做粑粑

　　松糕和粑粑是我们老家传统的"粉食"，逢年过节或平日里去亲朋好友家做客人时往往都要做上一些。我母亲有一个三尺头大脚桶，经常搬出来摆在灶屋间里派用场，不过大家不要误会，那个桶虽然叫脚桶，但不是洗脚用的，而是一个专门用来做粉食糕点的"粉桶"。

　　以前我们乡下人家的日子虽然过得紧巴巴，但乡下也有乡下的规矩和排场，该做的客人，该送的礼，一般情况下都不会少。且不说年头上家家户户走亲戚做客人，平时做客人的场合也不少，如青年男女找了对象，定亲、准日、结婚需要办酒水；结婚以后生了小孩，要办担糖、满月、周岁和上学酒；造房子要办上梁、打灶、进屋酒；小青年参军、老人做寿也要办酒席。诸如此类的场合，做粉食送礼是通行的做法。

　　制作松糕时，我的三姑妈"三阿伯"通常会来给我母亲帮忙。两个人一起动手，在粉桶里搓啊，揉啊，筛啊，刮啊，划啊，慢慢地额头上渗出了汗水，等到松糕划好了一部分，一人去灶头上烧火蒸糕，一人留下来接着划。镲子上一次只能蒸一蒸架糕，要是等到全部划好再开始蒸的话，做得早的松糕就会开裂，表面出现裂缝。做蒸糕时，灶膛里烧着柴火，映得灶膛口通红，屋子里热气腾腾，糕香四溢，每隔十来分钟就有一蒸架松糕新鲜出锅，换上一蒸架生糕接着再蒸。这样好玩的场合，小孩子肯定是不能少的，划糕帮不上忙，烧烧火，给松糕盖糕印，这样的事情总是可以做的。我家的糕印子有两个，一个是"喜"字，另一个是"福"字，该盖哪一个，得看做给什么样的客人。有些场合，两个糕印子都不适合，母亲就把裹粽子用的箬竹叶卷起来扎成一朵花，拦腰剪平后蘸上红水盖到糕上，松糕上就出现了一朵朵花的图案。松糕拿出去送人，除了好吃，品相也很重要。

做客人要划有馅糕，有直接用白糖做馅的，也有用豆沙做馅的，还有把芝麻磨成粉做馅的。如果是做豆沙馅的松糕，就得提前准备好豆沙馅。母亲把蒸酥的赤豆浸于水中，撇去豆壳，把豆子倒入布袋中用力地揉捏，豆子就变成了豆沙，再往豆沙里加点糖，回锅继续熬煮直至糊状，这就是做松糕用的豆沙馅。有时家里没有赤豆，也可以用蚕豆做豆沙，不过蚕豆没有赤豆甜，出沙率也不太高。

划糕的前几天，母亲忙里偷闲、有条不紊做着各项准备工作。她把划糕需要的工具一样样找齐，挨个洗干净，并且提前一天淘好了米。米在淘箩里沥尽水分，第二天早上去店里磨粉，磨出来的米粉可轻捏成团，又不至于结块。

制作十蒸架松糕需要二十斤大米，按照母亲的经验，一般采用八斤粳米、十二斤糯米的配比，这样做出来的松糕松软适中，吃起来香喷喷，有嚼劲。一蒸架松糕放六两糖（有馅糕可以少放一点），糖以白糖为主，红糖稍微放一点，为的是颜色好看。米粉一次性倒进粉桶中，加入糖水，拌至均匀，沾了水的米粉容易结块，这时就要把粉团搓碎，恢复成粉状，这个过程叫"擦粉"，也是划糕过程中最累人的一步，得细细地擦，慢慢地擦。擦好粉，蒸架上垫好竹帘，铺上了绵纸，母亲开始用筛子筛粉。她轻轻地晃动筛子，白白的米粉像雪花一样落到蒸架里，中途放入豆馅，继续往蒸架里筛粉，等到高出蒸架平面时用竹尺刮去多余的米粉。这时竹尺对准蒸架上的刻线，划糕刀（一般是用钢锯条做的）横竖各划三道，一大蒸架松糕划成十六个小方块，也就是十六块小松糕。

粑粑有肉馅粑粑、菜馅粑粑、糖馅粑粑、南瓜粑粑等好几个品种，个头有大有小。大的跟大人的拳头差不多大小，这种大粑粑拿出去送礼很有面子，一般是做"大客人"时才做的。小粑粑小了很多，如每年小年夜必做的"廿四夜"粑粑，个头就不大，一次能吃一大碗的人大有人在。正月十五元宵节，好多人家也把这种小粑粑当作元宵，跟别的地方吃的汤圆差不多。

粑粑粉以糯米为主，粳米少许，淘米、磨粉的过程与划糕相同，但揉粉必须用开水，假如掺了冷水，粑粑的表面就会产生裂缝，蒸熟以后虽然不影响吃，但卖相不好看。做粑粑时，掐一小团粉在手心里揉成一个圆球，大拇指抵牢粉团慢慢碾压并转动，将其扩展成开口的窝头形状，然后加入肉馅，合拢口子，再掐去多余的粉头，粑粑就做好了。

肉馅粑粑以猪肉为馅，加入榨菜、胡葱、味精和黄酒，有时也用大头菜来代替榨菜，不过吃起来会酸一些。大粑粑在镬子上蒸熟，蒸时为了不粘底，会在粑粑底下垫东西，肉馅粑粑垫的是油里浸过的箬竹叶，糖馅粑粑下面一般垫绵纸。小粑粑则在镬子里煮，因而叫作落汤粑粑。

有一年，一个亲戚家的儿子满月，我家要去做"满月客人"，不但要划糕，而且要做粑粑。三姑妈和我母亲两人联手合作，顺顺利利地划好了糕，接下来做肉馅粑粑。粑粑一共两蒸笼，数量不算多，也很快做好了。三姑妈洗净了手，掸掉了身上白乎乎的粉尘先走了，留下母亲一个人蒸粑粑。这时意外发生了，当母亲把蒸好的粑粑从镬子上端下来的时候，一侧的把手突然掉了下来，啪嗒一声，蒸架翻了个底朝天，粑粑掉落一地。完了，中午就要做客人，此时再上街去添粉、买肉，肯定是来不及了。

母亲急得直跺脚，可是也没有别的好办法，只能死马当成活马医，把地上的粑粑捡起来，剔掉上面的脏东西，又放到冷水里挨个洗一遍，然后弄弄圆整，重新回笼蒸了一遍。一番折腾之后，母亲惴惴不安地掀开了锅盖，透过迷雾探头一看，还好，粑粑只是略微有些扁塌塌，不细看发现不了大问题。

这个时候，在叔叔家帮我婶妈做完粉食的祖母回来了，许是她肚子饿了，看见母亲做好的粑粑，拿起一个就吃。"好吃！好吃！"祖母连连说好。母亲稍稍安了心，连忙招呼家人一起出门去做客人。

后来的结果母亲绝对想不到，那些吃到她做的"落地粑粑"的人个个都叫好，甚至还有人向她打听这次做的粑粑在镬子上蒸了多长时间，是不是加进了什么特别的调料。母亲笑啊笑，就是不敢把其中的秘密说出去。

2018年3月5日

"坏脚坏手"

三岁那年，我得了儿麻，因为这个倒霉的病，从小到大吃足了苦头。四岁时，母亲一次次把我背到杨庙去找中医针灸，尝到了针扎皮肉的痛，流下了无数次委屈伤心的泪。后来到了学生时代，我又几次休学到医院去做矫形手术，见多了无影灯的光亮，闻够了来苏水的味道，真真切切感受到了伤筋动骨的那种煎熬。

五六岁的时候，在一次玩的过程中，我自己不小心摔断了右手，于是手坏、脚坏，被人调侃为"坏脚坏手"。

出事的那天下午，我拖着父亲挑稻用的一对竹夹，在门前的小砖场上兜着圈子跑来跑去。那砖场由来已久，表面有些坑洼，竹夹上下颠簸，令我异常兴奋。有句老话叫"乐极生悲"，正玩在兴头上的我，突然右脚绊到了左脚，扑通一声，一屁股坐在了地上。在这个短暂的过程中，右手撑了一下地，手腕部位随即肿痛起来。

母亲从生产队劳动归来已到了晚饭时间。饭桌上，一向自觉吃饭的我喊着"手痛"，不肯动筷子。母亲觉得不大对头，匆匆喂我吃了几口，便带我去找"文区先生"看毛病。"文区先生"是村子里的中医，平时我有点小毛病，大多找他去看。到了那，"文区先生"握住我的手看了看，十分肯定地说"脱臼了"，说完，冷不丁地拎住我的手指，上下猛甩了几下，当即痛得我面孔蜡白，大哭起来。

当天晚上，手痛了一夜。天亮时母亲向小队长请了假，叫上我的小姑"田伯"一起到镇上给我看病。来到镇上专治跌打损伤的中医诊所，那里的蒋传真大夫是我家的熟人，寒暄了几句，叫我伸出手来给他瞧瞧。我昨天分明刚吃过苦头，心有余悸，便不肯伸手出去，蒋传真倒也没有硬来，只是让我自己活动一下手腕给他看看。我一动，手就痛，眼泪哗哗地流下来。蒋传真便说："囡囡的手断了，公公不碰你，让你娘带你到嘉善去看病吧。"

到县城要坐轮船，时间正好来得及，于是急忙去了镇东的轮船码头，乘坐两个小时的轮船到达县人民医院。一拍片，果然骨头断了，位置错位。医生说要么住院开刀，要么正骨上石膏。母亲不想让我开刀吃苦头，小心翼翼地问医生："接骨头的话，我儿子的手以后会不会有影响？"医生道："那说不定的，你们要是不放心，就到上海去接骨头好了。"嘉善毗邻上海，两地间通火车，去上海看病顺利的话当天就可以回来。

母亲很快做出了去上海的决定，儿子的脚已经坏了，总不能手也残了。关键时刻母亲舍得花钱，她虽然识字不多，但下起决心来却不比我父亲逊色。母亲曾说："如果需要，一百块钱一粒的糖也要买来吃。"当然这是她嘴上说说的，世上也没有那么贵的糖，但为了我这个宝贝儿子的前途她是豁得出去的。当然，母亲没有出过远门，如果让她自个摸到上海去给我看病，肯定难度不小，但有读书识字的小姑在，她的心里踏实了许多。

一路奔波到了上海，出了火车站，母亲招手叫来一辆黄包车，说好价钱直奔北京东路上的骨伤科医院而去。不料车夫欺负我们是外地人，半路上停下车子敲竹杠，说黄包车是坐两个人的，我们三个人超重，要加钱。说来也巧，那天正好有两个在上海出差的天凝人路过那里，经过一番交涉，终于让车夫原价把我们送到了医院。

挂上了号，在一间小诊室里做治疗。我心中害怕，一个劲往母亲的怀里钻，母亲同样紧紧抱住我，不肯松手。医生就对我母亲说："侬要么出去，要么抱牢小囡，头别转去，否则毛病哪能看呀？"纵有千般不舍，医生的话总归要听的，母亲咬咬牙，狠狠心，把我的右手递给了医生。

医生抓住了我的手臂和手掌，发力往两头拉，酸啊！疼啊！钻心的疼痛驱使我拼命挣扎，哇哇大哭，可我被母亲抱着，身体动弹不得，只好双脚乱蹬，脚上的两只鞋子踢出了大老远。

"好啦，小朋友勿要动，骨头接牢了，阿拉帮侬上石膏。"医生说。

一旁的护士帮忙打开了包装袋，将一些白色的石膏粉倒在纱布上，然后拧开水龙头，淋上了水，完成以后双手托着交给医生。医生顺势接过，缓缓地把石膏敷在我的手腕上，外面又绕了好多层纱布上去。热乎乎的石膏开始有点软，一会儿就硬邦邦了。

上完石膏，手臂吊在了脖子上，我恨不得马上离开那个讨厌的地方，可医生说还要拍片，看看位置是否正确。拍片要上四楼，我流着眼泪、拖着鼻涕不肯自己走，母亲就蹲下身子让我爬上去，背起我一级一级往上走。楼梯的台阶十分光滑，母亲走走停停，向着四楼而去，此时除了我们三个再别无别人，说话的声音在楼梯间里形成了嗡嗡的回声，我大喊一声"喂——"，顿时有好多个"喂"在回复我。

离开医院的时候，母亲大大地舒了口气，接骨的成功让她的脚步轻松了不少。那一天，我们在熙熙攘攘的大上海并没有做太多的停留，因为母亲急着回去参加生产队的劳动，小姑是村里的赤脚教师，第二天还要教书。大上海的夜色美妙无比，灯火通明如同白昼，马路上人来人往，长着辫子的有轨电车开来开去，响着铃铛的黄包车、脚踏车不断地从我们的身边经过，看得我们眼花缭乱，挪不动步。我们匆匆忙忙赶往火车站，只是在路过外滩的时候看了几眼风景，然后随便找了一家小吃店，买了两碗芝麻汤圆当作晚饭。小姑一人吃掉一碗，我和母亲的那碗，我吃了两个，余下统统归了母亲。吃完起身前往火车站，乘坐夜班火车连夜回到嘉善。

到达嘉善时夜色已深，这时再怎么急也不可能回到家了。不过我们不至于花钱住旅馆或在火车站的椅子上过夜，在县城有一个热心的雪华姐姐可以去投靠，那就是我家东隔壁老培庆伯伯的大女儿"大雪华"。雪华姐姐嫁给了电力局工作的一个人，他们的家就在不远处的车站路上，夫妻俩的好客有口皆碑，好多村里人在县城回不了家的时候都去麻烦他们，一律受到热情招待。

"咚咚咚"敲开了门，打着哈欠、一脸惊讶的雪华姐姐把我们迎了进去，劈头就问我们要不要烧点粥吃，母亲、小姑全都摇头，因为实在太困了，还是赶紧铺床睡觉吧。

第二天，在雪华姐姐家吃过早饭，我们一路无话坐轮船回了天凝。

进村的路上遇到一个熟人，见我可怜兮兮的样子，开玩笑地叫我"坏脚坏手"，还说我这个人没用了，不如扔掉算了。听他那么说，我哭得很伤心。

2015年8月9日

看《红灯记》与吃苹果

一

在办身份证以前，我一直使用"红卫"这个名字，名字是出生时卫生院医生给取的，母亲生下我的那一年，正好是"文革"轰轰烈烈开始的1966年。

人的命运各不相同，三岁时看似平常的一次发烧，害我得了小儿麻痹症，从此终身残疾，人生的路上多了些许坎坷。农村人的生活本来就不富裕，因为给我看病，连累全家人一起过上了苦日子。如今我年过半百，到了爱回忆、爱讲故事的年龄，每每想起年幼时做下的那些傻事，不由得自己都觉着好笑。

小时候流行看样板戏，代表性的作品有京剧《红灯记》《智取威虎山》《沙家浜》《海港》《奇袭白虎团》和现代芭蕾舞剧《红色娘子军》《白毛女》等，其中一些拍成了电影，经常在村小的操场上轮番放映。每到这种时候，黑压压的观众坐满了操场，津津有味地盯住银幕看电影。好多村里的大人、小孩，都能唱上几句经典的唱词，如"浑身是胆雄赳赳""要学那泰山顶上一青松""打不尽豺狼决不下战场"等等。

除了看电影样板戏，还有舞台样板戏的演出。演出的当天，学生放了假，教室大门悉数被打开，凳子、椅子统统搬出来充当观众席。舞台是课桌搭的，绳子把桌腿绑到一块儿，上面盖上红布，再用油布搭个棚棚，隔出前台和后台。演出过程中，演员在舞台上走来走去，步子跨得稍微大一点，脚下的桌子就会发出咯吱咯吱的声音，不免让人担心舞台会不会垮塌。观众人山人海，将舞台围得水泄不通，大人胸前别着红像章，手里捧着红宝书，顽皮的孩子有的站在课桌上，有的爬到教室的窗台上，居高临下地观看演出。

我的叔叔加入了村"文宣队"，成了一名脱产演员，他每天到大队部参加排练，不用下地劳动照样挣得到工分，这让不少的社员感到羡慕。那天下午演出《红灯记》，二十岁出头一点的叔叔，在戏中扮演王连举这个反派角色。大家都知道王连举是一个叛徒，他一出场就被日本兵抓住，双手被擒，表演时要做一个高难度的后空翻动作，"外行看热闹，内行看门道"，这是戏中最难演的地方，要有一定的技巧，才能确保翻得高又不至于受伤。叔叔颇有表演天赋，他贼头贼脑的神情和夸张的表演，一直以来让我崇拜。但叛徒终究是坏人，王连举背叛了革命，背叛了党，出卖了共产党员李玉和，害得李奶奶和李玉和母子俩光荣牺牲，李铁梅成了一名孤儿。由于叔叔演得太逼真了，以至于叔叔经常要被村里人骂作"叛徒"，虽然是在跟他开玩笑，但仍让他十分不爽。叔叔年轻气盛，当然也是想演主角的，他甚至暗地里学会了李玉和所有的台词和唱腔，但终因个子矮，形象不够高大，一直没有得到主演的机会。

《红灯记》中有一场戏叫"智斗鸠山"。李玉和被叛徒出卖以后，敌人鸠山设宴，企图引诱李玉和出卖组织，交出密电码，李玉和当然是不会答应的。这场戏你来我往，斗智斗勇，演得相当精彩。我那时年纪小，看戏多半由母亲带去，那天不知咋的，在现场根本无心看戏，只对舞台中央桌子上摆着的一盘苹果感兴趣，一个劲地跟母亲讨要苹果吃。母亲先是说，那是坏人要害死李玉和的毒苹果，吃不得的，后来又改口说苹果是塑料做的，只能看不能吃。这么说来说去，感觉就是在骗我，于是我放开喉咙哇哇大哭起来。这下子可好了，看戏的人都往我们这边看，有的人还走过来。当他们弄清楚怎么回事后，现场响起了一片哄笑声。

母亲红着脸，拉着我挤出人群，直奔后台去找叔叔。到了后台，叔叔已经演完了他的戏段，正在那里给台上的演员递道具，不过身上仍然穿着演叛徒的戏服，还没有卸妆。听完母亲说的原委，叔叔哈哈大笑，转身回去端来刚才摆在台上的那盘苹果，让我一个个摸了个遍。唉，那些苹果轻飘飘的，果然不是真家伙。我无话可说，只好悻悻地跟母亲回去继续看戏。

这个时候，台上的《红灯记》已演到了高潮，李玉和、李奶奶和李铁梅一家三口戴着手铐、脚镣，昂首阔步走上刑场，他们个个大义凛然，视死如归，大声呼喊口号。一时间，全场的观众站了起来，跟着演员们一起高呼："打倒日本帝国主义！""中国共产党万岁！"

二

演出结束以后，母亲带我去了镇上的水果店，人民公社时期，只有那里才可以买到苹果吃。水果店的位置位于圆通桥的东北角，沿河滩，朝北门面。店堂里香蕉、苹果、橘子摆了不少，有在钩子上挂着的，也有在木格子里摆着的，还有些索性就放在竹筐里、门板上，而那些红彤彤的大苹果正是我最想吃的。

母亲识字不多，看不明白小黑板上写着的价目表，就向大门口的一位女店员询问苹果的价格。店员的回答肯定超出了母亲的预期，母亲站在那里明显有些犹豫，我顿时紧张起来。这时，一个长着酒糟鼻子的男营业员走了过来，手指朝着门板上一堆削掉了坏疤的苹果一指，瓮声瓮气地说："这堆苹果处理价，要买你们就快一点，不买就出去，我们要关门打烊了。"营业员到了下班的时间点，必定是要排上门排走人的，母亲赶紧掏钱，给我买了一只挖了洞的坏苹果。

回家的路上，我忙不停地啃起了苹果。挖了洞的苹果有些酥软，吃进嘴里仍是香香的、甜甜的，味道特别好。那时的我真是不懂事，只知道苹果好吃却不明白母亲的难处，不知道家里为了给我治病，已向亲戚朋友借钱借到不再好开口的地步，我家也早已成了生产队里的"老透支户"，年年倒欠公家的钱。全家人的吃用开销都捉襟见肘，哪里还有钱给我买苹果吃呢？那一天，爱子心切的母亲只能买个坏苹果让我尝尝鲜、解解馋，她还特地关照我在路上把苹果吃完，回去千万不能告诉姐姐和妹妹，也不能跟别人讲。这是在那段艰苦的岁月里，母亲所能给予我这个残疾儿子最大的偏爱了。如果是我妹妹想吃苹果，母亲就会骗她说"大街上有人打架，水果店不开门"，年幼的妹妹看到母亲从街上回来两手空空，心中纳闷，怎么天天有人打架呢？

长大后，我成家立业当上了父亲。参加工作的头几年工资收入并不高，吃用开销却少不了，后来贷款买了房子，夫妻俩领到手的工资一半要交到银行里去还房贷。此时我才真切地理解到父母亲当年养家糊口的不容易，不由得为自己年少时的不懂事而倍感自责。

2010年10月6日

看新娘子，讨糖吃

像我这般年纪的人，小时候多多少少经历过贫困。尤其是儿时很少有零花钱，也很少有糖吃，想要吃糖，过年时到刚结婚的人家去看新娘子、讨喜糖，便是最好不过的机会。过年最开心的人莫过于小孩子，年头上的十来天，除了跟随父母挨家做客人、讨要拜年钿（但要上交的），其余的时间里，走村串巷看新娘子、讨糖吃，就是最重要的事情。

老家地处江南水乡，村村通河，家家有河桥（河埠），船是乡下人出行的首选交通工具。那时结婚娶亲都是要摇船的，即便是新娘、新郎两家住在隔壁，走走也就几步路，也要把嫁妆装上船，载着新娘子到远处的河荡里兜一圈，再回到原来的地方把嫁妆搬上岸，把新娘子迎进门，然后当着乡邻和亲友的面热热闹闹地拜堂成亲。

按照我们当地的风俗，讨亲船上只能有媒人和相帮的人，偏偏不能有新郎官。迎娶新娘是人生的头等大事，这样的大好日子，新郎却只能留在家里等，你说遗憾不遗憾？可是没办法啊，再心急也只能等，等啊等，等啊等，大清早出去的讨亲船总要等到中午日头直的时候回来，那些摇讨亲船的人多半是算准了时间，掐着钟点回来的。一时间鞭炮齐响，锣鼓喧天，村民们听到了这热闹的声音，也就知道讨亲船回来了，于是赶紧跑出去看新娘子。

讨亲船靠了岸，第一件事情是搬嫁妆。新娘子家陪嫁过来的桶钵家什和被头铺盖里往往都藏着鸡蛋、红枣、花生和糖果，尽管十有八九半路上已被摇讨亲船的人草草搜过了一遍，但总还是有些"漏网之鱼"的，所以帮忙搬嫁妆的人特别卖力，嫁妆搬进新房后手伸进去摸摸，总希望能有些意外的收获。此时，看热闹的人占据了河滩边的有利地形，不是对新娘子的嫁妆指指点点，就是对新娘子的打扮评头论足。等到嫁妆悉数搬上了岸，男方的代表（一般是姐姐、妹妹）上船邀请新娘子上岸。千呼万唤始出来，新娘子羞答答地钻出船舱，上了跳板，发现有那么多人看着自己，心情不免有些紧张，这一紧张不要紧，迈出的步子就有了轻重，脚下的跳板随即晃动起来，吓得新娘子花容失色，不敢前行。这下看新娘子的人开心了，个个笑得弯了腰，人群里响起了一阵口哨声。在众人的注目礼中，新娘子进了门，来到新郎的身边，又是一阵炮仗响起，拜堂成亲的仪式开始。在司仪的主持下，一拜天地，二拜高堂，接着夫妻对拜，送入洞房。

拜堂成亲仪式在喜气洋洋的氛围中进行，看新娘子、讨糖吃的人围得里三层、外三层，人们笑着，乐着，等着办事的人家派人出来分发喜糖和喜烟。来的都是客，每人两颗糖，完了还有枣子、花生、桂圆、瓜子之类让你抓，不过一人只能抓一把，抓多抓少就要看自己的手大手小了。一拨拨讨糖的人心满意足地散去，又有一拨拨人兴冲冲地围拢过来。可惜的是，喜烟只发给成年男子，小孩和女人向来是没份的。

下午，看新娘子、讨糖吃的活动仍在轰轰烈烈地进行着。长长的官溇港把村子一分为二，称为"港东"和"港西"，两岸的交通全靠横跨在河港上的安坝桥（人称"里桥头"）来承担。讨糖的一支支队伍在沿河的小路上游走着，遇到熟悉的，隔河打着招呼，互相分享讨糖的信息，炫耀讨到的成果。看新娘子、讨糖吃是从老祖宗那里传下来的风俗，不但小孩子积极，众多的成年人甚至老年人也乐在其中。

人的性格各不相同，有的人吃得开，有的人怕生，看新娘子、讨喜糖倒也不必难为情，人往那里一站，手往外面一伸，不管认识不认识，也不用开口讨，自然会有人过来发喜糖，一些条件好的人家还可能发奶糖呢。我从小就老实，喜糖到手必定自觉走人，不像有些顽皮的小孩讨糖成了精，他们讨到喜糖后可不会轻易离开，往往跑到外面去脱掉一件衣裳，头发弄乱，回来后又混在人群中再去讨一遍，有的甚至三遍、四遍，直到被发现后才红着脸离开。那些外村嫁过来的新娘子，结婚发糖是头一遭，要是没有婆家人在边上帮忙甄别，人生地不熟的她们很容易上当受骗重复发喜糖，等到喜糖发光，身边还有那么多人围着，只好让婆家差人到大队代销店去添糖。

小孩子讨到了喜糖都不舍得当场吃掉，而是先塞进口袋里，等到回家之后再掏出来，分门别类地细数一番，粒头糖几颗，水果糖几颗，上海糖几颗，奶油糖几颗……数过来，数过去，感觉无比满足。如果馋了，先吃掉一两颗，余下的留着，有机会还要拿出去跟小伙伴们比多少呢。春节时气温较低，糖果不至于马上化掉，但也不能放得太久，时间长了糖纸粘在上面剥不下来，那时只有连糖带纸一道吃了。小孩子吃糖，大多是把糖含在嘴里，任其慢慢地融化，让舌尖的味蕾感受甜味的时间长一些。大白兔奶糖是女孩子喜欢的，不过奶糖会粘牙，甚至能把换牙期的乳牙粘下来，这倒省事了，免去了打麻药、拔牙齿的痛苦。男孩子无一例外都爱吃粒头糖，那种糖果入口甜，融化慢，耐咀嚼。

我有一次讨糖讨到戴家浜，去的那户人家新房设在楼上，楼梯造在房子的外面，两旁没有扶手，有些陡。我腿脚不便，好不容易上了楼，从新娘那里讨到了喜糖，还破天荒地得到了新郎递过来的一支大前门香烟，一时有点受宠若惊。后来发现新郎跟我一样腿脚有毛病，大概是同病相怜，不免对新郎多看几眼，见新郎头戴"大型帽"（礼帽），西装笔挺，皮鞋锃亮，比起当天见到的其他那些新郎官可要气派得多。

白天满天看新娘子，遍地讨喜糖，晚上还有闹新房的重头戏。吃罢晚饭，相约去了一户白天"侦察"好的人家家里，大人小孩在新房里坐得满满当当，有看热闹的，有开玩笑的，也有起哄的，而起哄总得有个带头人，这个人非我叔叔莫属。叔叔是村文宣队的队员，他在样板戏《红灯记》中饰演叛徒王连举，反派形象被他演得活灵活现，给村民们留下了深刻的印象。此后无论他去谁家闹新房，都会受到明星般的欢迎。叔叔的本事在于他自己不笑却能让人家笑，自己不动手也能让别人翻箱倒柜地把藏在新房犄角旮旯里的喜糖、喜烟、喜蛋和毛巾、手帕一样样翻出来，成为大家的"战利品"。跟着叔叔去闹新房，必定气氛热烈，高潮迭起，精彩的节目一个个上演，总要弄得新郎新娘满头大汗，洋相百出，方才罢休。

儿时的生活虽然清贫，但分明没有少过开心的事，看新娘子、讨糖吃就是其中的一件。

2016年9月8日

看中医，吃中药

前些时候，早上醒来总感觉口干、口苦，算算距上一次体检已有很长的时间，于是去了趟医院，让医生开单做了一次胃镜检查。数日后拿到报告，结论为"浅表性胃炎加糜烂"，消化科的医生说这类毛病十分常见，只要饮食上加以重视，一般不需要特别治疗。可我这个人向来胆小，看到"糜烂"一词不免心中慌乱，纠结了几天，决定还是找个中医看看。

网上约好号，按时去了中医院，进入诊室，见到一个三十来岁的女中医正在里面坐诊，此等情形无论如何与前段时间热播的电视剧《老中医》里翁泉海的形象相去甚远。见到如此年轻的女大夫，我心里打起了鼓。

"哪里不舒服？"在我发愣之际，女中医开始了诊疗。搭脉，观舌苔，一番简单的望闻问切之后，医生确定我的胃病并不严重，但见我舌苔白腻，脉微弱，结合主诉判断为脾胃湿热，需吃中药进行调理。我点头应允，那就吃中药吧。

女中医手指飞快地敲击键盘，一会儿工夫就开出了药方。她问："你是自煎，代煎，还是配颗粒制剂？"我略一思索，果断地选择了颗粒药，毕竟家里没有药罐头（煎药的罐子），自己煎药也太麻烦，要是带到乡下让母亲给我煎，岂不又要劳累她老人家？

"良药苦口"，人所皆知。女中医此番在我的方子中开进了黄连，而且克数不少，那个药吃起来就特别苦，反正自打我吃上了她配的药，嘴巴里的苦味一天到晚都能感觉得到。可是没办法啊，为了治好病，只得吃药，吃完了七贴又去续了药。女中医问过吃药以后的变化，略微改动了几味药和药的剂量，吩咐我回去再吃。这样前前后后吃了两三个月的药，随着药中黄连的逐渐减少，口腔里的难受不知不觉好了大半。看来传统的中药还是有效果的。

看中医，吃中药，儿提时代我何尝没有经历过？我的老家天凝镇，旧时看病素以中医中药为主，曾有"郑医焦药"之称。中医郑静山、吴振民（字啸江）赫赫有名，不但本地患者不断，还有外地人千里迢迢赶来求医问药。我母亲年轻时得过一次严重的伤寒，外公摇着一条小船把她从杨庙娄斗浜送到天凝联合诊所找吴啸江看病，名医一出手，母亲的病情迅速得到缓解。"国家级首批名老中医"蒋文照，每年寒暑假期间回老家蒋村省亲，慕名求医者不计其数。官溇村的"文区先生"，既会中医，也懂西医医术，小时候我有点头疼脑热都由母亲带着找他去看。对小孩子来说，生病需要打针、吃药时，总是会选吃药。中药苦一点，但吃药时可以名正言顺向父母讨要"过药"的糖果，而大人吃中药，只有用萝卜干、盐津豆之类的咸食解苦。

煎药需要药罐头。我老家的药罐头是从一条贩货的苏北船上用粮食换来的，一直藏在碗盏橱的最下层，除了家人需要的时候使用，平时很少借人。药罐头不借人，不是小气，而是我们老家的习俗。药罐头也叫药砂锅，上有一块系着绳子的盖板，边上有一只把手，这样的药砂锅不适合直接安在灶头上烧，于是就用砖头在墙角边搭一眼小灶专门用来煎药，后来有了煤球炉，煎药方便了许多。当时还有一种"经济炉",只是太费煤油,一般不舍得用来煎药。

煎药不能用铁锅,也不能用井水。煎药前,先把药材浸泡在药罐中,等到药材湿润以后再开始煎。水烧至沸腾,改用小火慢煎,此时药罐头旁边得有一个人守着,防止药水溢出或烧干,在我家那个看守的人往往就是我。我认真负责地煎着药,时不时拎起盖板观察水多水少,同时用筷子搅拌几下,为的是让药材中的有效成分充分煎出来。拌药时把竹筷子插到罐底,再拔起来看看上面的水痕,当药汁浓缩到只剩下一节小指高度时,这贴药就煎得差不多了。此时药罐头很烫,不能直接用手去拿,得用毛巾裹着把手才能把药汁倒出。

乡下人煎药时会在药罐头上压一把剪刀,按照老人的说法,那样可以驱邪、避鬼神。

一剂中药一般煎煮两次,俗称"头煎"和"二煎",或者叫"头普"和"二普"。煎好的药,病人上午、下午各服一次,如果错过了首次喝药的时间,也可将两次汤药合并,加热以后一并喝掉。中药配伍严谨,讲究君臣佐使,有些药中有"先煎""后下""包煎"等的小包药,这些就得按照医生的关照严格遵守,我小时候不懂,只有听母亲一步步安排。

镇上卫生院的徐湧浩医生是我母亲经常去看病的中医,徐医生对她的情况十分了解,搭个脉,看看舌苔,基本就知道了她的病情。后来母亲肠胃不好,也让郑静山的孙子郑克平看病。听说郑克平是靠自学祖父的医书和诊案成才的,他这个人待人和气,生活朴素,从嘉兴市区到天凝镇上给人看病,一直乘公交车、骑自行车出行。

母亲吃的药材里一般都有红皮枣。红枣既是甜果,也能入药,还具有补中益气、养血安神、健脾健胃等功效,对母亲的神经症、长期失眠均有好处。那时家里穷，从来不买红枣吃，母亲药中的那几颗红枣就成了我家三个小孩眼中的宝贝，这也就是为什么煎药时烟熏火燎，味道难闻，我仍愿意帮母亲看守药罐头的原因所在，实际上是为了趁机偷红枣吃。煎一会儿，吃一颗，再煎一会儿，再吃一颗……等到煎药结束，药罐中的红枣早已颗粒无存。对于自己儿女的那点小伎俩，母亲心知肚明，每回她找中医配药的时候，总是主动要求开点红枣进去。那时已经有了互助性质的农村合作医疗，到镇卫生院开方抓药，多多少少可以报销一些。

乡下有将药渣倒在路上让人踏的习俗。老人们说大路上人气旺，让人踩踩药渣可以赶走霉运，吃药人的毛病也会好得快一点。这种做法其实是有典故的，传说古时有人将药渣倒在路上，正好遇到一位明医路过此处，明医检查药渣，将下得不对的药材改正过来，久治不愈的病人因此很快好了起来。传说中的明医有华佗、扁鹊、张仲景、孙思邈等，不知道究竟哪位才是本尊。

官溇村曾经有一个脑子不太灵光的女人，经常从人家倒在地上的药渣中寻找红枣吃，为此她的男人少不了打她、骂她，可再打、再骂都不管用，过不了几天，照样又见她蹲在药渣旁边美滋滋地吃红枣，嘴角上还留着红色的残渣，想赖都赖不掉。

"不干不净，吃了没病"，如今这家的男人撒手人寰已有三十多年，而女人却仍好好地活着（不过已经改嫁到外地）。当然这只是个笑话，那个时候没钱买好东西吃才是真的。

2019年5月18日

空调·蒲扇·电风扇

　　炎炎夏日，三十八九度的高温接踵而至，丝毫没有停歇的意思。这样的热度，就是坐着不动也会汗如雨下，所以哪怕是我这个节俭惯了的人，回到家里的头一件事也是赶紧去把空调打开。空调这个东西，实在是人类史上的重大发明，只需轻轻一按遥控器，便有徐徐凉风四散开来，让人感到浑身凉爽。现在的人哪，真是离不开空调了。

　　我出生于20世纪60年代，小时候乡下没有电风扇，更没有空调，大热天只有一把扇子可以带来些许凉风。那时的小孩子都会念"扇子扇凉风，扇夏不扇冬。有人问我借，要过八月中……"这一首儿歌，到了夏天，人手一把扇子，走到哪里带到哪里，有人想要跟我借？没门儿！

　　常用的扇子大多是蒲扇，有人叫它"芭蕉扇"，实际上这种扇子一般是用蒲葵（棕榈科蒲葵属植物）的叶子做的，只是形状像芭蕉叶。扇子除了蒲扇，还有团扇、竹扇、纸折扇、羽毛扇、丝绸扇等好几个种类。村里有的老人还能自己用麦秸编织扇子，我倒是想学，可终究没有学会。

　　家里买来新蒲扇，母亲先要在扇子的边缘缝上布条（叫作包边），那样就不怕扇子磕磕碰碰，用起来也能长久一些，然后郑重地把扇子挨个交到儿女的手里，关照大家小心使用，不能弄丢。为了不跟别人的弄混，我用墨水在扇子上写上自己的大名，那样即使有人拿错了，我也容易找回来。

一把好蒲扇的标准是扇面大，手柄粗，扇出风来呼呼响。旧的蒲扇往往用来生煤炉，点火时扇几下，添好煤球再扇几下，等到炉火旺了就随手一扔，才不管它在哪个犄角旮旯里凉快呢。

无数个炎热的夜晚，小小的我乖巧地躺在母亲的身旁，听着"摇啊摇，摇到外婆桥"的童谣安然入眠。蚊帐内，母亲手中的那把大蒲扇一刻不停地扇到天亮，扇着我，也扇着她，即使睡着了她的手还在吧嗒吧嗒地摇动着，似乎整夜都没有停歇过。

晚上乘凉蒲扇总是少不了的，尤其是在庄家塘桥和安坝桥两座石桥上乘凉的人，个个手里拿着蒲扇，觉得热时扇几下，蚊子叮时拍几下，下雨逃回家的时候遮在头顶上……那时的人哪，无论如何是离不开扇子的。

自从生产队买了一台大功率的扬谷扇，村西口的晒谷场便成了夏夜纳凉的另一个好去处。白天，晒谷场上机声轰隆，社员们挥汗如雨地忙着轧稻和晒谷。晚上，稻谷在两旁拢成了堆，中央腾出了大片的空地，新买的那台扬谷扇摆在晒谷场的东首，对着水泥场不知疲倦地旋转着、吼叫着。在风吹到的地方，人们摊开草席以地为床，或坐或躺，跟边上的人说一些白天没空说的闲话。孩子们开心极了，撒开脚丫在自家和别人家的地盘上跑来跑去，直到困了，累了，才又回到父母的身旁横七竖八地躺下。

一天晚上，夜已深了，在晒谷场上过夜的人们大多进入了梦乡。突然间，一个声音在骂："哪个杀坯干的，想要老子好看？"骂人的人，是我家隔壁的培庆伯伯，人称老培庆。那天晚上，培庆伯伯被小队长派在晒谷场上看稻谷，防止有人浑水摸鱼、趁机偷走队里的粮食。培庆伯伯是个讲究人，他不仅搭好了床铺，还挂上了蚊帐，这样就免去了蚊子的叮咬，而且居高临下，正好看住两旁的谷堆，可他不能睡在扬谷扇的下风头，只能把床铺搭在扬谷扇的边上。不知道哪个做恶作剧的人转动了扬谷扇的方向，把风口对准了培庆伯伯的床，强劲的风力即刻把他的蚊帐吹到了床顶上，让睡在床上的培庆伯伯"一览无余"。当时他身上只穿了一条小裤衩，肥胖的身子赤露着，那副狼狈的样子笑得大家肚子疼。这样一闹，大家都醒了，可找来找去也不知道是谁干的坏事。

一到"双抢"，生产队都会采购一些副食品分发给大家，由于品种繁多，数量不等，因此不能保证每家分到的东西一样，往往到最后都得通过抽签的办法解决问题，所以大伙对抽签抓阄这种事情早就司空见惯，这是农民心中最为公平的分配方式。那一年，令大家意想不到的是，小队长的手里居然还有一张购买电扇的工业券。在那个买肉用肉票、买布用布票的年代，不是谁想买什么就能随便买得到的，上面发下来的那张电扇票弥足珍贵，不晓得有多少人暗地里打着它的主意。大家私下里盘算，如果抽到了签，即使自家不买，也可以转让给别人，小赚个外快不成问题。那一天，不知道我家烧了哪门子高香，唯一的一张电扇票竟被我父亲抓到了手。

第二天，父亲早早地出了门，与他同行的是另一个生产队同样抓到电扇票的人。他们两人先坐轮船，再坐火车，一起去了四五十公里外的电扇厂。傍晚时分，夕阳西下，父亲拖着长长的身影从暮色中归来，他的肩头扛着一只大大的纸板箱，一下子就有许多村民过来围观。电风扇在那个年代可是个稀罕物，整个村子也就是在那一年第一次分到了两张电扇票，由此买回了两台电风扇。

父亲当过教师，自然看得懂安装说明书，因而没有费什么周折就顺利地将电风扇组装起来。大家惊奇地发现，父亲买回的那台电扇居然是台落地扇，比我的个头还要高。原来父亲在电扇厂得知落地扇的价格并不比台扇贵多少，但扇风的范围却大了很多，于是临时决定买下了这台落地扇。

自从那天起，电风扇成了我家最为贵重的"大件"。电扇的风速分四挡，通过琴键开关转换风速，拔出销子可摇头，转动旋钮能定时，想让它扇多久就能扇多久。我家五口人在电风扇的风口下，有睡大床的，也有睡地铺的，还有睡在长凳上的，或高或低，或前或后，或左或右，共同度过了一个又一个凉爽安宁的夜晚。

时光飞逝，匆匆数十载。前些时候我走进父母的房间，房间里装上了空调，摆着电视机，还有一台空气净化机悄无声息地工作着。在房间的角落里，我意外地发现了那台老电扇，它被擦得干干净净，微微泛着光亮。当然，经过岁月的洗礼，电扇的外表免不了有些生锈和剥落，但插上电源，启动开关，电扇的叶片由慢到快地开始了转动，一阵凉风扑面而来。

我找来了一张小板凳，在风扇前坐下，丝丝的凉风带着我的思绪，一下子回到了多年以前。

2010年8月7日

老家的水井

水井的历史非常悠久，有说是黄帝发明的，也有说是帝尧发明的。我国最早的井可以追溯到五千七百多年前的新石器时代，那个时候的河姆渡人就已经开始使用水井，并且留下了使用水井的痕迹。

我的老家邻河而居，北门外就是河桥（河埠），不知道我家的祖先以前有没有挖过水井、喝过井水，我小时候时生产队在我家场开头挖过一口水井。那时为了消灭血吸虫病，提倡不喝河水，因为河里的钉螺是血吸虫卵的宿主，也就是传染疾病的罪魁祸首。

井用砖头砌成，井圈不大，却挺深。小时候出于好奇，我常趴在井圈上看自己在水中的倒影，有时大喊一声，开心地聆听经久的回声，有时淘气地往井里扔些东西。那时院子里有两棵高大的梧桐树，两树中间的青石板上经常有人用井水洗衣服。井是生产队集体打的，左邻右舍都可以来用，反正井水取之不尽、用之不竭，只要别把井水弄脏就行了。有一次，姐姐在井边洗她的鞋子，不小心将泥巴掉进了井里，说巧不巧，正好被邻居"老培庆"看见了，培庆伯伯冲我姐姐一顿呵斥，差点把她给吓哭了。

井水冬暖夏凉。冷天用井水洗脸，洗碗，洗衣服，暖乎乎的不会冻坏手指。夏天热浪滚滚，井水可以解暑，用井水冲凉，揩身，别提有多适意了。生产队里分了西瓜，吃前先把西瓜浸泡在井水里，吃时甜甜的、凉凉的，一直爽到肚子里。傍晚时分，吃饭的八仙桌移至院中，场地上泼过了井水，空气里少了浮尘，地面上散发出丝丝的凉意，吃饭的人也就不觉得那么热了。夏天吃不完的饭菜放进竹篮里，系上绳子吊在水井之中，隔夜都不会馊掉。

生产队当年挖过好多井，几乎每一片场上都有，不过井水碱性重，用井水烧出来的米饭、米粥颜色发绿，味道发涩，好多人都吃不惯。因此虽然挖了井，但真正做到不用河水只用井水的，好像也没有几家。

有一次，不知道怎么搞的，我家的一把铁榔头掉进了水井里，我叔叔花了大半天工夫，一桶一桶把水井吊空后，终于看到那榔头躺在井底的淤泥里，仿佛在说："我在这儿啊，看你们怎么下来拿！"用吸铁石吸吧，一时找不到大磁铁，小的磁铁吸力有限，根本吸不上来；放竹扶梯吧，井口太小放不下去，而且长度也不见得够。后来有人提议找个小孩，绑上绳子放到下面去捡，这倒是个好主意，看热闹的小孩挺多，可真要下去，大家你看看我，我看看你，谁也不敢下去冒这个险。后来还是年纪稍大的戴德华接下了这个任务，他腰上系好了绳子，慢慢下到井底，这才让榔头回到地面。

不久以后，生产队又号召农户挖"灶边井"，这种水井直接挖在灶屋间的灶头脚边，取水十分方便。父亲听说第一户挖井做示范的人家可以不用自己掏钱，当机立断就报了名，而队里的其他人家还在犹豫和观望。毕竟水乡之地到处是河，不免有人怀疑挖井的必要性。

挖井的那天，好多人过来看热闹。挖井师傅选好了位置，扒掉地上的几块墁砖，一点一点往下挖，随着挖出的泥土越来越多，地下的洞也越来越深。井下只能容纳一个人，地面上的人用绳子把竹箕放下去，一会儿一竹箕泥土吊了上来。从早上挖到下午，洞深已超过了三节水泥管的长度，但井底的水并不见多，还不到膝盖高。那时挖井采用水泥管套接的方法，这样既方便挖井又能避免墙基塌陷的危险。父亲心想既然这样，不如请打井师傅再往下挖深一点，弄成一眼四节头井不是更好吗？于是就去找王叙兴小队长商量。小队长一直以来很看得起父亲这个当农民的读书人，看过现场之后，当即表示了同意。

第二天早上，听见母亲在灶屋间里喊："井里有水啦！井里有水啦！"我赶紧起床奔向灶屋间，果然有了水，水面离井口只有一点点距离，几乎伸手可及。大家欢呼雀跃起来。母亲开心地吊起一桶井水，倒入小碗里挨个让我们品尝，井水清凉、爽口，碱味并不重。虽说有"井水不犯河水"这句俗语，但这口井的位置其实离河不远，井水与河水可能有些串通了。

自从有了灶边井，场开头的老井就失了宠，再不见有人去井边提水，也没人清理水井，时间一长，水面上漂浮着稻草、树叶和烂木头之类杂七杂八的东西，甚至还有死蛤蟆，不时散发出阵阵恶臭。转眼开始"包产到户"，农民可以办厂、经商。泥瓦匠出身的姨父看中我家场地大，跑来跟我父母商量要合开一个水泥预制场，专做造房子用的那种五孔板和水泥梁。这下倒霉了那口老井，预制场一开工，井口就被填掉了。

1986年对我家来说可谓是双喜临门的一年。先是我考上了大学，像父亲那样跳出了"农门"，而后家里的平房翻建成了楼房，全家人高高兴兴住进了宽敞、明亮的新房子。先前灶屋间里的那口灶边井由于没有碍着墙基的开挖，造房子的时候有幸得到了保留，不过位置由原来的灶头脚边变成了后来的吃饭间里。水井没有动，只是房子变了。那口陪伴了我家近三十年的水井，一直保留到2013年再次造房子时才被埋掉。

那一年，父亲查出了肺癌，而且已到了晚期，为了让他在有生之年能够看到造好的大洋房，家里立即动工建造新房。那天，刚刚在医院结束化疗的父亲听说家里的老房子拆掉了，地基也扒平了，提出要回去看一看。父亲到了乡下，在老宅基地上转了一会儿，很快就喘起了粗气，他一屁股坐在废墟上，自言自语地说："井没了，井没了……"语气中充满惋惜之意。随后，父亲的病情不断恶化，当年11月底，他在ICU特护病房里离开了人世。值得欣慰的是，父亲的遗体运回老家的时候，房子的屋顶已在前一天浇筑完毕。

新房完工以后，大姐请施工队的人在院子里重新挖了一口井，差不多就在以前生产队挖的那口井的附近。如果父亲在天有灵，他见了一定会非常高兴的。

2016年10月27日

老破絮啊，老破絮

在我们老家，人们常把棉花絮叫作老破絮，哪怕是新买的也都这么叫。棉花絮是棉袄、棉裤、棉被等的填充物。以前的人家普遍贫穷，棉花絮用旧了、用得硬邦邦了仍不舍得扔掉，拆开来扯扯松、摊摊平，拼凑拼凑还得接着用。儿时没有空调，没有电暖器，在湿冷的江南水乡过冬，大人小孩人人都得有棉衣、棉裤和棉鞋来御寒，要是没有这些宝贝，光靠几件单衣、几条单裤，日子真就不怎么好过。

人民公社时期，生产队集体的土地上轮番种植水稻、麦子、油菜、蚕豆、土豆等粮食作物，吃饱肚子最为重要，而农户家里的那些自留地上都见缝插针地种满了蔬菜，很少有人家种植棉花。可事实上，长江中下游地区也是我国三大传统的产棉区之一，种棉历史悠久，民国时期上海地区大力提倡种植棉花，一度还把棉花评为上海市的市花。

在商品凭票供应的年代，棉花票自然也是限量发放的票证之一。那时一个人一年能领到多少棉花票呢？不多，只有一斤。一条棉被八到十斤重，一床垫絮四五斤，做一身新棉袄至少也要塞进去两斤左右的棉花。这些棉花要是全部买新的，即使全家人所有的棉花票加到一起都不够用。真到了万不得已的时候，只好私下去买棉花票，或者用布票去跟别的人家交换。

每年冬天来临之前，母亲就开始忙着给家人准备御寒的冬衣。家里的小孩年年都在长个儿，旧年的棉衣到了下一年免不了短了、破了，这就需要把领口、袖口、裤管等部位拆下来接接长、补补好，必要时再添一些新的棉花絮进去。棉衣是穿在里面的，外面有包衫罩着，打几块补丁、布料五花八门一些倒也无伤大雅，可要是脏了，甚至闻上去有味道了，那就得把它拆下来洗洗干净，把棉花絮整理整理再塞回去，一行一行缝好。这种用针线固定面子、里子和棉絮的缝纫方法叫作纫，所以棉袄和棉裤在我们老家又叫纫絮布袄、纫絮裤子。除了棉衣还有棉鞋，母亲做姑娘的时候在她小姑家开的缝纫店里做过几年学徒，因而不但会做老式的蚌壳棉鞋，而且能做新式的拷钮棉鞋，冬天快到的时候不断有人来找她帮忙做棉鞋。

母亲说，她与我父亲在1958年春节结婚时家里穷得叮当响，新房里除了一张床是自己家的，其他的家具都是借来充门面的，他们的新床上只铺着一条草席。后来总算从亲戚家里借到了一床棉被，空荡荡的新房里才有了些许温暖。那个年头，乡下人结婚总是有人来闹新房的，新床上有几条棉被，是评定这户人家条件好不好的一个重要依据。父亲结婚讨老婆没有棉被这件事，母亲开玩笑说过几次，父亲表面上不恼，但其实这事已成了他的一块心病，总想以后找机会补偿母亲。多年以后，父亲自作主张买了一条老破絮，不料弄巧成拙反而闹出了笑话。

那一年，父亲仍然在老家的生产队里劳动改造。一天，有人悄悄给我母亲打小报告："你家阿刘在街上买了一条老破絮，回家路上掉进了烂污泥里，老破絮现在被丢弃在龚明兴家河滩头的弄堂口，你快去看看吧。"以前好多人家都把自己的小孩过继给庙里的老爷，刘根生是我父亲的过房名，熟悉的人就叫他阿刘。

母亲一头雾水，不过还是跑去看个究竟。

到了那里，母亲果然见到了一条脏兮兮的老破絮。原来近日多雨，生产队不出工，父亲得了闲又到镇上的茶馆店去喝茶。行走在大街上的时候，他看到有人在排队买老破絮，一打听是议价的，才卖五块钱一条，而且不需要棉花票。父亲毫不犹豫加入排队的人群之中，高高兴兴地买下了一条老破絮。回家路上又下起了雨，父亲嘴里哼着小曲，得意扬扬地往前走，走着走着意外发生了：脚一滑，手一松，拎在手里的老破絮脱手掉到了地上，不偏不倚滚进了一团积水之中，洁白的棉絮在烂污泥里打了个滚，那个惨劲就别提了。发生了这样的事，心虚的父亲不敢把老破絮带回家，只好偷偷寄放在别人家里，打算过几天看看再说。

母亲把那条脏的老破絮带回了家，手搓了一阵怎么也弄不干净，只好抱到河桥（河埠）边用河水洗。棉花吸了水，一下子变得死沉死沉，母亲费了好大劲，总算把老破絮晾到了竹竿上。她中途去给老破絮翻面，不料手一碰上去，上面的棉絮一片片掉落下来。真是便宜没好货，表面看着还可以的一条老破絮，芯子里全都是细碎的旧棉屑。按现在的说法，分明就是一条"黑心棉"。

白白被父亲糟践了五块钱，母亲的心里好生难受。正当她一个人唉声叹气的时候，邻居小阿妹走了过来。小阿妹是我母亲要好的小姐妹，也是培庆伯伯的儿媳妇，她来到我母亲跟前，乐呵呵地说："嫂嫂，你不要生气，我家金泉也买了一条同样的老破絮，我看着不对，早就扔掉了。"看来贪便宜上当的人不止我父亲一个，母亲的心情总算好了一些。

农村人的苦日子在改革开放后结束了，结婚三大件很快从自行车、手表、缝纫机演变为彩电、冰箱、洗衣机，那个时候置办几床新棉被已不在话下。1992年，我结婚娶媳妇，新床上的棉被大大小小有八条，叠得像小山一样高。这些棉被有自家准备的，也有从妻子的娘家陪嫁过来的，都是清一色的好棉花，再配上五颜六色的丝绸被面，看上去是那么的喜庆。儿子结婚能有那么多新棉被，母亲感慨万千，她摸摸这条，摸摸那条，一时乐得合不拢嘴。

父亲从教师岗位上退休后，一直尝试在自家的田横头和屋背后种棉花。他以前没有好好种过棉花，开始种的时候心里没有多少把握，想不到种下的棉花开花多、产棉多，就连着种了好几年，结果年年都丰收。母亲给棉花球剥了壳，去了籽儿，白花花的棉花絮放在团匾里，在太阳底下晒，看得人晃眼睛。那些棉花正好给孙辈们添置小棉被、小棉袄，自己的劳动成果能给儿孙们带来温暖，父亲心中好不得意。

不过让父亲想不到的是，不久以后有了腈纶棉、羊毛衫、皮夹克和羽绒服，毛线衣也多了起来，老棉袄慢慢就没人穿了。如今的年轻人要风度，没有几个人愿意再穿着臃肿的棉衣出门。父亲生前种的那些棉花，至今还有二十来斤积压在家里，反倒成了累赘。到了今年，我姐的儿子阿超结婚成亲，母亲想着家里积存的那些棉花好不容易可以派上用场了，不料姐姐却说："不要，不要，新房里有空调，还有丝绵被，老破絮被头一条都不要。"

母亲好不失落，呆呆地站在那里自言自语："老破絮啊，老破絮……"

2021年4月9日

老宅印象

　　20世纪六七十年代，我们戴家宅基地上大大小小共有九间房子，而我出生以后家里第一次造房子是在1976年，那一年我正好十周岁。

　　在此之前，父亲与我叔叔尚未分家，父亲虽是大佬（老大），住的却是西面两间正屋。正屋共有四间，东边两间分别是我叔叔家的房间和灶屋间。大院西侧另有五间横屋，都是些上南落北的老房子，开间不大，也比较低矮，那里住着我的太太（曾祖母）、娘娘（祖母）和小姑（田伯）。余下两间租给了阿东公公和严家姆妈。每月房租一块钱，归太太掌管。

　　如今半个多世纪过去了，戴家场上的兄弟俩早已分了家，老家的土地上房子造过多次，平房变成了楼房，楼房变成了洋房。儿时的记忆在远去的时光里越来越淡，也越来越模糊，幸好努力回想一下，老宅基地上的墙门、天井、菜园子这三处地方，依稀还有些印象。

墙门

　　墙门是一户人家外出的正式通道，但凡独门独院的人家，操办婚丧嫁娶之类的大事都必须走墙门。想当年，我太太过世时，装着她老人家的棺木就是从东墙门抬出去，经过老培庆伯伯家的场院，在官溇港上船的。要说近，我家北门外就是马塔塘，在那里上船自然更加方便，可是不能这么走，小辈不能坏了祖宗传下来的规矩。

我家与培庆伯伯两家之间隔着一堵围墙，墙上开有一个门洞，称之为东墙门。那墙门由两扇木头门组成，开与关发出吱咯吱咯的声音。关门靠一根门闩，先将门闩的一端插进左边门框上的小洞眼，再把另一端嵌入右边门框的卡槽中，这样就关上门了。有一次，我请文刚表弟帮忙，让他在里面插上门闩，我在外面用小刀插进门缝，稍微拨弄那么几下，轻而易举就打开了门。这个实验说明门闩只能防防君子，真正遇到小偷或强盗，根本就派不上什么大用场。

有一年，院子里真的来了一个小偷，可恶的蟊贼偷走了我姐姐平日里舍不得穿的毛线衣，让她伤心地哭了好几天。小偷被抓住后向村干部承认他是翻围墙进来的，因为担心开门时会发出声响。

天井

天井位于横屋与正屋的交界处，紧挨着我家睡觉的房间。母亲告诉我，那个天井是她生我姐姐那年家里修缮房子时才围起来的，原先并不存在。我一直怀念儿时相伴的那方小天井，也相信家里之所以弄出那么个天井，必定与当教师的父亲有关。我们戴家的上代人，都是低头弯腰在土地上耕耘不辍的农民，那种民国情调的风格，恐怕只有在外面见过世面的父亲才想得出。

父亲母亲结婚那年，分得两间房子临时居住，睡觉的一间叫作房间，烧饭、吃饭的那间叫灶屋间。房间长条形，东西稍长，南北较窄，也就十来平方米，不过采光不错，屋顶有个天窗，靠天井这边的墙上还有一排格子窗，窗上不装玻璃，一格一格全是薄得透光的蚌壳，那种窗就叫蠡壳窗。那个年代，村子里能有这种窗户的人家可不怎么多。

父亲向来喜欢种树，连天井那么点的小地方也没有放过，他在天井里种了一棵枇杷树，也许是阳光照得少，始终没有结出果来。早先的天井是泥地皮，后来在父亲的鼓励下，我用乱砖头铺了地面，一下子看上去干净了许多。天井的墙脚边长着一些苔藓、蕨类植物，狭小的空间里平添了许多绿色，那里也成了蟋蟀的家园。推开窗户，就能见到横屋的山头墙，往上便是蓝蓝的天空了。上学前空闲时间多，我时常坐在窗台上，小脚悬在天井里晃来晃去，有时合上双眼，阳光照到我的眼皮上，我就迷迷糊糊地进入梦乡。也许正是这种静悄悄的环境培养出了我文静、内向的性格。有人说，一个人的性格，往往是三到六岁学龄前的这段时间养成的，而那时，我已知道自己是个跟别人不一样的残疾人。

有一段时间，母亲买了十几只小鸡崽放养在天井里，打算等它们长大一些后再转移到外面去。小鸡一来，天井里就热闹了，小家伙们叽叽喳喳地迈着小步，一会儿啄食，一会儿刨地，煞是可爱。我一时兴起，找来一根晾衣竿作势驱赶它们，赶赶这只，赶赶那只，看着小鸡们惊慌失措的样子颇为得意。哪承想，不知道是哪一下不得法，一只小鸡竟死在了我的眼皮底下，这下可就闯祸了。

母亲发现了死去的小鸡，一时颇为诧异，她不明白钵头里放满了鸡食，天井里也没人进去，小鸡怎么会无缘无故死掉，难不成来了黄鼠狼？母亲对我和姐姐说："谁要是能说出小鸡是怎么死的，就奖励一个大麻饼。"姐姐很想吃麻饼，但她说不清楚原因，不免有些失落，而我挺身而出，勇敢地承认："小鸡是我不小心打死的。"母亲恍然大悟，尽管这个原因让她有点哭笑不得，最终还是兑现了自己的承诺，花了一角钱给我买了麻饼。在她看来，诚实比损失一只小鸡重要得多。

菜园子

我家横屋的西墙外原先有一个菜园，如今已是叔叔家的场院。那菜园跟小队长王叙兴家接壤，中间打了一堵围墙。母亲说，围墙是用我父亲利用空闲时间捡来的乱砖头一点点垒砌而成的。父亲搭墙的时候，我尚没有出生，母亲讲起父亲搭墙的情形，在我想来应跟鸟儿垒窝差不多。

母亲恨不得把菜园里的每一寸土地都种上蔬菜，让家人有得吃，吃得好。可是人民公社大集体的时候，曾有一年上春头，生产队不让在自留地上种菜，连种在猪棚边上的几棵南瓜秧都不能幸免，叫人给拔了。母亲心疼不已，却又无可奈何。立夏一过，她再也熬不住了，找了个机会悄无声息地回了趟娘家，在我外婆那里讨到了一斤毛豆种，回家后趁着黄昏天黑偷偷地种于地下。这事正好被我父亲的继父看到了，他取笑我母亲这个儿媳妇在做无用功。母亲不以为然，心想等长出了毛豆，哪怕就是被生产队没收充公，自己家里多少也能分到一两棵，凑个一碗，烧来吃吃不是很好吗？想不到秋天的时候形势发生了变化，小队长睁一只眼，闭一只眼，不再多说什么。母亲种下的毛豆获得了大丰收，等到别人想要种的时候，已错过了栽种季节，个个后悔不已。

我是农历九月初四出生的，人家看见我母亲在生我的前一周挺着个大肚子，还拎着只提桶在菜园里浇水。问及此事，母亲倒也记得，她说那时地上种着八月菜，生长旺季需要天天浇水。母亲先用水桶从河桥上提来水，拎到菜地后改用搪瓷的小杯子一棵棵浇，累了停下来歇歇，摸摸隆起的肚皮，感受到我的胎动，倒也不觉得怎么累。

　　等我的个头长到围墙那般高，母亲就把菜地上的一些轻松活交给我来做。比如搭黄瓜棚，用她准备好的细竹竿插进地里，再把搓好的草绳绑上去，像模像样成了一个黄瓜棚。过了几天，黄瓜秧开始爬藤，藤尖天天往上蹿，无论长到哪里，都会伸出嫩嫩的小丝牢牢地缠绕在草绳上，每天都给人惊喜。黄瓜成熟的时候，姐姐吃一根，我啃一根，我们二人客客气气从来没有红过脸，而我的小伙伴红根弟弟家就不这样了，经常见他跑来跑去寻找自己的姐姐。旁人问他这么火急火燎找姐姐做什么，红根弟弟涨红了脸，急吼吼地说："阿姐采掉了一根大黄瓜，不知道跑到哪里去吃了！"红根弟弟家的菜地背阴，黄瓜结得少，姐姐又和他抢着吃，难怪他会急成那样。

　　1976年，戴家两兄弟分家，宅基地上所有的房子、树木和土地各家一半，连河埠头的那座大河桥都拆开分了。那次分家，按照"长东幼西"的农村习俗，我家分到了东半边，西边菜园的那块地就分给了叔叔家。

2016年7月18日

粒粒皆辛苦

"民以食为天",自古以来,吃饱肚子是维系人类生存的头等大事。作为一名经历过贫困的六〇后,我们这代人的童年仍然是幸运的。虽然那时农村生活清贫,但已度过了三年严重困难时期,老人嘴里那种"喝薄粥汤、吃糠粑粑"的苦日子我都没有经历过。在我离开家乡去外地求学前的十七八年时间里,平时除了吃不到什么好东西,真正穷到饿肚子的日子倒也是不多的。

江南人向来以米饭为主食,那时一顿饭能吃上两大碗白米饭的人大有人在,而生产队里的粮食是按人头、讲定量分发的,正常情况下一个半月分一次大米,这样总有些人家等不到下次分粮,家中的米缸已经空空如也。我家所在的官溇六队是一个人多地少的生产队,人均耕地只有六分,尽管一年种上两季水稻,但地里的收成也就那么多,所以暂时的缺粮时有发生。遇到这种情况,大家都盼着小队长的家里赶紧也没有米吃,那样队里轧米分粮的日子总会来得早一些。

我家缺粮的时候,母亲会去官溇五队的邱家寄妈家借米。寄妈不是继母,而是我母亲认的干妈。过房女儿家里有难,寄妈当然不会袖手旁观,因而母亲去借米总不会空手而归。一直以来,他们五队的粮食要比我们六队宽裕一些,邱家寄妈常对我母亲说:

"这淘箩米你拿去不用还了，你是我干女儿，咱们母女俩不能那么生分。"尽管那时大米不能公开买卖，但私下交易还是很值钱的。

在我依稀晓事之时，有一回，姐姐突然哭着对母亲说："爸爸不见了。"父亲的那次"失踪"，发生在他刚回村劳动改造不久。那一天，父亲跟随生产队的劳动队伍一起挑粪，由于他是一介书生，挑着满担的大粪走不来路（走路不稳）而将粪便溢了一地，因而受到旁人的奚落和小队长的批评。心情不好的他回到家中，发现镬子里没有什么吃的东西，而隔壁人家却正在用烧得香喷喷的饭招待客人，一气之下就离家出走了。

1982年，家庭联产承包责任制开始试点，不久以后"包产到户"正式实施，我家五口人总共分到了二亩九分农田，分别位于马塔塘的港北、三角荡的西面和红旗塘的南岸（南雪塘）三个地方。已经习惯了人民公社大集体的劳作模式，三十户人家的一个生产队就此彻底分开了，我们家的人一时顾虑重重。父亲当时重新当上了小学教师，他每周五天半的时间在学校里教书，到了周末才有回家劳动的时间，而我自幼腿脚不便，念了初中后一直住校读书，与人家相比，我们这个家庭明显缺少男劳力。

土地承包后农民种粮有了自主权，也就有了劳动的积极性。母亲做了半辈子的农民，自然不惧怕劳动的艰辛，而我父亲呢，真得感谢那九年的劳动改造，让他成为一把地道的种田好手。恢复工作后的他，有了教书育人和耕田种地的双重职业，他白天在学校教书，下班回家的路上仍不忘到自家的农田里看看庄稼的长势。如果发现田里稗草多，他就鞋子一脱，裤管一卷，赤脚下到田间去耘苗、拔草。有一次父亲在自家的田头撒尿，正好被学校的同事看到了，同事打趣说："戴老师真是'霸家'（顾家）透顶，肚皮里的一泡尿都要憋到自家的田横头去撒。"

有一年，我家种在南雪塘的麦子成熟了，母亲带领我的姐姐和妹妹在田间收割。割着割着，姐姐突然大叫起来："不好了！不好了！亚宝（我妹妹的小名）斫麦斫开了手，昏过去了！"原来妹妹见到自己手上流那么多的血，一下子吓晕了。

生产队分开时，我家分到过一条五吨头的水泥船（此船后来丢了），父母摇着这条船，穿过长长的官泾港和开阔的红旗塘，一趟趟到镇上去交公粮。天凝粮管所位于圆通桥的西南侧，每年开仓收粮时岸边总是停满了船只，去晚了根本靠不拢岸。那一次，我家的船只能停在河当中，挑谷上岸要从人家的船上走过。一般的船有三个船舱，前后两个小舱都有平棋（船舱板），中间那个舱比较大，上面没有跳板，下到舱里再上来就太麻烦了。父亲为了抢时间，想从船舷上走，可小船的船舷比较窄，父亲的一只脚不小心踩在了旁边的另一条船上。脚踏两条船自然没有好果子吃，船舷晃动起来就有了高低，父亲脚下不稳，身子一晃，眼看就要跌倒。为了护住稻谷不往河里掉，他的鼻子磕了一下，当即划出一道很深的口子，伸手一摸，脸上都是血。边上的人见了，担心我父亲伤得不轻，问他要不要去医院，哪知父亲哈哈哈地笑得很开心，因为满满的两筐粮食全都掉在了船舱里，一颗谷子都没有少。

稻谷验收过磅以后，平时都是卖谷的人自己挑到粮库里，再通过陡峭的跳板一直挑到顶上。管理员看到我父亲那副惨相，难得网开一面，允许他直接倒在了下面。

还有一回，父亲搭乘人家的农船去粜麦。由于前期太阳出得少，麦子摸上去有点潮，可偏偏粮管所的验粮师傅门槛精得很，抓起一小把麦子在嘴巴里嚼了嚼，就判断麦子还没有干。那天粮管所的大院里晒满了不同人家的麦子，东边一堆，西边一堆，找个落脚的地方都很难，父亲只好将麦子搁在墙边，打开袋口晒太阳，同去的几户人家顺利地交了粮，高高兴兴逛街、吃馄饨去了。

　　一直等到下午三四点钟，卖粮的人都走得差不多了，验粮师傅出来看了看，仍说我父亲的麦子没有达到标准。父亲赔着笑，说了许多好话，终于让那个人松了口。他说道："看你把儿子培养成大学生不容易，今天这些麦子就勉强收下了。"

　　父亲退休后一直坚持着承包田的耕种，到后来农民不再交公粮，不需要"三上交"，甚至连农业税都给免除了。从此，父亲把双季稻改成单季稻，收下的粮食仍够全家人吃一年。在农村长大的我，自然知道种田的辛苦，好在后来拖拉机、收割机开到了田头，农民种田有了机械化服务，连拔秧、插秧都不需要了，这才让父亲轻松了不少。

　　有一天，父亲因为下午要到镇上的书场去听书，中午时分急急忙忙去田里喷药水，结果由于气温高，农药散发快，父亲中毒失去了知觉，一头栽倒在水田里。还好后来他自己慢慢醒了过来，不然那天真要发生大祸。

　　如今生活富裕了，吃的东西也多了，可是医生说若要身体好，必须管住嘴，控制好饮食。唉，我们这些年过半百的老年人哪，小时吃不饱（好），老来又不能多吃，这算不算是一种幸福的烦恼呢？

2019年2月8日

龙口有亲戚

　　龙口，不是龙的嘴巴，而是一个自然村的名字，人称龙口里。在那个沿河的村子里，有着我家的一门亲戚，那便是我的二姑妈"二阿伯"和二姑父"二倌寄伯"他们家。

　　二姑妈的祖父与我父亲的祖父乃一母所生的同胞兄弟，两位先辈于光绪三十四年（1908）在家族长辈的见证下分家立契，自立了门户。到了我父亲与二姑妈他们这一辈，已隔三代，但两家人情同手足，来往密切，尤其逢年过节时吃饭做客人，那是少不了的。

　　龙口村相距我家所在的官溇村并不遥远，中间只隔了一条烧基港，况且两个村子后面的龙口港和马塔塘其实还是同一条河流，只是不同的河段叫了不同的名字。二姑妈说，当年二姑父家用一顶没有布帘的赤膊小轿，将年仅十二岁的她接去做了童养媳，从此她就成了二姑父他们徐家的人。二姑妈到了十八岁，二姑父与她成亲，正式结为夫妻。那么多年来，二姑父一直叫二姑妈为"二宝"，二姑妈则喊二姑父"二倌"，有时也叫他"阿传"，如此亲密的称呼，从年轻叫到年老，听上去是那么恩爱，那么自然。

　　过年时，亲戚之间都要轮流请客吃饭做客人。走路去龙口，路倒不算远，但必须在烧基港上摆渡，而烧基港上的渡船是龙口村的，外村人想过河，每人每趟得交二分摆渡钱。年头上做客人往往都是全家出动，那样一去一回得花不少钱，为了省下摆渡钱，最好还是自己摇船去做客人。那一年春节，我家去龙口村做客人，父亲从生产队里借来了一条五吨头水泥船，停泊在我家的河桥（河埠）边，我与姐姐、妹妹穿上过年的新衣裳，早早地坐在船舱里的小板凳上，等着父母上船便可出发。可是等了很久也不见父亲、母亲出来，他们要么是在准备做客人的礼物，要么也要换换衣服，稍稍打扮一下，尤其我母亲，还要梳一下她的两条长辫子。这个时候不知道什么原因，拴在树上的缆头绳突然松开了，马塔塘河宽水急，船就离了岸，顺着水流直往河心处漂荡而去。眼看船离岸越来越远，再过一会儿就要进入三角荡，我们三个小孩吓得哇哇大哭，大声呼叫"爸爸、姆妈"。终于等到父母出现，他们跳上了岸边的另一条小船，一通猛摇过来解救我们。那天到了二姑妈和二姑父他们家里，我们身上的新衣裳已经脏得不好看了。

有一次，我和妹妹还有堂弟、堂妹，我们四个小孩一起去二姑妈和二姑父他们家玩。经过豆腐浜、西浜，到了烧基港的摆渡口，船工见到不是他们村的人就来了精神，一边摇船一边向我们讨要摆渡钱，可我们身无分文，哪里有钱给他呢？只好跟他说回来时再给，这样总算渡过了河。

到了龙口村，二姑父热情地挨个抱了我们，还说我长得快，差不多齐他的肩膀了，二姑妈则给我们泡了糖汤茶，又拿出一些自己炒的瓜子儿让我们吃。我们几个人原来是想去讨点零花钱的，可到了那里谁都不好意思开口，但又怕回去交不上摆渡钱，只好待在他们家里，一直磨蹭到傍晚时分才怏怏地回家。

回家的路上，二姑妈跟在后面相送，走在最后面的我听她一直在喊"慢点，慢点"，以为是她担心我脚有残疾，走快了会摔跤，所以对我特别关照，于是我放慢了脚步，慢慢与走在前头的弟弟妹妹们拉开了一段距离。二姑妈赶了上来，拉了拉我的手，悄悄把一块油纸包着的小麻饼塞到我手里，轻声说："麻饼只有一个，太小了分不成，你偷偷吃了，不要让弟弟妹妹们知道。" 20世纪六七十年代的农村，谁家的日子都不好过，那天我们去了四个小孩，确实也够二姑妈为难的。想想那时过年给小孩子压岁钱，一般是每人两角钱，虽说不多，可在当时也不少。我家三个小孩，叔叔家两个，而二姑妈家只有我忆萍阿姐一个，这样给出收进，他们吃亏不少。

到达渡口时天色已暗，摆渡的船工早已收了橹和篙，回家休息去了，此时摆渡船浮在河当中。船的两头分别用绳子拴在两边的木桩上，如果有人过河，只需自己拉绳上船，再拉另一头的绳子就能到达河对岸，这样的渡船土话叫纰（chōu）渡船，以前人少的河港上这样的渡船并不少见，所以我们并不慌张。我们开心地跳上了船，顺利地到了东岸，因为那天没有要到零花钱，去时又受了摆渡人的气，一时气愤难当，就顽皮地解开了西横头的缆绳。这样一来，那天晚上后面想要渡河的人或者第二天早上摇摆渡船的人回来想上船，就得多费一些工夫了。

父亲、叔叔、二姑父，还有我的三姑父"三倌寄伯"，他们几个逮到机会经常在一起喝酒。对于这些大男人来说，菜不用太好，酒却是不能没有的，他们对黄酒、白酒来者不拒，常常喝到手舞足蹈，满头是汗，说话卷着舌头、大嗓门。

那一次，二姑父在我叔叔家喝多了，大家就劝他当晚睡在叔叔家里不要回去了，可他不听，非要回家，众人拗不过他，只好点一盏马灯，前呼后拥地合力送他回去。二姑妈拎着做客人的袋子跟在后面，一路上不停地说着埋怨的话。叔叔因担心二姑父走路走累了吃不消，出门时特地从家里搬了一条长凳跟在后面，走上一段就让二姑父坐上去歇一歇，等他缓过点劲再继续往前走。

这样走走停停，不知道停了多少次，摔了多少跤，又吐了多少回，总算把二姑父送回了家。那一晚村子里鸡飞狗叫，连豆腐浜王老板家有病的儿子都出来骂人了，那个情景想想是多么好笑。

十多年前，二姑父装上了心脏起搏器。对此，他一直耿耿于怀，常说自己花光了女儿女婿办厂赚来的钱，心里觉得过意不去。其实他的女儿女婿办厂较早，看病这点钱还是负担得起的。好在二姑父的起搏器装得不错，有效地维持了他的生命，只是不知后来他怎么的中了风，以后的日子只能躺在床上度过。

患难见真情，二姑妈在二姑父的床前端屎端尿，悉心地服侍着，二姑父又活了十多年，直到前年的冬天才离开人世。病重时，二姑父已经有些痴呆，常说胡话，不认识谁是谁了。我跟母亲前去望信（看望病人），二姑父握住我的手，出人意料地说出"你是大学生，了不起"这么一句话，可见在他零碎的意识中，仍然有着我的位置。

如今，三姑妈、我父亲和二姑父三人先后去了另一个世界，想必到了那边，他们兄弟姐妹几个一定是会相互照应的。

2019年6月25日

露天电影

　　农村长大的中老年人一定都知道露天电影，20世纪六七十年代，看电影可是乡下最重要的娱乐活动了。那时候，每隔一段时间，我们村里都要放映一场露天电影，地点就在官溇小学的操场上。

　　依稀记得，早先放电影的机器是由放映员挑进村的，后来有了挂桨船，放电影的那天下午，就会有一条带篷的机船停泊在官溇港安坝桥附近的河埠头。电影船一出现，不用等到傍晚的广播喇叭通知，消息很快就传遍了全村。学校的操场上顿时热闹了起来，一群娃娃跟在放映员的屁股后面，看他们掘地洞，搭架子，挂银幕，吊喇叭，摆机器……没到上学年龄的我，准是那个看热闹的队伍当中最积极的一个。

　　村民们赶紧生火做饭，生怕吃饭晚了会错过电影的开头，更有一些急不可耐的家长，早早吩咐自家的孩子把家里的长板凳搬到操场上去占位置，吃饭时家里凳子不够，宁愿站着吃。我们村看电影从来不用买票，本村的、外村的都可以观看，不早点去抢占有利地形，到时恐怕只能踮起脚尖、伸长脖子在后面看人家的"后靠山"（后脑勺）。

　　吃罢晚饭，全家出动，大人、小孩有说有笑地往学校方向赶去。中途看到有些人家亮着灯光，还没有出门，就大声地朝他们喊："快点，快点，电影开始啦！"人家"噢、噢"地答应几声，赶紧跟了出来。来到操场上，观众早已密密麻麻，大姑娘身上洒了花露水，穿上了新衣裳，小伙子头上喷过水，头发精心地梳理过。有不少青年男女谈朋友，都是在看电影的时候瞅着机会牵了手，最后谈成功的。那些先行摆好凳子、抢占位置的人家，此时要找到自家的凳子也是相当不容易，须得过五关、斩六将，突破重重包围后才能屁股坐到板凳上。

我在村里看电影一直不用自己搬凳子去，靠近银幕的孩子堆里必定有人给我留着位子。只不过那个所谓的位子，其实就是两块叠在一起的砖头，而那个给我提供座位的人，则是一个叫作大块头的残疾人。此人因为打针引起脑瘫，嘴上不能言语，心里却很明白，一直把我这个患有小儿麻痹症的小兄弟当作好朋友。前年的一天，我在安坝桥上遇到过他，近半个世纪没有见面了，看他大老远手舞足蹈向我打招呼的姿势，仍跟小时候看电影时一模一样。

早期的电影大多为黑白片，后期才有了彩色电影，电影的银幕也较小，胶片只有8.75毫米和16毫米两种，一卷一卷装在铁皮盒子里，就像电影里打仗用的圆盘机枪上的子弹盒。我爱看的影片中，有《南征北战》《平原游击队》《渡江侦察记》《地道战》《地雷战》这样的战争片，也有《红灯记》《智取威虎山》《沙家浜》之类的样板戏。一段时间，电影放映前都有书记、村长讲话，他们拿着话筒向社员们宣传当前的形势，布置农业生产任务。等到领导讲完，电灯熄灭，机器转动，一道雪亮的光柱射向银幕，电影开始放映。不过经常会有一部纪录片或者科教片在前面垫场，看完以后才是当晚的正片。

有时候片源紧张，一部电影同时安排在两个村子里放映，这时就得有一个跑片员，负责到前面的村子去把人家刚放完的电影胶片一圈一圈取回来。那会儿没有自行车，一趟趟全靠脚跑，这样免不了会有接不上片的时候。这时场地上的灯光骤然亮起，观众骂骂咧咧，吵吵闹闹，有的站起来活动下筋骨，有的则趁机挤出人群，跑进学校旁的厕所或者附近的小树林中去方便。

观看露天电影难免会遇到下雨、断电之类的意外情况。落点小雨，乡下人是不怕的，伞都不打坐在老地方照看不误；雨大的话，就只能躲到南北两排教室的走廊上，伸出头颈继续看电影。这个时候操场上只有放映员照看着机器，一把大伞下两只胶片轮不紧不慢地转动，银幕上精彩的故事仍在继续。遇到突然断电的情况，如果当天有电影船，那么船上的柴油机可以用来发电，发动机器、接通电源后继续放，否则就只好让观众们坐着等电来。倘若中途发生了卡片或烧片，放映员见怪不怪地关掉机器，扯过一段胶片接上去再放，这样一来，精彩的内容肯定漏掉不少。

电影好看，有时看了一遍仍觉得不过瘾，大家就围住放映员，问他明晚在哪个村里放电影，如果是不太远的邻村，第二天会约上些人再去看上一遍。而去邻村看电影，就不像在自己村里那么方便，去得晚了可能连立脚的地方都没有，只有到银幕背后去观看的份儿，此时看到的人物是反向的，字幕也是反的，声音拐了个弯听上去有回声。一次，我们村大队人马跑到东顺村去观看影片《难忘的战斗》，可是到了那里根本没有电影在放，结果自然是白跑了一趟。那个晚上月亮如白昼，悻悻然回家的路上，大家戏说看了一场"白跑的战斗"，不知道是哪个爱捉弄人的家伙故意散布了假消息。

我的妹妹比我小好几岁，她看电影经常是由父母亲背去的。有一次放映故事片《火红的年代》，一群炼钢工人在银幕上唱歌跳舞，才看了个开头，妹妹就嚷嚷着要看她最喜欢的朝鲜电影《卖花姑娘》，她哭着、闹着，非要"卖花姑娘的妹妹跑出来"。母亲起先哄她，说卖花姑娘的妹妹在睡觉，一会儿再出来，妹妹勉强安静了一会儿，不久又要"卖花姑娘的妹妹跑出来"，这时母亲再想骗她可就不行了，妹妹哇哇大哭，吵得别人都看不成电影了。

有一回，村里放映天马电影制片厂出品的越剧电影《追鱼》，影片由越剧名角王文娟和徐玉兰主演，讲的是穷书生张珍和丞相之女牡丹之间的爱情故事。那天广播里事先做了通知，告诉大家放映的时间在后半夜一点钟，可当人们兴冲冲按时来到操场上的时候，却得知电影拷贝要在凌晨三点钟才能送到，原因是别的村子在前面插了队。偏偏放映员准备不足，没有可垫场的影片给大家看，人们只好哈欠连天地干等着，小孩子干脆在父母的怀里睡着了。那晚的电影放到后来，东方露出了鱼肚白，银幕上书生、小姐、鲤鱼精和乌龟精的影子淡到几乎看不清。不过大家依然津津有味地看着，毕竟越剧是我们嘉善人最喜爱的剧种。

如今时代不同了，电影都在舒适、气派的影院里观看。也许是我上了点年纪，已跟不上潮流，近年来上影院的次数越来越少，这倒不完全是票价的原因，实在是对所谓大投入、大制作拍摄而成的电影内容没有多少吸引力，反倒是电视上电影频道中播放的一些老电影依然能吊起我的胃口。尽管这些老电影我已经看过无数遍，但再次听到那些耳熟能详的台词，看到印象深刻的人物形象，儿时的许多美好记忆一下子又浮现在眼前。

2017年12月8日

马塔塘上扳塘罾

　　人民公社时期，水产大队的捕鱼船经常到马塔塘上扳塘罾。

　　扳罾亦叫扳缯，就是把网具敷设在水中，待鱼类游到网的上方，及时提升网具，再用抄网捞鱼的一种传统捕鱼方式。初中课文《陈涉世家》中有"乃丹书帛曰：'陈胜王'，置人所罾鱼腹中"的句子，可见罾网捕鱼的方法古已有之。

　　生活在江南水乡，我见过的罾网捕鱼大致有两种：一种是四根细竹竿当支架、一根长竹头做撑竿的那种小罾网（或叫筝网），这种网一般不大，捕鱼的人在河滩边通过拉绳让罾网升起或落下；另一种就是扳塘罾，用的是跨河的大网，要让那么大的网快速升出水面，光靠手来拉肯定是不行的，必须得有一架结实的木轱辘立在岸上，用力扳转轱辘轴上的把手，才能牵起网。

　　老家人一直把塘罾船叫作网船，船上的渔民的口音与我们本地人有着明显的不同，听上去怪怪的，小孩十分害怕。小时候，母亲经常吓唬我和姐姐："如果不乖，就把你们送到网船上去。"因此塘罾船一来，我们两个小妮娃都特别听话。

　　塘罾船上共有三个舱段，前舱养鱼，中舱放网，后舱搭了个棚，棚里面除了可以睡人，还有一个生火做饭的小厨房。渔民以船为家，吃喝拉撒都在船上，他们把睡觉的船舱打扫得干干净净，木板上泛着亮光。而在塘罾船的屁股后面还有一条拖艄船，渔民摇着这条小船在罾网边捞鱼或到河中央补网，摇来摇去速度飞快。

我家河桥（河埠）东边的这片水域靠近官溇港的河口，河水交汇之处水流湍急，河面上时常有隐隐的旋涡，于是成了扳塘罾的理想之处。鱼儿游到了这里，哪里知道危险正在降临，岸上的木轱辘"咯吱咯吱"开始转动，两个渔民一左一右，双手交替合力扳动轱辘轴上的把手，嘴里发出"哼哟哼哟"的声音，抑扬顿挫的调子听上去像是在唱歌。大网徐徐上升，鱼儿感觉到不妙，它们四下乱窜，企图寻找一条逃生的通道，可此刻大网四周出了水，再怎么挣扎，再怎么跳，也如孙悟空终究逃不出如来佛的手心那样，只能是徒劳了。

大网晃晃悠悠地往上升，带上来的河水像雨点一般往下掉。一个渔民飞奔上了小船，竹篙子往岸上一点，飞快地奔河心而去，只见他赤脚站在船上，手中长长的抄网上下翻转，一下，两下，三下……大鱼连同小鱼悉数收入鱼兜之中。眼见大功告成，轱辘边上的渔民旋即松了手，大网在巨大的重力作用下再次沉入河底，静静地等待下一拨鱼群的到来。

渔民捕到的鱼养在船上一个专门的鱼舱里，船舱的底部凿开一个小洞，保持与河水相通，鱼养在活水里就不会死去。那个时候乡下人手头拮据，平时不舍得买猪肉吃，而鱼的价格不到猪肉价的一半，又不需要凭票，因而深受村民的喜爱。尤其半斤不到的小鱼特别抢手，通常只卖两角钱一斤，只是小鱼刺多，吃时要特别小心。小鱼最畅销，去晚了往往买不到，买鱼的人只好把篮子放在河边排队，跟船上的人约定第二天早上再去买。渔民们深更半夜都在扳罾捕鱼，他们说话算数，只要有了鱼一般都会给人留着的。如果买鱼的人当天实在想吃鱼，那就咬咬牙，几户人家合起来买下一条大鱼，买好之后把鱼剖开来分一分，买到鱼的人拎着淌血的鱼肉欢天喜地地回家去烧着吃。

那时的马塔塘一日两潮，退潮时河水往东流，渔民会让罾网的东边高出水面挡住鱼的去路，这时牵网的轱辘设在西边。起潮时正好相反，木轱辘移到了东横头，西边的网绳高出水面，这样总是一边高出水面，另一边沉入水中，鱼儿一旦进入罾网之中，朝前不行，后退也难，也就只有被网住的份儿。最麻烦的就是有船经过，大网沉下去，船才能通行，这样势必影响到捕鱼，而船上的橹也有可能伤及罾网，因而难免会有口角发生，有时甚至还动了手。

俗话说："三百六十行，行行有门道。"扳塘罾这个活看似简单，实则不然。曾有几个不服气的本地农民与塘罾船上的渔民比试扳网，结果一上手才知道插在木轱辘上的那几根竹把手势大力沉，扳塘罾比起垄地、挑担那样的农活来一点也不轻松。

塘罾船来的次数多了，水产大队的渔民与我们村里的农民慢慢地成了朋友。渔民每次来打桩、架网的时候，必定要到附近的猪舍、鸡棚里去看看，打桩引起的震动会让怀孕的母猪落胎流产，也能吓坏母鸡，让它孵化不出小鸡来。这样的事是有过先例的，我家就有过一只孵蛋母鸡受到惊吓，从此不肯安心地孵蛋，结果一窝孵了多日的鸡蛋变成了带毛含血的喜蛋，一只小鸡崽儿都没有从蛋壳里钻出来，最后那些蛋都成了我父亲的下酒菜。塘罾船上的渔民知道了这件事后倒也爽快，由一个鼻翼上有块青痣的渔民阿四领头，拎着两条白水鱼，笑嘻嘻地送到我家当作赔偿。

正巧我家那天煮了青蚕豆，就盛了两碗回赠给他们。在农民家里普通得不能再普通的蚕豆，到了渔民的嘴里就成了难得的美食，他们狼吞虎咽，豆壳都没有吐掉。水产大队是生活在水上的渔民村，他们没有陆上的土地，平日里只有凭定量的粮票购买商品粮，也许他们不缺鱼吃，但也总是饥肠辘辘饿着肚子。他们没有蚕豆、番薯、玉米那样的杂粮，哪怕想吃点新鲜蔬菜都很困难。

从那以后塘罾船的渔民与我家成了好朋友，他们爱吃我母亲做的粉食糕点和我家自留地上种的蔬菜瓜果，而别人家买不到的鱼，通过我家总能顺利地买到，而且价格还略有便宜。后来，渔民阿四索性认下了我的姐姐给他当干女儿，他就成了我姐嘴里的娃娃寄伯（小孩子把鱼叫娃娃，把干爹叫寄伯），这事惹得其他几个渔民好生羡慕，恨不得也要认一个。可那时我妹妹还没有出生，家里没有多余的女孩子让他们认亲。

改革开放后，水产大队像农业生产队一样纷纷解体，渔民们靠河吃河，以家庭为单位继续在河道里捕鱼捉虾，红红火火地过上了好日子。而今渔民退渔上岸，在政府分配给他们的土地上造起了高大的洋房，从此告别船上人的生活，成了居有定所的城镇居民。遗憾的是，马塔塘上的塘罾船再也见不到了。

2018年5月14日

母亲的洋机修好了

前些时候，有人寻上门来，要租天凝教师楼里我父亲生前与母亲一起居住过的那套房子。那房子空置了多年，不免潮湿、霉烂，物件摆放更是零乱不堪，我与母亲连着整理了三天，卖的卖，扔的扔，总算把房子收拾好了。

一切处理妥当，上门收废品的人主动帮忙将房间角落里的一台老式缝纫机运去乡下老家。谁知他刚一动手，那缝纫机的面板就咔嚓一声散了架，幸亏这个人反应敏捷，一把抓住了机头，这才避免其砸到地上。母亲一声叹息，脸上满是不舍。

这台缝纫机是我母亲的宝贝，是她与我父亲共同生活的五十五年里，父亲买给她的最为值钱的东西，尽管买来的时候就是二手货，尽管现在已然锈迹斑斑。

以前缝纫机十分稀有，由于是国外发明的，引入国内后民间俗称为洋机。我家这台缝纫机的由来，得从父亲、母亲第一次见面说起。那是20世纪50年代的一天，父亲按照媒人提供的信息去天凝镇上与我母亲相亲。母亲是杨庙娄斗浜人，因为家庭成分高，到了二十五岁还没有找好婆家，在当时可称得上是一名大龄女青年。而父亲出身贫农，初师毕业后先在桐乡教书，后调到陶庄小学，如果不是媒人的牵线撮合，他们两人无论如何是走不到一块儿的。

父亲和母亲见面的地方在中学门口那条弄堂里的一爿裁缝店。那店不大，是母亲的小姑与别人合伙开的，店里摆着两台洋机。母亲有空就去店里帮忙，由小姑管饭，但母亲不算店里的学徒工，她就是想学点本事，将来有个一技之长，也好有份挣钱吃饭的营生。

父亲得意扬扬地跟我说起他的那次相亲经历。他说到了弄堂口，老远望见一个年轻女子在店里踏洋机，看她动作麻利、神情专注，心中有了几分中意。再走近细看，见那人皮肤白皙、辫子长长，一下子就动了心。于是当他大步跨入店堂时，心中已有了主张。

想当年父亲相貌堂堂，风华正茂，加上他是一名正式的人民教师，自然得到了母亲的喜爱。母亲的小姑忙不迭地让座、泡茶，热情招待我的父亲，相亲过程气氛融洽、交谈甚欢。言谈中，小姑说，如果能买一台洋机放在店里，母亲就可以接生意做裁缝，这样大姑娘家免去了下地种田日晒雨淋的辛苦。

父亲当即表态要给母亲买一台洋机。那时缝纫机价格不菲，但父亲成家心切，他自恃每月有二十多块钱的教师工资，一年，两年，三年……假以时日，积攒个百把块钱，买台缝纫机应该问题不大。

1958年的春节，父亲如愿将我母亲娶到了家中，然而他给母亲买洋机的承诺，却因为接踵而至的三年严重困难时期、我们几个的接连出生、我的残疾看病和他自己劳动改造等诸多因素而搁浅了。母亲清楚自己的家底，也明白她在婆家的尴尬地位，就此把买洋机这件事情藏在心底，不再提及。

时间过得飞快，一晃到了20世纪70年代初期，母亲的洋机梦终于出现了一缕曙光。那时，村里的爰子平老师家欲将一台用了几年的旧缝纫机折价卖掉。这个千载难逢的消息传到了父亲的耳朵里，让他一下子动了心。

那个时候，村里有洋机的人家少之又少，一般也就是家里有"外出工人"（在外地上班、拿工资的人）的家庭才买得起。父亲在乡下劳动改造，没了工资收入，工分挣得又少，那种情况下要他买一台全新的缝纫机是远远办不到的，而旧缝纫机就不一样了，不但可以还价，还可以赊欠一点，留待以后慢慢还清。父亲咬牙卖掉了家里的一个大衣橱，拿出了全部积蓄，再向亲戚借了些钱，这才凑足了数。

洋机抬进家门，母亲连忙给机器揩拭、加油、穿针、引线，一番忙碌之后，嗒嗒嗒的声音在房间里响了起来。母亲兴奋地告诉家人，那台洋机保养得蛮好，除了绕线器有点故障，还有踏脚板有些咣当作响外，其他没有什么大的毛病。唯一遗憾的是，这台洋机的机头是固定在面板上的，不像有些机器不用的时候机头可以藏进肚子里。为此，父亲请木匠阿马专门做了一个木罩子。罩子是用木屑板做的，顶部工工整整地弯成了圆弧形，等到做好以后才发现木屑板的毛面做在了外面，不过没事，就这么将就着用吧。

有了洋机，母亲就有了用武之地。此后，家里三个小孩子的过年新衣，平时的缝缝补补全都是在这台机器上完成的。那些年，母亲给我做过的假领头、白衬衫、夹克衫至今仍留存在我的记忆里。母亲把一块块碎花布拼接起来，给我大姐做了一个大书包，让她背着它一直骄傲地读到小学毕业。颇为搞笑的是，我妹妹穿上了母亲做的一件花布衫，不知怎么引起了家里那几只大公鸡的兴趣，它们对小妹穷追不舍，不断地在她身上乱啄，吓得妹妹哇哇大哭，再也不敢穿上那件漂亮的新衣裳。

生产队不出工的日子，经常有人来找我母亲给他们做衣服，有做新的，也有改旧的，只要拿来布料，母亲样样可以做。母亲读书不多，脑子却灵光，量体裁衣懂得节省布料，窄门幅、宽门幅，不同的门幅该买多少布料算得很准。完工后，那些做过衣服的女人主动跑到小队会计那里去给我母亲划工分，她们会将一天或半天的工分转记到我母亲的名下算作报酬。如此，母亲年年都是生产队里工分挣得最多的妇女。我父亲赶时髦，爱打扮，经常穿着母亲新做的衣服出门，别人见他身上的衣服好看，也就找上门来让我母亲照式照样做一件。小学里有一位姚开丰老师，母亲给他做过好几件衣服，姚老师的老婆是知识青年，母亲做的衣服能让这家两个文化人满意，足以说明是有一定水平的。

改革开放初期，父亲的朋友、一个名叫王深山的人在我家开办裁缝学习班，村里与我大姐年纪相仿的许多女孩子都参加了。学裁缝少不了缝纫机，母亲的洋机就成了学员们的教练机，这个踏一会儿，那个踏一会儿，一天到晚不得停歇。好在裁缝师傅会修机器，梭子里轧的线再多他也能修好，所以母亲倒也没有太多的担心。

现在，相伴母亲半个世纪的缝纫机坏掉了，怎么能让八十八岁高龄的她不心疼呢？于是我赶紧上网寻店家，终于帮她找到了一块新的缝纫机面板。如今的网商几乎应有尽有、无所不能，不仅有合适的翻斗面板，还有实木面板销售。虽然我选的实木面板要比普通的复合板多花一倍的钱，但是那种厚实的分量、半新不旧的风格，给母亲带来了久违的亲切感。

那段时间，母亲逢人便说："我的洋机修好了！"

2020年2月26日

那年，那鞋

一

女儿想看电影《孔子》已经很久了，因为临近期末，我怕影响到她的学业，一直没有同意。这次放了寒假就答应了她。我们约好傍晚五点半在建国路上的新华书店那里碰头，因为这几天连日阴雨，特地叮嘱她务必多穿衣服，带好雨伞。

到达新华书店的时候，女儿已经挑好了一本《论语心得》，正在那里等着我去付钱，想不到读理科的女儿，还能对《论语》如此感兴趣。出了书店，我们父女俩在附近找了一家快餐店，随便吃了点东西，然后直奔华庭国际影城。

这时天空又下起了大雨，我们合打着一把雨伞，在一家家店铺的招牌下侧身穿行。我告诫女儿："找地势高的地方走，免得湿了鞋子和裤子。"不承想女儿苦着脸对我说："爸，鞋子早就进水了。"看来女儿还是不能照顾好自己，我只好找家店给她买鞋了。

好在华庭街是一条繁华的商业街，不远处就有一家鞋店正在营业。进入店内，女儿脱下了鞋子，果然袜子已经湿透，简直可以拧得出水来，如果让她穿着湿鞋、湿袜，坐在影院里看上两个多小时的电影，哪怕电影再好看，人也要出毛病的。适逢店家正推出买鞋送袜子的活动，我毫不迟疑地付了钱。女儿换上了新袜，穿上了新鞋子，一下子又恢复了精气神。

女儿在读高中，不久前语文课上刚刚学过《论语》，因而对影片中孔子倡导的仁爱礼仪十分熟悉，对孔子的文韬武略也是崇拜不已。她专注地盯着银幕，看得非常认真，而此时的我却分了神，脑海中出现了多年以前母亲跟我换鞋穿的那一幕。

二

时光回到1982年，那一年的夏天我初中毕业，作为一名农村学生，终于到了考中专的关键时刻。对于这个考试，同学们个个心知肚明，如果谁能够考得上，就可以转为城镇户口，从而跳出"农门"成为吃商品粮的城里人。甚至在有些人眼里，中专比大学还要吃香，因为中专生比大学生少读好几年书，这样就能早点参加工作，吃上商品粮。

我们那个乡镇当时没有设考点，必须乘轮船去县城参加考试，考试期间，考生暂住在考点所在学校的宿舍里。到陌生的地方去考试，对于我们这些没有见过世面的少男少女来说着实是个不小的考验，要知道，有些学生长那么大还没有去过县城。

赴考的那一天，不少学生家长自发到镇上的轮船码头为子女送行，有些人家全家出动，连爷爷奶奶都去了，码头上人头攒动，拥挤不堪，考试的重要性不言自明。我是只身一人前往轮船码头的，不是母亲不肯送，而是我要求她不送的。我事先跟母亲多要了点钱，提前在镇上的百货商店买了一双塑料凉鞋，作为给自己参加考试的礼物。那双崭新的鞋子当天就穿在脚上，这是我人生中第一次穿凉鞋，心中不免有些得意。

经过两个多小时的航行，几十名乡下考生到达了县城，上岸后在老师的带领下往考点走去。我是跟在队伍后面的，走了一段，才得知所去的学校和轮船码头分处在县城的两头，从东到西要走上个把小时。而我的脚和那双新凉鞋第一天开始磨合，从家到镇上轮船码头的时间充裕，走起来还好，到了县城，因担心在人生地不熟的地方掉队，不敢放慢速度，明显感到鞋子硬邦邦地硌脚。好不容易到了学校，在临时分配到的宿舍里坐了下来，脱下鞋子一看，乖乖，脚底下磨出好几个水泡，其中两个已经破了，好疼好疼。

这个情况出乎意料，我没有多余的钱去买新鞋子，只好强忍疼痛坚持参加考试。三天的考试既忙碌又紧张，考完最后一门课的时候，感觉自己快要虚脱了。不记得后来自己是怎样从学校走到了轮船码头，又是怎样稀里糊涂地登上了回家的轮船。

傍晚时分，满载考生的轮船返回了镇上的码头，同学们背着行李，嘻嘻哈哈从舱门口鱼贯而出，上岸后找到家长各自回家。我一直坐在轮船的尾部，上岸的时间比人家晚了一些，出了舱门，一眼看见母亲正在码头上向我招手。母亲能来接我，这是我事先没有想到的，我像一个在外面受了委屈的孩子，眼眶一热，鼻子一酸，差点哭起来。

母亲接过我的行李，我们母子俩一前一后踏上了回家的路。此时已近黄昏，大街上没有多少行人，从人民桥上下来，走过朝东埭，过了胜利桥，向着红旗塘上的摆渡口而去，这时我的脚又痛了起来。那双凉鞋真是害死人，我龇牙咧嘴地站在那里，走不动了。

母亲发现了我的异常，回过头来问我："是不是没有考好？"没等我回答，她马上又安慰道，"考不好也不要紧的，以后可以再考，人家没考上的都在初复班复读，一直要考好几年呢。"唉，我知道母亲嘴上那么说，心里其实还是很希望我能考好的，但那时我也不确定自己考得怎么样，只得如实告诉母亲脚底起泡了。

　　母亲闻言，立刻俯下身子脱下我的凉鞋看个究竟。见到了我脚底上的水泡，不禁皱起了眉头，她毫不犹豫地脱下自己脚上的布鞋，不由分说地给我换上，而她自己却穿上了我换下来的那双硬底凉鞋，故作轻松地大步往前走。我从小残疾，右脚脚板马蹄内翻，平时只能穿母亲给我做的布鞋。那一次，我自己赶时髦买了凉鞋，以为凉鞋透气，洗脚方便，却不知凉鞋的材质还有新塑和回塑之分，买的时候又挑价格低的买，便宜自然没有好货。此时穿上了母亲的鞋子，瞬间脚就不痛了。千好万好，还是母亲的布鞋最好。我心里暖暖的，终于跟上了母亲的步伐。

　　那次考试，我超过了录取分数线，后来却阴差阳错最终没有读成中专，不免感到遗憾。在那个刻骨铭心的夏天，我有过迷茫，有过失落，但秋天来临的时候，我又背上书包，穿上了母亲做的布鞋，乘坐开往县城的大轮船，开始了高中阶段的学习。

　　孔子一生怀才不遇，历尽磨难，在周游列国途中不断传授仁道，不知道走过了多少路，穿烂了多少双鞋。世上之人谁都离不开鞋，鞋子穿在脚上合不合适只有自己最清楚。对我来说，母亲脚上脱下来给我穿的那双布鞋，便是我此生穿过的鞋子中最为舒服的一双。

2010年2月16日

难忘的铜脚炉

儿时的冬天比现在冷，北风呼呼地刮，雪花飘飘洒洒，纵然穿上鼓鼓囊囊的棉衣、棉裤和大棉鞋，依然会在湿冷的空气中冻得瑟瑟发抖。那时没有空调，也没有电取暖器，农村人御寒取暖总是离不开脚炉。

"矮婆婆，眼睛多，吃红饭，出黑污。"这是老人嘴里经常念叨着让小孩猜的一条谜语，其答案当然就是日常所见的脚炉。脚炉几乎家家有，儿时见到的脚炉，铜脚炉居多，也有部分是铝制的钢种脚炉，不管何种材质的脚炉，盖子上全都开着密密麻麻的小孔，既有利于空气的进入，也能让炉膛内的烟气很好地散发。脚炉有提手，形状大多为扁圆形，造型敦实，重心低，即使不慎踢到，也不易倾覆，致使炉内的炭火倒出来。

冬天一到，脚炉就派上了用场。母亲总是大清早第一个起来烧早饭，灶膛里稻柴烧过之后产生的热毛灰正好用来抄脚炉。母亲在脚炉底部放入锯末、砻糠或木炭，从灶膛里铲出带有火星的毛灰覆盖在上面，待到毛灰与脚炉的口子基本齐平时稍加压实，盖上脚炉盖，那只脚炉就算抄好了。抄得好的脚炉，火力持久，温度高，可长时间使用；抄得不好的脚炉，火力不够不说，有时烟气特别重，熏得眼睛受不了。这么说来，抄脚炉也是一门技术活。

天冷的时候，小孩子喜欢缩在被窝里睡觉，我也不例外，这种蒙被头睡觉的结果是越睡到后来越冷，就成了起床困难户。"脚炉来啦！起床啦！"母亲拎着热乎乎的脚炉进了房间，把脚炉往我被窝里一送，一股热气随即而来，于是赶紧把当天要穿的衣服放到脚炉边上烘，衣服烘热之后再穿到身上，也就不觉得那么冷了。

出太阳的日子，朝南坐在屋檐下"孵太阳"总是很惬意的。老人坐竹椅，小孩坐板凳，人手一只脚炉，双手伸进对侧的袖管里"相筒管"，任西北风怎么刮，也吹不到身上，手暖了，脚暖了，人也就不冷了。冬天气温低，阴雨的日子也特别多，有些人家刚生下了小孩，婴儿换下的尿布难以晒干，脚炉就派上了大用场，底下压一片，上面盖一片，那样勉勉强强可以跟上换尿布的速度。过了一段时间，脚炉的温度有所下降，这时需要翻脚炉。掀开脚炉盖，把底下的毛灰翻动一下，放点空气进去，脚炉的温度就又高了起来。每只脚炉都有为它量身定制的柴窠，那是用稻柴盘起来的，好让脚炉埋在里面保持温度。

烘脚炉，最开心的事情就是在脚炉里爆豆吃。找来蚕豆，把豆子埋进毛灰里，过了不久，便能听到"啪、啪"豆子开裂的声音，于是赶紧把熟透的豆子从毛灰中拨拉出来，吹掉毛灰，去了壳，塞进嘴巴里嘎嘣嘎嘣咀嚼起来，爆裂的豆子香香的、脆脆的，别提有多好吃了。有时一下子在脚炉里埋了许多豆子，豆子熟了以后，噼里啪啦的声音此起彼伏，响个不停，此时不免手忙脚乱，顾此失彼，若不及时把熟透的豆子夹起来，难免有些会焦掉，吃起来一股苦味，只好吐掉，那就甚为可惜。爆豆时，脚炉的提手翻到一边，提手与脚炉口之间形成一个圆弧形的空间，爆好的豆子在那里摆了一溜儿，看上去着实诱人，别人看到了，忍不住伸出手来向我讨一颗吃，我一般都会满足他们的要求。至于那双用于夹豆的竹筷，由于常在毛灰中出出进进，头部已被烤得乌黑，长度也越来越短，也就不能再用来吃饭了。

能在脚炉里煨的东西还有很多，尤其煨鸡蛋，那是要点水平的，如果欠火候，蛋黄仍是流动的液体，那种半生不熟的蛋叫作"溏荒（心）蛋"，虽是别有风味，但不一定人人都喜欢。我宁愿鸡蛋煨得老一些，剥掉蛋壳以后蛋白呈金黄色，那种煨鸡蛋带有柴火的焦香，可比水煮的白焐鸡蛋好吃多了。只不过鸡蛋不是常常有。

晚上睡觉前，母亲提前把脚炉塞进我的被窝里，好让我睡下去的时候感觉暖和些。我的右脚肌肉萎缩，血脉不通，到了冬天腿上冰凉冰凉的，没有一丝温度，用脚炉烘烘才会好一点。但脚炉放在被窝里有一定的危险性，小孩子淘气，被窝里踢来踢去是常有的事，睡着以后脚就更加不老实了，踹到哪里是哪里，脚炉要是翻了，毛灰弄到被窝里就有着火的危险。小时候听说过谁家的脚炉烧坏了被头，烫坏了人，甚至还有老人睡着以后活生生被烧死的惨剧。

脚炉，一度也是大姑娘出嫁必备的嫁妆之一。我母亲出嫁时，其他东西没有，陪嫁的脚炉却多达六个，堪称全村之最。原来我外公先后娶过两任妻子，第一任妻子因病亡故之后，又娶了我外婆续弦，巧的是两任妻子各有三个弟兄，这样一来，母亲就有了六个娘舅。外甥女出嫁，娘舅当然是要送大礼的，别看喝喜酒时娘舅朝南坐着风光无限，坐这个座位是要付出代价的。大娘舅率先送了一个铜脚炉之后，剩下的几个娘舅看样学样，全都跟着送了脚炉。

母亲带着这六个脚炉嫁给了我父亲，不久就遇到了三年严重困难时期，为了不让家人饿肚子，陆陆续续卖掉了其中的三个。后来祖母又对我母亲说，马上就要"破四旧"了，那些脚炉不卖掉，迟早都要被收走，这样又卖掉了两个，剩下最后的一个。后来祖母又想卖，母亲死活都不肯了，如此总算有一个脚炉留了下来。

正是那个没有卖掉的铜脚炉，在一个又一个寒冷的冬季给我送来了绵绵不绝的温暖，暖了我的脚，暖了我的手，暖了我的身体，让我的童年不再寒冷。可我太顽皮，实在有点对不住那个铜脚炉。一次我在脚炉上烘脚的时候，人来疯似的站在脚炉上手舞足蹈，结果好端端的脚炉盖被我踩出了裂缝，中间碎掉了一片。母亲向来重男轻女，儿子犯了错，她丝毫没有责怪的意思，过了几天，就让父亲拎着那个脚炉上街去配脚炉盖。想不到父亲配回来的脚炉盖与旧脚炉严丝合缝，像是原配的一样，或许铜匠师傅打脚炉的时候，尺寸有着一定标准。

如今，曾经人见人爱的脚炉已退出了历史舞台，少数能够幸存下来的老脚炉大多成了淘宝人钟爱的收藏品而被束之高阁。脚炉取暖的时代虽已远去，但在我们这些经历过贫困的人的心中，不管现在的日子如何的舒坦，脚炉带来的温暖无论如何是不会忘记的。

2016年6月9日

烧菜做饭的快乐

　　一般来说，烧菜做饭总是女性的专长，当今社会评价一个好女人的标准也有"上得了厅堂，下得了厨房"这一条。不过这个世界上喜欢烧菜做饭的男人也不少，我应该算是其中的一个。烧菜做饭是我从小就养成的习惯。

　　我们乡下人家以前都有砖砌的灶头。灶膛里烧着柴火，镬盖下冒着热气，一根黑乎乎的烟囱伸出屋顶，吐散着袅袅的炊烟。在灶头上烧菜做饭最好有两个人，一人烧火，一人炒菜，相互配合。如果只有一个人，就得在灶膛口与灶台边来回跑，这样难免会影响到菜的火候，有时甚至会把好端端的一锅菜烧焦。母亲烧菜做饭时，我和姐姐（后来还有小妹）都抢着给她帮忙烧火，那种时候，熊熊的火焰把我们的小脸映得通红，灶屋间里热气腾腾，充满了诱人的香味。灶头是请打灶师傅上门打的，画着漂亮的灶头画，灶头上砌有一堵灶墙，灶墙的中央开了一眼观察孔，通过这个小孔正好可以看到母亲炒菜的全过程，在这样的潜移默化中，我慢慢地学会了烧菜做饭的本领。

　　念了小学以后，正是我长身体的年龄，每天下午放学回到家里时总觉得饥肠辘辘，肚子咕咕作响，此时距离吃晚饭的时间尚早，母亲还在生产队里劳动，只能自己想办法弄点吃的。如果当时有中午吃剩下的米饭，并且还有鸡蛋，可以蛋炒饭，要是没有蛋则酱油炒饭。如果镬子里没了米饭，只有饭糍（锅巴），那就把它铲下来，倒入猪油、酱油拌炒一番，吃起来也特别香。填饱了肚子，人就有了力气，赶紧拿着草吉（割草的小镰刀）和竹篮乖乖地出门去割猪草。

真正独立给家里烧菜做饭是在我读了初中以后。那时生产队里每年都种两季水稻，暑假正好是早稻收割和晚稻插秧的农忙季节，俗称"双抢"。在那段抢收抢种的时间里，全小队所有的劳动力都要跟着小队长的哨子下地干活，家里做饭的任务就落到了我这个读书娃的身上。我从小热爱劳动，小时候下田干过农活，还挣到了不少工分，只不过初中生需要看书、做作业，准备将来考中专、考大学，这才服从父母的安排，留在家里边做饭边学习，从而光荣地成为家里的炊事员。

我家烧菜做饭并不复杂。自家地上拔几棵青菜炒一炒，打碎两三个鸡蛋炖碗水蒸蛋，或者菜缸里腌着的咸菜心拧一把上来，洗净，切碎，再多加些菜油放在饭镬上蒸一蒸，还有炖蚕豆、蒸南瓜、煮毛豆节等，都是餐桌上常见的菜。一年当中除了年头上待客人，平时难得到镇上的肉店去割几回猪肉，要是再摇些面粉皮子回家裹馄饨，那就算是改善伙食了。除此之外，为了提高社员们的劳动积极性，"双抢"前夕生产队里都有一些咸货东西发下来，洗洗干净，蒸蒸煮煮均较为方便。

大姐比我大三岁，她在村里读完两年初中以后，因为父亲"劳动改造"的原因，就不能再继续读书了，一向争强好胜的姐姐只得跟着母亲一起参加队里的劳动，很快成了母亲的好帮手，割稻"抢埭头"，非常强横。"双抢"期间体力消耗大，父亲、母亲和姐姐他们三人起早贪黑下地干活，光吃些咸货是不够的，所以隔上几天，母亲就会把一点钱和肉票交到我的手里，吩咐我去大队代销店里买些猪肉。平时买肉要到镇上去买，"双抢"期间，大队代销店为了方便农户，也卖一些猪肉，不过数量有限，当我这个小孩子排队排到肉摊跟前的时候，往往没了挑肥拣瘦的余地，只好见啥买啥。肥肉也是肉，割下来的肥膘熬制猪油，那种油叫作荤油，炒菜、炒饭两相宜。小时候如果家里没菜吃，我就把猪油、酱油拌在米饭中，吃起来特别香。而熬油剩下的猪油渣，在我看来堪称人间美食，炒青菜时放一点，煮粉丝汤时放一点，或者干脆盐拌、蘸酱油，吃起来鲜到让人停不下口。如果买到了三精三油的五花肉，最好就是做霉干菜烧肉，母亲关照我把肉切得小一些，这样大家都能吃到一点。我的拿手菜是"肉饼子"，这种榨菜和鲜肉剁在一起做成的肉饼，香气扑鼻，味道鲜美，得到全家人的一致认可。为了公平起见，在做肉饼子的时候我会先把肉馅分均匀，然后做成大小一样的五个，再放入五只小碗里在饭镬上蒸，这样一人一碗，老少无欺，吃到最后连汤都喝光。

妹妹小我五岁，心甘情愿地成了我的跟屁虫，我去哪里玩她都要跟着，我在灶台上烧菜的时候就轮到她在灶膛口烧火。妹妹属于"给点阳光就灿烂"的那种小孩，稍稍表扬她几句，烧起火来就特别起劲，明明已经可以了，她还要往灶膛里添柴，也不怕把饭菜烧焦。大热天烧火可是件苦差事，妹妹的小脸上时常灰尘、汗水混杂在一起，已然成了大花脸，她自己却浑然不知。

"双抢"时，我中午烧米饭，好让大人吃饱有力气干活；晚饭经常烧粥吃，白米粥烧好后盛在大碗里凉透，这样父亲、母亲和姐姐劳动归来洗洗手就能吃饭了。每天傍晚，烧好了饭菜，估摸着生产队里快要收工的时候，我和妹妹一起在房前的空地上摆开八仙桌和长条凳，把饭啊、菜啊一碗一碗端出去，等着家里的大人劳动归来。年纪尚小的妹妹望着桌子上的饭菜，可怜巴巴地咽着口水，可还得等到人齐才能开饭。

晚饭开始,蚊子、苍蝇常来凑热闹,我们在桌子底下点燃"六六粉"蚊香,或者在边上烧一堆湿稻草对付它们。这个办法"杀敌一千,自损八百",吃饭的人常常也被熏得睁不开眼睛。父亲总爱喝点小酒,高兴时唱上几句评弹,说说笑话,讲讲故事,全家人在蚊子的飞舞和烟雾的熏烤中吃着晚饭。这种露天吃饭的欢乐时光,回想起来是多么美好。

时光在不知不觉中流逝,如今的我依然热爱家里的厨房,一旦有空仍喜欢在厨房里舞刀弄铲。家里不是大饭店,烧饭做菜不需太复杂,也不必强求色香味俱全,只要让家人吃到盆子朝天,连汤都喝光,就是对我这个"土厨师"最好的褒奖了。

我乐此不疲地在厨房里煎炒烹烩,女儿恭维说老爸做的菜比他们学校里的大锅菜要好上百倍,有时她挤进厨房看我烧菜,偷学点本领。夫人夸我做菜本事比她好,鼓励我继续这样烧下去,平日里能不去饭店就别去饭店吃。不知母女俩的话是真情还是假意,保不准只是想让我一直在厨房里忙碌下去而已。

2010年5月15日

踏泥做瓦坯

20世纪60年代初，人工开挖"红旗塘工程"刚刚结束，河道两岸一时堆积了大量的泥土，蔚为壮观。那一年农忙结束之后，官浜六队年轻的王叙兴小队长把社员召集到一起开会，询问谁家的媳妇会做瓦坯。接下来，生产队就要开始集体做瓦坯了。

当天会场上举手的只有我母亲一个人。母亲是窑户人家的女儿，从小在自家的窑场上劳动，早就跟那些做坯师傅学会了做瓦坯的手艺。可说来奇怪，官浜村作为传统的砖瓦窑集聚区，新中国成立后本地的窑业生产一度萎缩，不少窑墩在土地平整的过程中拆除，少数仍在烧的窑墩大多只做砖坯，不做瓦坯，所需瓦坯都要向外村购买，这样十几年下来，村里做得来瓦坯的人已寥寥无几。王叙兴小队长当即关照小队会计给我母亲记上一天工分，让她速回娘家，取来全套做瓦坯的工具。

母亲取来了瓦衣布、瓦骨子、瓦车盘、批手、刮铁、泥弓、段板等一大堆工具。小队长给我母亲派了两名帮手，其中一人是马塔塘港北的小红阿姨，她在窑户人家做童养媳时给做坯师傅打过下手，因此也会一点。她们两人就成了队里的做坯师傅，在我家的场院里摆开场子教同小队的姐妹们做瓦坯。消息传开，附近几个生产队也派人过来学习观摩，一场轰轰烈烈的做瓦坯运动就这样在官溇村展开了。

按照生产队当时的规定，三户人家组成一个做坯小组，每装走一船瓦坯，队里给十块钱的"保管费"，至于这十块钱是平分还是怎么算，则由各小组自己决定，队里不加干涉。毫无疑问，我母亲所在的小组必定是全小队做得最快的，可轮到她去领钱的时候，前两次都被告知"钱已被你婆婆领走了"。那时我父亲在外地教书，平时很少回家，母亲不好意思跟婆婆红脸，只有独自闷闷不乐，做瓦坯的劲头也就没有开始那么足了。

王叙兴小队长很快看出了其中的名堂，觉得不能亏待我母亲这个带领大伙一起做瓦坯的功臣，于是领着我母亲到会计那里预先签上了字，这样我家以后的钱只有她才能去领了。母亲那时尚未生育，领到钱后开心地跑到镇上的布店，给自己扯了三尺卡其布，回家做了条新裤子，然后又劲头十足地干起了活。

过了一段时间，各家各户开始独立做瓦坯，做坯所用的泥仍是生产队集体运来的，按需分配。母亲在我家河滩头的泥场上踏泥，踏前挑出砖头、石子、草根、树根等杂质，然后往土堆上泼水，待其湿透之后用铁锹铲泥，铲一次，踏一次，再铲一次，再踏一次……七遍之后，原本松散的泥土变成了黏性高、没有气泡的熟泥。

做瓦坯在屋檐下进行，那里竖着一架转动灵活的瓦车盘，旁边堆起一个高高窄窄的泥垛子。母亲用刮铁在泥垛上刮下手指厚薄的一片泥，双手托起泥片的两头，迅速将其覆盖到瓦车盘上面的瓦骨子上，合拢接头，掐掉多出来的泥头，随即"乒乒乓乓"开始做瓦坯。母亲左手转动瓦车盘，右手挥动木批手，随着瓦车盘的转动，缚在瓦骨子上的泥片就被拍得紧紧地贴住了瓦衣布。母亲又把手中的木批手换成了段板，段板贴着瓦筒刮一圈，表面光滑了，上方多出来的泥头同时也被割掉了。做好的瓦筒由我姐姐拎到场地上晒，母亲接着做下一个。

母亲在家做瓦坯的日子，我家院子里到处摆满了瓦坯筒子。刚做出来的单个摆放，干一点的上下合叠，一行行，一列列，一排排……我家的场院也不算小了，可总还是觉得不够用。

大人做瓦坯，小孩子也得做点"小生活"。一是划坯，依着瓦筒内侧被瓦骨子上的竹筋勒出的凹痕，划坯刀伸进去划一下就行了。二是拍坯，坐在小凳上，将待拍的瓦筒放置于眼前，双手对准瓦筒上的划线外侧轻轻一拍，旋转九十度再一拍，干透的瓦筒旋即听话地分裂成了四片，然后将它们整齐地码放在自己的身后。拍坯要用巧劲，不得要领，往往拍废一大堆。一只瓦坯筒子从湿漉漉地做出来到晒得精干悉燥，一般要好几天。其间几经翻转，搬来搬去，还要避免下雨淋湿、结冰冻坏，到最后一步变为废品，哪个见了都心疼。

做瓦坯最怕下雨，尤其是半夜里下大雨。做坯的人白天累得精疲力竭，晚上往床上一躺只想好好睡觉，可半夜里下雨了，还得赶紧出去搬筒子。一些搬到廊檐下，一些搬到高墩上，来不及搬的用塑料薄膜盖起来，"快搬，快搬，能搬多少是多少！"大雨来得急，眼睁睁看着瓦筒被淋坏却又无可奈何。有时搬得满头大汗，总算把筒子搬好了，这时雨却不下了，白白辛苦那么一趟，你说气人不气人？

冬天气温低，还要怕结冰。南方的冬天，空气湿冷，到了晚上，气温降到零度以下，摆放在外面的湿瓦筒一结冰就会报废。所以每天傍晚都要搬筒子，把潮湿的瓦筒搬到灶膛口或搬到房间里，可室内空间毕竟有限，大多数的瓦筒只能在外面过夜，第二天早上起来一看，屋里的瓦筒安然无恙，外面的全都结了冰。母亲很难过，父亲却不以为然，他早就偷偷掀开人家的尼龙薄膜看过了，一样都是结了冰！

官塍六队做瓦坯做出了甜头，其他生产队纷纷学习效仿，于是乎，村里做出来的瓦坯越来越多，几近饱和。这时，王叙兴小队长又动起了脑筋，农闲时派出几拨手艺好的妇女到外地的窑墩上去给人家做瓦坯。我母亲吃苦耐劳，做出来的瓦坯深受烧窑师傅的喜欢，丁栅银水庙、杨庙三店塘、嘉兴太平桥那些地方她都去做过。农闲的时候，外地的一些窑墩还专门打电话到我们村里，点名叫我母亲去做瓦坯。

家庭联产承包责任制实行后，村里人竞相把平房翻建成楼房，一时间砖头和瓦片的需求大增，从而掀起了新一轮踏泥做瓦坯的高潮。那时我父亲已回村教书，每天下班后急急忙忙回家参加劳动；妹妹年纪轻轻放弃了学业，跟着母亲和姐姐在家劳动，天天弄得满身污泥；在镇上住校读初中的我，周末回家也有划坯、拍坯的任务，完成一定的数量后，才能领到下一个星期的生活费返回学校。

随着做瓦坯的规模越来越大，买泥变得越来越困难。有一回，父亲打听到三店塘边上有个卖泥点，想着路远，去一趟不容易，特地借了一条大船前去装泥，同时还请了一名帮工。到了地方，说好价钱，父亲将船装得满了又满，等到开船时解下缆绳，竹篙往岸上一撑，船头猛地下沉，顷刻船舱里进了水。帮工见状大喊："赶紧往河里扒泥！"可父亲哪里舍得啊，他让我母亲一路上不停地往河里舀水，自己跟帮工两个人摇船回家。途中与大船交会，水浪翻滚，险象环生。

傍晚出发的这条满载泥船，第二天早上才到家。由于河水打湿了柴火，生不着火，船上三个人整整饿了一个晚上。父亲实在口渴难耐，伏在船舷上喝了好几口河水。

2017年8月9日

童年趣事

　　童年的文章，我写过不少，甚至还有几篇发表于报纸、杂志上，小小地赚了点稿费。我生于农村，长在农村，虽说脚有残疾，难免受到一些人的歧视，遭受异样的眼光，然而抛开此等不开心的事情不说，我何尝不是一个爱玩、爱闹、爱疯的小孩？我的童年又何尝没有快乐过？

　　小时候，我并不缺少玩伴。顾金刚、长向明、大永生，马塔塘边上三个同样属马的"孩子王"个个都是我的好朋友，他们带我一起玩，一起疯，照顾我不被别人欺负。开阔的马塔塘，古老的庄家塘桥，荒芜的三角荡，神秘的豆腐浜，黑压压的砖瓦窑，一望无垠的庄稼地……处处出现过和小伙伴一起玩耍的身影。

　　回想童年的种种趣事，有几件尤其深刻，不妨写出来让读者诸君权当笑料一乐。

拦"水坝"

　　马塔塘的港北有着大片的农田，水稻一年种两季，禾苗生长期离不开水的灌溉，缺水时机埠打水，河水送入垄沟，流入农田；雨水多了又得及时排出，确保农田不受淹。马塔塘圩岸外的河滩头有着许多排水的水沟，那里就是我们经常拦"水坝"的地方。

农家的小孩从小爱劳动,放学以后都有割猪草的任务,割草去得最多的地方就是马塔塘的港北,抓紧时间在那里把羊箅割满,多出来的时间大家就可以一起玩了。玩的游戏有许多,比如在河边削水片、丢草吉(割草的小镰刀)赌草,甚至钻坟墩窠比谁的胆子大。一旦有人提出来拦水坝,必定会得到所有人的拥护,大家分头行动,赶紧去寻找乱砖头、碎瓦片和枯树枝之类的搭坝材料。找齐了这些东西,年纪大的孩子一人搭一座坝,小一点的几人合搭,水坝的形状五花八门,可以把瓦片搁在底下当排水孔,也可以用树枝打桩让水坝更坚固,材料不够就用泥巴来凑。由于事先封掉了上游的排水口,这时水沟里没有水,想怎么搭就怎么搭。

挽起袖子,卷起裤管,一大帮小孩热火朝天搭着水坝,一会儿工夫,一溜儿水坝赫然出现在水沟之上。

"开闸啦!开闸啦!"有人扒开了先前堵住的排水口,水流直冲而下,向着下游的水坝扑去。大水迫境,各"坝主"严阵以待,时刻关注着自己那座坝的险情,随时准备开闸泄洪,加固坝体。"挺住!""挺住!"水位越来越高,水坝岌岌可危,情急之中有人双脚横跨在水沟的两边,弯下了腰,撅起屁股,双手合拢奋力地往外泼水,有人索性赤脚跳下沟去,想尽办法加快排水的速度。"城门失火殃及池鱼",一旦前面的水坝塌了,后面的水坝也就危险了,那些临时搭成的水坝终究抵挡不住水流的冲击,如同多米诺骨牌一样接二连三地垮塌,气势如虹的水流夹杂着前方溃坝而来的残骸,一路欢奔流入马塔塘。

钻"地道"

春天油菜花开,小蜜蜂在金黄色的花海中飞来飞去,"嗡嗡嗡"地唱着歌谣,不久油菜熟了,也就到了春花收割的季节。官溇六队的社员们趁着油菜还没有熟透开裂的时候把油菜割下，将割下的油菜扎成捆，挑上船，一捆不落地运到生产队里的晒谷场。

　　生产队的晒谷场是一片很大的水泥场，也就是人们常说的"公场"。在那里，一捆捆油菜堆得像小山一样高，晒枯以后，黑乎乎的油菜籽儿才能乖乖地跑出来。那些天，爱玩的孩子们又有了新游戏，那就是到水泥场上的油菜堆里钻"地道"。大家心照不宣地来到油菜堆的旁边，趁着大人不注意，瞅准缝隙就往里面钻，先是头，后是身体，再是脚，使出吃奶的力气朝里钻，慢慢地开辟出一条狭长的"地道"。地道蜿蜒曲折，一直贯通到水泥场的中央，在那里捣腾出一大块空间，作为大家"胜利会师"的地方，有点像《智取威虎山》里座山雕的老巢。

　　"地道战嘿地道战，埋伏下神兵千万"，钻地道人人都是孤军作战，钻的时候不知道有多少同伙一起在往里钻，也不知道满头大汗钻出来的地道会不会错了方向，弄不好钻了半天，结果又钻到了外面。大家是从不同的方向往里面钻的，钻在里面也不能弄出大的声音来，要是被人发现叫来了家长，难免会被训斥一顿，最后只得灰溜溜地回家。而刚收割的油菜水分多，经太阳一晒就散发了出来，人在里面湿热难耐，时间久了没了力气，此时地上滑溜溜的全都是油菜籽儿，一旦卡住了使不上劲，只能小声地喊"救命"，等待附近的小伙伴过来救援。

　　一个月光皎洁的夜晚，油菜堆里又钻进去了几个小孩子，钻来钻去好不开心。与此同时，本村的一男一女在水泥场北面的仓库那里幽会，搞不正当关系。兴头上的那对男女突然发觉油菜堆里藏着人，以为自己的丑事败露了，一下子慌张起来，女的落荒而逃，男的恼羞成怒，气势汹汹地来到水泥场上掀掉了几捆油菜，扬言谁敢把这件事情说出去，让他知道了就要"吃家生"（挨揍）。其实呢，我们先前只是听到了些声音，实际也没有看到什么，听他喊得那么凶，不免有些害怕。大家一声不吭地趴在地道里，直到那人悻悻地离开后，才悄悄地钻出去，一路小跑逃回家。

打"伏击"

夏天的夜晚，庄家塘桥的桥顶上总是聚集了乘凉的村民，几乎天天都在召开乘凉晚会。夜深了，风凉了，吹牛聊天的人陆续散去，剩下几个小孩仍滞留在桥上不肯走，大家在等待有船从桥下经过，到时要打一场"伏击战"。

一条倒霉的水泥船从东边芮家湾的口子那里慢悠悠地摇了过来，近了，近了，更近了，终于到了大桥下。"打！"战斗开始了，按捺不住兴奋的孩子们一起动手往桥下扔"炸弹"！

哈哈，所谓的"炸弹"不过是稻草、秸秆、树枝之类轻飘飘的东西，真要是扔砖头只能往远处没有人的河面上扔，也就是让船上的人受点惊吓而已。可有人拉开裤子往桥缝里撒尿，这下可把船上的人惹毛了，他们骂爹、骂娘、骂祖宗，威胁说要是哪个缺德鬼被他们抓到了，一定扔到三角荡里去喂王八。不过骂归骂，船上的人也没有什么好办法，夜色深沉，灯火昏黄，哪里能够看得清桥上有些什么人？即便他们真的上岸来追，熟悉地形的小孩子早就跑得无影无踪了，根本不可能让他们找得到。因而一般情况下，那些被袭击的过路船只是骂骂人，猛摇几下赶紧从桥下通过也就是了。难得也有吃了亏不肯罢休的，停船之后冲进村里，漫无目的地乱骂一通。夏天的夜晚有许多老人睡在露天的床上过夜，他们被惊醒了，懵懵懂懂还以为几十年前的东洋人又打进来了。

后来，我觉得那些人骂起来过于难听，无缘无故累及自己的亲人一起被骂更是不该，那样的坏事再也没有参加过。

童年的游戏还有很多，爬窑墩，搭棚棚，烧豆饭，偷青草……

似乎哪一样都写得出故事来，哪一样回想起来都是那么好笑。可叹时光去了不复返，如果可以从头再来的话，我愿一生停留在童年里，做个快乐的小孩永远不要长大。

2017年12月5日

我的"双抢"

　　嘉善一带的农村，以前每年都种两季水稻。七月底早稻收割后，须立即耕地、插秧，务必抢在立秋前将晚稻秧全部种下去。水稻有六十多天的生长期，如果晚了季节，势必会影响到当年的收成。这些农事常识，老一辈的农村人心里最清楚不过，人们把这炎炎夏日里二十来天紧张的抢收、抢种叫作"双抢"。

　　双抢是农民一年当中最苦、最累的时光，而我们这些不谙世事的小娃娃却欢天喜地盼望着双抢的到来。双抢一到，生产队照例会给农户分发咸肉、咸鲞、咸蛋、海蜇、笋尖之类的咸货东西；晚上父亲、母亲在生产队的晒谷场上轧稻、扬谷，往往能够领到八珍糕、云片糕之类的小点心，甚至还可能有玻璃瓶装的盐汽水，那些好吃、好喝的东西最终毫无例外都统统落入了孩子们的小嘴里。尚不晓事的我们，特别喜欢那个有得吃、有得喝、有得玩的双抢时节。

　　双抢开始之时，也就到了一年之中最热的夏天，马塔塘北岸的农田一改往日平静，顿时变得热闹起来。女社员们头戴草帽，手持镰刀，屁股撅得老高，在金黄色的稻田里忙碌地收割着，她们挥汗如雨，汗水湿透了衣襟；男社员们排着一溜儿长队，嘴里发出"哼哟、哼哟"的劳动号子，晃悠晃悠地挑着稻担，将沉甸甸的稻子挑上船，运到生产队的晒谷场。这边刚刚收割完毕的稻田里灌满了水，一台吐着青烟的拖拉机兜着圈儿在耕地；那边耕好地、落过沟的水田里已经开始了插秧，横成行，竖成列，一埭埭（方言，一排排的意思）新绿在插秧人的脚下不断向远处延伸。烈日当空，热浪滚滚，田间的农活在小队长的统筹安排下井然有序地进行着。双抢期间，为了提高社员们的劳动积极性，割稻、拔秧、插秧这些女人干的农活都实行了计件工分，于是乎，生产队里的妇女们你追我赶较上了劲，因为"抢埭头"而引发的小摩擦时有发生，不过只要小队长的身影一出现，那些小纠纷很快就会烟消云散，好像根本没有发生过一样。

上了小学以后，我们这些十来岁的学生娃也加入了双抢的劳动队伍，孩子们从给父母送茶水、带点心开始，先是在母亲的名头下偷偷地干点活，到后来组成一个少年儿童团，负责拾稻头、铲田岸、搭猪灰、挖丰产沟之类相对轻松的农活。

生产队的劳动力都定过工分，全劳力男人劳动一天得十个工分，妇女得八个工分，计件工分则另算。我姑父发兴寄伯是小队计工员，他白天参加劳动，晚上忙着给社员们上工分，几分几厘都算得清清楚楚，第二天大清早公示出去，供大家核对，算对了没人表扬，算错了免不了被人骂，所以按姑父的话来说，干这活得七当八心（小心谨慎、不能有差错的意思）。姑父实在太忙了，不得已把儿童团的计分任务交给了我，小孩干的活较为零碎，一开始每天三个工分，后来实行计件制，小伙伴们干起活来可带劲了。

遇到拔秧的日子，母亲早早地出了门，先去抢占一块秧畈，等到我拎着拔秧凳到达田边时，太阳升了起来，母亲已经拔好了一大片秧。她的两只手像小鸡啄米似的一上一下快速地运动着，拔满了一把秧之后稍稍洗掉点泥巴，用稻柴扎紧后随手扔在屁股后面已经拔空的秧畈上，然后继续往前拔。我刚参加劳动那会儿拔秧速度不快，拔到腰酸背痛、屁股发麻也拔不了多少，心里不免着急。拔秧可是个技术活，手指下去拔少了速度慢，拔多了拔不上来，性急了又容易把秧拔断，而清晨的农田里总是挂满了等待猎物的蜘蛛网和一团一团嗡嗡作响、飞来飞去的蚊子，尽管事先抹过驱蚊药水，但被蚊群包围，叮一串包块仍是常有的事。最怕的就是幽灵般的蚂蟥悄无声息地吸附在小腿上，等到发现时早被它吸走了血。

那台一刻不停的拖拉机是我们官溇六队和另外一个生产队合买的，先耕哪片田，再耕哪片田，两个小队长互相商量着办，几年下来倒也相安无事。农田翻耕以后，猪灰挑到了水田里，接下来就轮到我们那些小孩下到田里去搭猪灰，必须赶在落沟平田前把猪灰均匀地分撒到附近的区域里，所以干活需要抢时间。为了多得一点点工分，小伙伴们把臭烘烘的猪灰当成了宝贝，完成了一堆又去抢下一堆，抢到了喜笑颜开，抢不到垂头丧气。有人咽不下这口气，找机会故意把猪灰扔到别人的身边，溅得人家一身烂污泥，那样就可能引发一场"猪灰仗"。

我腿脚不便，在齐腿深的水田中步履艰难，一不小心就来个人仰马翻，成了"泥孩子"。有人就说风凉话："你脚有毛病，在家玩玩好了，还干啥活呀？"可我偏不听，搭猪灰搭不过人家，铲田岸、挖丰产沟之类的农活照样抢着干，也丝毫不逊色。多挣工分就是多挣钱，哪个孩子不想在过年时多点零花钱呢？

我们生产队最远的农田在红旗塘南岸的南雪塘，小时候，有一次母亲去南雪塘劳动时带上了我，把我放在田边，让我自己玩。我玩累了，仰面朝天躺在田埂上美美地睡着了，不知过了多久猛然醒来，发现自己掉在了水田之中，那天只得套上母亲的衣服回家，被生产队里的叔叔阿姨们笑得无地自容，别提有多狼狈了。

还有一次，我在南雪塘那里搭猪灰，不慎陷入了一个深潭中，水都淹到了脖子，后来只好喊救命。

双抢时，母亲给我备好了草帽、袖筒之类的遮阳必需品，但是依然阻挡不了强烈的光照，一个夏天下来，人晒得黑不溜秋，看上去像个非洲人，总要等到中秋节以后才能"回归本色"。劳动最光荣，最多的一年，我总共挣到了七十个工分，按照生产队当年的年终分红方案，那么多工分大约值五块钱。如果买肉吃（当然得有肉票），能让全家人吃上七八斤肉。

农村实行家庭联产承包责任制那年，我家分到了二亩九分水田，就在我摩拳擦掌准备大显身手的时候，父亲母亲反倒不让我再下地劳动了。那时我已读了初中，需要有时间看书、做作业，准备来年考中专。父亲说："解放军打仗都有一个背着大锅的炊事员，我们家也得有一个烧菜做饭的人。"学习需努力，烧饭也光荣，从那以后，我的双抢演变成了"抢时间烧菜做饭""抢时间看书、做作业"的新"双抢"。

那些年的双抢，无论是日晒雨淋中的田间劳动，还是满头大汗在家烧菜做饭，看书、做作业，都一直珍藏在我的记忆里，成了我生命历程中难以忘怀的一首劳动之歌。

2019年1月20日

我家有爿小竹园

乡下老家的东南角，有着一爿小竹园。清明时节，雨水增多，园中的土壤在春雨的滋润下逐渐松软起来，过不了多久，一棵棵黑乎乎的小笋悄无声息地破土而出，它们生长迅速，越蹿越高，不日长成新竹，成为竹园中的新生力量。这种自家园子中产出的竹笋，叫作杜园笋。

苏轼有诗云："宁可食无肉，不可居无竹。"小竹园是我家宅院之中一道悠然而雅致的风景，园中的竹笋更是世间不可多得的美食。虽说每年杜园笋开吃的时间要比黄泥笋、毛竹笋略晚一些，集中出笋期也仅半月有余，但其肉质细嫩，味道鲜美，或红烧油焖，或拌炒下汤，无论哪一种吃法，都是令人垂涎欲滴的时令佳肴。

"无数春笋满林生，柴门密掩断行人。会须上番看成竹，客至从嗔不出迎。"这首诗将唐代大诗人杜甫护竹成林的心情显露无遗，我家又何尝不是？虽说我家竹园规模不大，竹子不多，却当之无愧是全家至爱的宝贝。小竹园已经存在了近五十个年头，说起其来历，竟与我儿时一次偶然的玩耍有关。

老家地处江南水乡，一直以来人多地少，人民公社时期人均耕地不足一亩。土地弥足珍贵，但凡农舍附近稍有空隙的地方，基本上都被当作自留地扎了篱笆，种上了菜。说到竹园，整个生产队三十户人家当中，仅村西头豆腐浜那里先前开豆腐店的王老板家有一片竹园。王家独门独户，三间朝南七桁头大瓦房邻近河浜，门前农田成片，屋后竹林围绕，那是一块难得的风水宝地。

也许是年迈体弱的主人平时疏于管理，也许是那时物资匮乏，好吃的东西实在不多，每年到了出笋的时候竹园经常遭到偷笋贼的光顾。偷盗者光天化日之下进入竹园，见笋就拗，偷了就跑，长此以往对竹园造成了很大的破坏，终于有一天，园中之竹悉数开花，好端端的竹园从此变黄、枯萎了。

那一天，我们几个小孩子得知豆腐浜那里正在砍竹园，立即跑去看热闹。到了那里，见到竹园中的竹子已被全部砍翻在地，正一根一根被人往外拖。有几个人拿着工具在竹园里翻来翻去，说是在寻找长在竹鞭上的小竹笋，他们卖力地挖着地，那些黄蜡蜡的竹鞭被他们挖了出来，东一根，西一根，扔得到处都是。

我们这些贪玩的小孩，竹头搯不动，竹笋找不来，只觉得竹鞭好玩，于是拾起来握在手里像甩鞭子那样四下挥舞，"呼呼呼"的声音顷刻响成了一片。有几个小孩觉得不过瘾，把竹鞭当作武器对打起来。竹鞭很有弹性，一时也打不断。那样嬉闹了一阵子，见寻笋的人忙活了大半天，也没有找到一只像样的竹笋，大家没了兴趣，三三两两分头散去。

离开了豆腐浜，我手中挥舞着两根竹鞭，威风八面地到了家，正好三姑妈家的小儿子文刚过来找我玩。我们这对还没到上学年龄的表兄弟，一起来到场开头的菜地之中，找到一处低洼的空地，胡乱挖了个坑，当即把从王家竹园里拿来的两段竹鞭埋了下去。

一晃到了第二年春天，场开头的菜地上突兀地出现了两簇纤细的小竹。父亲诧异地盯着那些异类，百思不得其解。父亲本是一名小学教师，20世纪70年代回到村里劳动改造。作为农民的后代，他经常在自家的土地上种菜、种树、种瓜、种豆，自家菜地是什么情况，他应该清楚不过，怎么会长出那些竹子来呢？我惴惴不安地向父亲坦白了自己的所作所为，心想要是父亲反对，大不了自己动手把那些竹子挖掉就是，想不到父亲得知原委后却是对我好一番夸奖。父亲当下关照我母亲，以后不要在这片区域种菜了，我们家要留下这个小竹园。母亲的娘家就有竹园，当年我大舅想种竹园，苦于没有竹鞭，我外婆是用一罈雪菜去跟人家换的，这才有了他们的竹园。家中种竹，母亲双手赞成。

星星之火，可以燎原；几棵小笋，足以成林。以后的日子里，喧宾夺主的那些小竹子以惊人的速度向四周扩张，竹子越来越多，越来越高，也越来越粗，数年之后，一片茂密的小竹园在我家院子的东南角蔚然成形。

每年出笋的时候，父亲弯腰钻进竹园中，轻轻翻开枯叶和青草，用他自制的丁字铲小心翼翼地挖竹笋。黑乎乎的小笋头顶绿芽，星星点点，有长，有短，有细，有粗，有的顽强顶开砖头和石块，不屈不挠地往上生长；有的则隐藏在犄角旮旯里，似乎在跟我父亲躲猫猫。父亲眼光独到，能够根据露出地面的笋尖，准确判断出整棵竹笋的大小，从而挖起笋来下铲、用力恰到好处。他挖的笋大多齐根挖起，很少有拦腰挖断的。父亲时常告诫家人，竹笋好吃，不能挖光，竹子稀疏的地方，总要留下几棵让它们长大成竹。母亲同样也是挖笋高手，她小时候挖惯了笋，知道如何使用巧劲。到了出笋最旺的那几天，竹园中的小笋每天能掘出好几篮，这种情况下，少不了送一些给亲朋好友们尝鲜。

种下小竹园是我儿时的懵懂而为，小竹园的茁壮成长则离不开我父亲的管理和悉心照料。父亲爱上了这片竹园，时常往竹园里挑泥松土，为其填高地势，后来甚至不惜体力凿掉了旁边一块坚硬的水泥地，给了竹园更大的生存空间。竹子们知恩图报，不负所望，地下的竹鞭不断向远处延伸，在我三姑妈家拆除猪棚后留下的那片废墟上也长出了许多竹子，在那里形成了一个新竹园，不久以后两家的竹园连成了片。几年以后，一往无前的竹子们又把我儿时的小伙伴红根弟弟家的菜地变成了竹园。竹园的下一个目标将是老培庆伯伯家场开头的那片菜地，估计用不了几年，那里也将一片翠绿。

有了竹园，吃笋不愁；有了竹园，我家的铁搭柄、晒衣竿全都有了着落。乡邻们结婚办喜事，有些会到我家来讨要两根连蒲头、带叶子的青竹头，系上红绸布当作"喜竹"，也叫"节节高"。我自己结婚讨老婆的时候，讨亲船上的两根竹子就是从自家的竹园里挖的，当然也是最好的两根。乡下人把对美好生活的期望寄托在了节节长高的竹子上。每逢乡邻有求，父母都慷慨应允，不收分文。

日月如梭，冬去春来，老家的房子从平房变成楼房，又从楼房翻建成洋房，新房子越造越高，也越造越漂亮。不变的是，小竹园生机勃勃，碧绿常青，在祖辈传下来的土地上鲜活地生长着。那节节攀高的根根翠竹，记录了农村大地上翻天覆地的变化，也见证着改革开放后我们这样的普通家庭逐渐过上的幸福生活。

2019年4月28日

西瓜大又甜

　　我这个人在吃的方面向来不挑剔，拿水果来说，即便是味道怪异的榴梿和牛油果，也能勇敢地咬上一小口。爱吃的多吃，不爱吃的少吃，是我一贯的原则，而在五花八门的各类瓜果中，西瓜是我最喜爱的一种。

　　20世纪六七十年代，生活普遍贫困，平时要不是走亲戚、办事需要，像我们这样的农村家庭很少买水果吃。生产队人多地少，大田里一年种下双季的水稻，再加上越冬的春花，粮食还是有不够吃的时候。土地无比珍贵，我家所在的官渌六队却是全村少数几个种瓜的生产队之一，而那个看瓜地的人，正是我的父亲。"文革"中，父亲被开除公职，回到原籍劳动改造，从而当上了农民。

　　三角荡是官渌村周边最大的河荡，生产队的瓜地就在那个荡的西荡滩上。那是一处荒凉的荡滩，杂草丛生，野风呼啸，时常还有黄鼠狼和蛇出没，还听村里的老人说过，抗日战争时期日本人在荡滩上杀过人，这就让那片荡滩蒙上了一层恐怖的色彩。

　　荡滩上种上西瓜不久，小队长点了我父亲和队里另外一个老人一起去那里看瓜地，两人合住在一间废弃的猪棚里。过了没多久，老人嫌看瓜地工分低，也太冷清，找了个理由回了家。队里一时派不出其他人去顶缺，父亲就在荡滩上当起了"光杆司令"。

那个时候，我父亲刚刚回村劳动改造，母亲的面子上多少还有些磨不开，每次去荡滩上看望父亲时总把我带上，遇到有人问，就跟人家说是送我去看父亲，顺便给我父亲带一些替换衣服和吃的东西。三角荡在村子的东北角，走过庄家塘桥，沿马塔塘港北的圩岸一直朝东走，过了芦竹地就到了荡滩上。父亲头上戴着草帽，脚上穿着草鞋，在瓜地上来回巡视着，一旦西瓜进入了成熟期，他必须时刻保持着警惕，应对随时可能到来的"偷瓜贼"。

　　所谓的偷瓜贼，不过是些顽皮胆大的小孩，或者是填不饱肚子的村民，他们经常趁我父亲不注意或者管不住两头的时候实施偷瓜行为，这些人瞅准时机下手，偷了就跑，跑得飞快。每每看到尚未成熟的西瓜被人偷走，父亲心痛不已，免不了粗口骂人，全然没了当教师时的风范。那天，我和母亲刚到不久，又来了偷瓜贼，父亲操起扁担朝着偷瓜贼的方向飞奔而去，母亲跟在身后，连连喊他"小心"。

　　小伙伴知道我的父亲在荡滩上看瓜地，就来缠我带他们一起去玩。父亲见到我们这些小娃娃，肯定是要摘些瓜来给我们吃的，不过多半是些有伤、长不大的小瓜。父亲是小学老师，自然喜欢跟孩子们一起玩，他采来几个带藤的小香瓜，吊在猪棚的大梁上，让我们排着队，跳起来咬，谁要有本事咬下一块瓜皮，或者在瓜皮上留下明显的牙齿印，那个瓜就成了他的战利品。当然了，无论谁争到了瓜，都得在荡滩上吃光，想带回家那是不允许的。

　　夏天一到，西瓜熟了，小队长大清早带领社员们摇着队里最大的水泥船去荡滩上采瓜。这时的荡滩被绿色的藤蔓覆盖，瓜地起起伏伏，连成了片，圆咕隆咚的大西瓜东一个、西一个，看上去煞是可爱。小队长心情大好，当即命人摘来几个大西瓜，先让大伙放开肚子吃个饱。吃饱肚子好干活，社员们个个来了精神，有人带头唱起了歌："公社是棵常青藤，社员都是藤上的瓜……"

中午时分，满载着西瓜的水泥船回到了生产队里的晒谷场，当天下午就按人头分给了队里的各家各户，每户人家都能分到一箩筐。

吃瓜啦！吃瓜啦！孩子们手都不洗，捧起瓜来就是一通猛吃，直吃得嘴上、脸上都是红红的瓤，瓜子一并吞下了肚。也有人家把西瓜切成两半，用调羹挖来吃，那样的话总是小孩吃掉中间最甜的部分，边上留给父母或爷爷奶奶吃。那时差不多家家有水井，吃前将西瓜放在井水里浸一会儿，井水浸泡过的西瓜吃起来别提有多爽了。有些西瓜特别大，一时吃不完，就把剩下的部分放进竹篮里，把篮子吊在水井中，半个西瓜放到第二天都不会坏掉。

吃完了西瓜，西瓜皮也能派上用场。一是用盐腌，刨掉表皮，切成条状，放入大碗中加盐颠至均匀，盖上盖子，过上一两个小时就能美美地吃了。还可以炒菜吃，炒熟的西瓜皮甜甜的、咸咸的、脆脆的，别有一种风味。

长大以后，我依然爱吃西瓜，只是在大学军训时生病的那一次，对西瓜的好处有了更为深切的体会。

大一读完的那年夏天，学校安排我们那个年级的学生集体到江苏某野战部队军训。一声令下，全系开拔，我这个残疾学生随班同行，除了队列和行军，其他训练内容样样没有落下。不承想到了第三周的时候，我突然中了暑，浑身乏力出虚汗，服了军医给的人丹和十滴水也不见好转。带班的山东班长见我这个学生兵整天没有吃东西，亲自跑到炊事班去做了满满一大盆鸡蛋面，可我只吃了一口就又吐了出来。这时正好有学校领导到部队看望军训的学生，指导员向上级一汇报，领导就让我退出军训，搭他的车回学校。这是我人生中第一次乘坐小汽车，可惜有些晕车，没有好好欣赏一下沿途的风景。回到学校，赶紧通知大姐到学校接我回家。

到家的那一天，我家正在往河滩头的船上搬瓦坯，做好的瓦坏要卖到窑墩上去，每到这种时候，邻居就会过来帮忙搬瓦坯，当然他们家搬瓦坯的时候，母亲或我姐姐也会去帮忙，这就叫盘工。邻居们见我病恹恹的，面色不好，还以为读书太辛苦了，叫我父母亲杀只鸡，让我好好补一补。父亲二话不说，转身抱出一个西瓜，放在桌上切了起来。父亲把切下的第一块瓜塞到我手里，让我赶紧吃。我苦着脸，小声说自己这阵子吃什么都吐，不敢吃东西。父亲呵斥道："西瓜是世界上最好的解暑水果，必须吃下去，身体才能好！"我将信将疑吃起了西瓜，一股熟悉的沙甜和清凉进入我的身体，顿时感到说不出的舒服。不一会儿，竟被我吃掉了半个西瓜。

在家吃了几天瓜，我很快恢复了精气神。于是我背起行囊赶紧出发，花了两天的时候，先到省城杭州，再到江苏宜兴，而后辗转到部队，行程不下三百公里。在接下来的训练科目中，我顺利地完成了所有的军训任务。

如今市场上的水果琳琅满目，进口的水果更是价格不菲，出足了风头，而我最爱吃的仍然是西瓜这一种。每当吃西瓜的时候，我时常会想起已经仙逝的父亲，不知道父亲是不是自告奋勇，逍遥自在地看管着天堂的果园。

2015年7月23日

小船摇出了大市场

改革开放前，我家一直是生产队里的"透支户"，每年分红方案一公布，必定倒欠队里的钱。1978年12月，十一届三中全会召开，不久农村实行了家庭联产承包责任制，全家人在家里踏泥做瓦坯，几年工夫下来不仅还清了所有欠款，还把低矮的平房翻建成了楼房。接下来我家的摇小船生意，则是在20世纪80年代末、90年代初掀起的那股"全民经商""无商不富"经济热潮中，我们这个半工半农的农村家庭从事废金属回收，找到了一条改变家境的致富之路。

嘉善毗邻上海，水路交通发达，那个时候村里但凡有男劳力又拿得出本钱的人家，大多购买了船只到上海去收废品。一时间千舟竞发，百舸争流，马塔塘、红旗塘上的生意船，从开始时的三吨、五吨手摇小船到后来十几、二十几吨的柴油挂机船，一船船空着去，一船船满载回，成就了无数家庭的富裕梦，也催生了后来赫赫有名的陶庄废钢铁交易市场。

处在那样的经济热潮中，我家的情况倒是有些特殊。我父亲是一名小学教师，每周五天半的时间在学校里教书，而我呢，大学毕业后分配在嘉兴的一个内迁厂，刚刚工作收入有限，那时家里能够使得上全力的，只有母亲、大姐和小妹三个女将。人家的日子过得越来越红火，我家总不能在一旁看热闹，母亲痛下决心，筹钱买来一条只有一吨的水泥小船，到上海收废品回来的人家那里去收购破铜烂铁，分门别类整理以后倒卖出去赚取差价。

如今说起买船那天的情形，母亲仍然心有余悸。那天，她与我父亲一前一后扛着一支提前买好的小橹，一路步行（中途在红旗塘上摆渡）来到关阳庙大桥东面的夏家浜去提船。当时买的那只小船只有一米来宽，四米多长，纵使父亲母亲都是水乡的农民，也算摇惯了船的，初上那样的小船还是控制不好方向，只好先在小河浜里练习一番，熟练之后才敢摇过浪大风急的红旗塘回家。

那时乡村不通公路，在河网密布的江南水乡，船是最为便捷的交通运输工具。那些收废品的生意船（姑且称作大船）隔三岔五从上海回来一趟，摇小船的人对他们的行程了如指掌，时间一到便急急忙忙前去收购，生怕晚了被人抢了生意或抛高价格。收废品这个行业分工明确、发展迅速，大船做上海的生意，小船做大船的生意，从上海收来的货物，最终铜归铜，铝归铝，铁归铁，大多又卖到了上海的冶炼厂，从头到尾来了一个大循环。

父亲下班后成了拆卸工，他用榔头、凿子、虎钳、撬棍、钢锯等工具在屋檐下的阶沿石上叮叮咚咚拆旧货。有一天，父亲一榔头下去竟然把家门口那块厚实的花岗岩石板敲成了两半，顿时心痛不已。父亲干活经常出点意外，不是伤到了手，就是砸到了脚，那时没有创可贴这么好使的东西，伤得严重时就去赤脚医生江永海那里包扎一下，回来继续干活。劳动虽然辛苦，父亲却在拆废品的过程中找到了乐趣，遇到铜钱、脚炉、汤婆子、废钟表、旧相机之类有收藏价值的东西，他就当作宝贝藏起来，再也舍不得卖掉。

有一次，三个女将正在家里剥皮线，皮线的一头拴在屋檐下的廊柱上，另一头绑在场开头的一棵树上，因皮线绑得不紧，母亲拉住皮线使劲往后拽，两个体力好的女儿手拿刨刀分头刨了起来。刨着刨着，没想到那根绷紧的旧皮线突然断掉了，猝不及防的母亲结结实实摔了个大跟头，后脑勺瞬间鼓起了一个大包，疼得她昏天黑地，一时分不清东南西北。所幸后来只是脑震荡，躺了半天也就慢慢地好了。

在母亲的带领下，姐姐、妹妹成了收废品的好手，她们熟悉行情，慧眼识货，一卷带皮的旧线缆搁在眼前，仅从皮线的厚薄和芯数就能八九不离十判断出铜或铝的占比，打掉折扣收购回来基本上没有倒贴过钞票。摇了几年小船以后，家里的本钱多了起来，姐姐、妹妹为了多赚钱决定分开收货，大姐继续摇小船走水路，妹妹则骑着自行车满世界去收废品。姐妹俩起早摸黑出去收货，一杆秤，一个计算器，一只小挎包，一摞蛇皮袋，外加一两千块本钱，便是她们的标配。

那一天，妹妹在东方红村的张家浜收了货，回家路上天色已晚，被镇上的圆通桥拦住了去路。圆通桥两边各有二十来级大台阶，妹妹几次试图推车上桥，可车龙头翘得老高就是上不去，只得卸了货一趟一趟往桥对面搬，如此来回倒腾好几趟，过桥以后已是满头大汗。好不容易到了红旗塘大桥的南桥头，见父亲母亲在那里傻等，她气鼓鼓地踏着自行车只当没看见。那时没有手机，父母只能到那个南北方向的必经之路上去等她。

拆废品也不是一件容易的事，比如铜就有紫铜、黄铜、磷铜、62铜、59铜、镀金铜、银子铜等好几个品种，铝有生铝、熟铝、型材铝、合金铝等，不锈钢含镍量不同价格相差很大，分类就更加复杂了。有一次，家里收到一袋镀金铜，转手一卖赚了一千多，那个收货的老板肯定赚得更多，后来一直来问那种好货还有没有。

过了几年，家里有了一条三吨头水泥船，收起货来就更加方便了。姐姐、妹妹摇着小船把废铁卖到陶庄净池漾的水上废钢铁市场，铜和铝大多卖去了王江泾莲泗荡那里的三燕子浜（查了地图，其实是三贤祠浜）。那个地方邻近大荡，早年有人开办铜庄、铝庄，大量收购摇小船人家送去的货物，然后倒卖到上海、江苏、浙江、山东等地的大型冶炼厂，由此诞生了许许多多的万元户，甚至百万富翁。水上交易市场的规模越来越大，后来一直延伸到了天凝蒋家漾。

想当年，水上废品交易市场天天热闹得像个大集市，荡里停满了摆庄收货的大船，小船在大船中间摇来摇去，通过小船驳大船的方式完成交易。遇到风大船多的日子，河面上险象环生，货物掉进荡里还算小事，人跌到河里的事情也时有发生。我们村就有一对母子因为沉船遭遇无妄之灾，双双丢了性命。有一段时间货源特别紧缺，过磅时居然允许湿淋淋地带水称重，卖主事先把货物浸泡在船舱里，卖货时从水里拎出来立即过磅，甚至还可以往上浇一桶水，收货的人看看、笑笑，也不阻拦。如此卖法让姐姐妹妹这样的卖货人心花怒放。

小船摇出了大市场，摇出了庄稼人的幸福生活。一些积累了原始资金的农村人后来办起私营企业，成了西装笔挺的大老板。改革开放四十多年后的今天，人民生活今非昔比，曾经在风起浪涌的经济早潮中闯荡过的那些人，如今都到了中老年，虽然河道里已经没有了船，但有关他们的创业奋斗史，家乡的悠悠蓝天、清清河水依然可以做证。

2021年2月2日

小兔子乖乖

俗话说"萝卜青菜，各有所爱"，如今世上爱吃兔子肉的人真不少，重庆人爱吃，成都人爱吃，衢州人更爱吃……"衢州三头"之香辣兔头，肉质细腻、疏松，据说有"美容肉""健康肉"之称，因而闻名遐迩，招来食客无数。然而，我这个人从小到大从来没有吃过兔子肉，这倒不是偏食，兔子那么可爱，怎么着也下不了口啊！

对于兔子的喜爱，缘于小时候我家一直养兔子。那时村里养兔子的人家很多，不过大家养兔子可不是为吃兔子的肉，而是要剪下兔子的毛来卖钱，以此增加收入，补贴一下家用。家里养的那几只兔子成了全家的宝贝，平时舍不得宰杀，即便偶尔会将一只老得快不行的兔子杀了烧了吃，我也不肯吃上一口。

我家的兔棚搭在灶屋间的碗盏橱底下。那橱靠墙摆放，底下四只脚，自然形成一个一尺多高的空间，在那里搭棚，只需在两侧和正前方的橱脚间各垒上一堵小砖墙，再留出几眼通气的小孔就行了。这个办法因陋就简，省事不少，但兔子拉屎溺尿，免不了把吃饭的地方弄得臭气熏天。不过这也算不上什么大事，乡下人向来不计较这些。

20世纪70年代，我们这般大小的学生娃放学后都有割草喂猪、养兔子的任务。那会儿没有什么家庭作业，回家吃些"点饥"，填填肚子，就乖乖地拎着竹篮和草吉去田横头割草。先是一小篮，然后一大篮，到后来满满一羊箩，随着年岁的增长，每天割的青草也越来越多。

"小兔子乖乖，把门儿开开"，我儿时会念这首儿歌，也特别喜欢兔子。兔子文静，乖巧，长长的耳朵，红红的眼睛，浑身的白毛，看上去是那么的可爱。尤其兔毛可以卖钱，卖掉后或多或少能从母亲的手里得到些零花钱。

我家养的兔子叫长毛兔，每隔两三个月的时间，母亲就会给兔子挨个剪一遍毛。剪毛时，最好兔子能听话，老老实实趴在母亲的膝盖上，母亲左手捋，右手剪，咔嚓咔嚓剪起来相当轻松；如果兔子动个不停，母亲手中的剪刀保不准会伤到它的皮肤，剪出血来。遇到这种情况，母亲总是自责地摇摇头，然后嘴角一抿，将一口吐沫吐到兔子的伤口上，再用手指一抹，算是做了消毒。剪完一只，由我将"赤膊兔"送回，从橱底下拎出另一只兔子让母亲去剪。有的兔子运气不好，连着被母亲剪伤数次，赤裸的皮肤上留下了道道渗血的伤口，看上去楚楚可怜。

兔毛卖给镇上的收购站，多的话一次能卖上个块把钱，少时也有七八角。可别小看了这么点钱，那个年代猪肉才七角钱一斤，鱼价只有三四角，卖掉一次兔毛，家里就有了买油盐酱醋的钱，买肉回家裹一次馄饨吃也不是没有可能。母亲向来留着辫子，她头上的两根辫子一样能卖钱，每次给兔子剪完了毛，总要看看自己辫子的长短，如果够长，顺便也剪下来，趁着卖兔毛的机会一起卖掉。

在我读小学三年级的时候，学校号召全校养兔子，我们班不甘落后也养了两只。养兔的笼子放置在黑板边上的角落里，上课时，小兔子竖起长长的耳朵，似乎跟我们一样在认真地听课；朗读课文时，有些顽皮的男生故意读得震天响，吓得兔子惊慌失措，蜷缩在笼子里一动也不动；下课了，同学们抢着去给兔子喂草，喂水，一颗颗小脑袋围住兔笼看个不停。两只小兔子幸福极了，它们有得吃，有得喝，天天享受着众星捧月般的明星待遇。

转眼到了六月底，小兔子长成了大兔子，就在暑假开始前的最后一堂班会课上，班主任宣布要选出八名同学，组成四个养兔小组，男生女生搭配，每组两人，负责暑假期间给兔子割草、喂水。我举手报名，成功入选，与我搭组的女生，姑且叫她小丽，小女孩个头不高，皮肤黑亮，脸上有一对小酒窝，笑起来特别甜美。小丽割草时总是抢在前头，后脑勺上两条小辫在我眼前晃来晃去，看得我入神，差点忘记了割草。小丽割草的速度比我快了许多，与她搭班是我沾了光。

一天下午，我又与小丽一起割了草，像往常那样前后分开一点距离相跟着去了学校。打开教室大门，小丽快步到了兔笼跟前，抓了几把青草塞了进去，两只兔子毫不客气地猛吃起来。暑假里，教室里的课桌都并拢在教室的一角，椅子一律翻过来倒扣在书桌上，我和小丽懒得去搬椅子，两个人背靠着墙席地而坐，一起看兔子吃草。

一会儿兔子吃饱了，没有了急促的吃草声，教室里安静起来，这时奇异的一幕发生了。只见其中一只兔子突然爬到了另一只的背上，紧接着，两只兔子身体抖动着，发出一些莫名其妙的声音。

"兔子在干什么？"我惊讶地问小丽。

"它们……它们……"小丽支支吾吾，不知在说什么。我扭头看她，发现她脸上红扑扑的，神情诡异，这就让我愈加疑惑，更想问个究竟，忽听小丽嗫嚅地说："兔子过家家，我们也过家家……"

我终于明白了什么！先是一愣，然后像触电一样蹿起，撒腿就往外面跑。哈哈，这事若要搁到现在，自然我什么都能明白，可那时懵懵懂懂，惊慌失措之下不晓得有多狼狈。

随后的几天，我再也不敢跟小丽一起去割草、喂兔子了，心想不管以后老师会不会责怪，后面的事情全由她一个人去做。然而令我想不到的是，新学期开学后老师在课堂上把我们这个养兔小组好好地表扬了一番，说我和小丽负责的那两周，兔子吃得饱，也长得快。

升入初中后，我在镇上住了校，家里继续养兔子，割草的任务落到了妹妹的肩上。一天下午，妹妹正在教室里上课，突然窗外传来母亲的叫唤："亚宝，放学后去斫篮草喂兔子，再捞点浮漂草给鸭吃。"说完，又补充一句，"当心别跌到草泥塘里！"母亲的喊叫惹得全班同学哄堂大笑，讲台上的老师更是怒目圆睁，一时不知说什么好。我父亲当过小学教师，母亲好歹也算是教师家属，怎么能啥都不顾惊扰课堂呢？妹妹当时羞红了脸，要是能找到一条地缝，相信她肯定会毫不犹豫钻进去的。

当然了，妹妹没有白辛苦，母亲用卖兔毛积攒下来的钱，给她做了一件漂亮的新衣服。这比起我得到的那几个少得可怜的零花钱，可要强上不少。

2016年5月9日

小小9英寸黑白电视机

20世纪70年代后期，官溇村三队率先买了一台9英寸的黑白电视机，消息不胫而走，瞬间引起全村轰动。在物质条件、文化生活十分匮乏的年代，小小的荧屏打破了村庄的平静，给农村人的夜生活带来了无数的欢乐。接下来的每一个晚上，村里的男女老少纷纷出动，无数双眼睛盯牢那个放得出图像、听得到声音的新奇玩意儿，直到屏幕上出现"再见"的画面，才意犹未尽地回家。

一开始，母亲反对我去三队看电视，她既怕我走夜路跌跤，又担心有人会歧视、欺负我这个残疾儿童。可我毕竟还是个小孩，怎么能够抵挡得住电视的诱惑呢？她不让我去看电视，我就躺在床上，一边手脚并用敲击身下的竹垫，一边号啕大哭："我要看电视！我要看电视！"响亮的哭音招来了我们官溇六队的朱祥荣，此人平日里叫我母亲"寄妈"（干妈），由他带我去，母亲也就放心了。

此后不久，官溇六队不甘落后，同样也买了一台西湖牌9英寸黑白电视机。电视机到了队里，王叙兴小队长乐呵呵地抚摸着电视机的荧屏，脸上泛着红光，当即派人将队里的仓库打扫干净，同时叫来队里的木匠阿马，让他照着电视机的尺寸做一个木箱子，箱子下面再做一个架子，这样就可以把电视机架得老高，以供更多的人观看。打开电视机的包装箱，里面还有一块红色的绒布，一群人围在那里，为那块布究竟应该盖在电视机上还是披在柜子外面争论了许久，最后还是小队长拍了板。

自从生产队里有了电视机，我们队里的小孩子就不需要再走远路到三队去看电视了。每天傍晚匆匆吃过晚饭，饭碗一撂，赶紧扛起家里的长凳向着生产队的仓库奔去。等到掌管钥匙的人打着饱嗝姗姗而来打开库门，"板凳大军"蜂拥而入，迅速抢占有利地形，只听得噼里啪啦一阵乱响，一排排长短不一、高低不等的板凳就已经从电视机的跟前排到了仓库的大门口。

看电视的时候，小孩子挤在最前面，似抬头望月般看电视，大人则屁股挨着屁股，一条长凳上坐足三四个人，别的生产队来的和外村来的观众只能站在后面踮起脚尖、伸长头颈，从人头的缝隙中看电视。电视信号来自室外天线，天线手工做成，用的是剥了皮的铝线，形状像一个"×"（后来做成了"王"字形）。做好后的天线绑在毛竹上，竖到仓库外面，由一根扁平的馈线将接收到的信号传输到电视机屁股上的两根小柱子上。那时只能收到中央台、上海台等少数几个台。信号时强时弱，电视机的屏幕上时不时就会出现"雪花点""柳条布"，观众只好捺着性子等待一会儿。换频道比较麻烦，换一次就得重新调整一下天线的方向，好在这时不需要动员，自告奋勇的人多的是，有人跑出去转动毛竹，有人站在大门口指挥："转一点，再转一点……""过头了，回来一点……""好了，好了，停！停！"一番折腾之后，画面终于又清晰起来。

每个看电视的晚上，生产队的仓库里常常人满为患，人多的时候甚至大门外面还站了好多人，一个个伸长脖子探头往里面看。这种情形下，只要天气允许，小队长一声令下，那台宝贝电视机就会被搬到仓库外面的砖场上，于是乎又是一阵噼里啪啦摆凳子、抢位置的声音。生产队放电视的仓库就在庄家塘桥的南桥头，地处天凝北部的南北大通道旁，时常有外村的村民赶来看电视，观众人山人海，多时有两三百人之众。

最好看的是电视连续剧，《姿三四郎》《再向虎山行》《敌营十八年》《霍元甲》《排球女将》《上海滩》等，无不都是吊足了观众们的胃口，让大家津津乐道。那时有一部美国战争电视系列片《加里森敢死队》，内容是二战时期，加里森中尉率领一帮从监狱里找来的杀人犯、骗子、强盗、小偷组成的一支敢死队，一次次深入敌后，完成偷袭、营救、绑架等任务。也许是内容太暴力，或者画面过分血腥，播了七八集以后就停播了，不免让人觉得有些可惜。

1983年的除夕夜有了央视第一届春晚，李谷一唱的《乡恋》、王景愚表演的哑剧《吃鸡》给观众留下了深刻的印象。1984年春晚上马季表演的单口相声《宇宙牌香烟》，笑得大家肚子疼。我叔叔先后在大队塑料厂和公社毛纺厂做销售员，平时嘻嘻哈哈爱开玩笑，由于他的脸形圆鼓鼓的，跟马季有些相像，一度被村民们叫成"马季"。

家庭联产承包责任制实行以后，生产队解体，我们那个原本有着三十多户人家的生产队，分成了三个小组（也叫小小队），每组差不多十户人家。与此同时，队里的农田、农船、农具、农机，包括仓库、晒谷场也都统统分开了。巧的是，队里的那台电视机分到了我家所在的小组，由于原先放电视的仓库已经归属了别的小组，从此放电视的地方转移到了我家。

那个时候到我家来看电视的人很多很多，好在我家的场院足够大，电视机摆放在厢屋里，观众从屋里坐起一直坐到大门外，再在砖场上坐了好几排。我父亲向来好客，开门笑迎天下客是他最乐意做的事，可是那阵子母亲在家里踏泥做瓦坯，院子里晾晒着的泥瓦筒摆得到处都是。有一次，不知道谁有意还是无意踢了一脚，一大排泥筒子像多米诺骨牌那样哗啦啦地瞬间垮塌了，母亲因此难过了好几天。

后来小小队也分开了，家家成了单干户。那台半旧不新的电视机本来是要抓阄的，可是我父亲手里还攥着几张修电视的发票没有报销，而且毕竟电视已在我们家放了一年多，耗掉的电费又该怎么算呢？老队长王叙兴抓抓头皮，眉头皱皱，最终做出了决定："电视机就算你们戴家的了，不过队里的人依旧要上你家来看电视。"

我家当然欢迎乡邻们继续来看电视，但村民们的日子已经好了起来，有些人家买了14英寸的彩色电视机，14寸的屏幕相比9寸当然大了许多。从那以后，那台小小的9英寸黑白电视机受到了冷落，到我家来看电视的人变得越来越少，真可谓"此一时，彼一时"。

后来我在县城上了高中，也就很少有机会再看电视。一年暑假，闲来无事，那台落了灰的电视机被我找了出来，一番捣鼓，居然还能放出图像，只是电视机上的旋钮坏了，用老虎钳夹住才能转动旋钮更换频道。

夏天蚊子多，我索性将电视机搬到床上，一个人钻在蚊帐里津津有味地看电视。那时正好在重播日本电视连续剧《排球女将》，小鹿纯子晴空霹雳般的拼搏精神，激发了我的学习热情，我发愤图强，刻苦学习，最终一举考上了大学。

2016年11月18日

心爱的塑料花

小时候，我很少有玩具，或者准确地说，很少有花钱买来的玩具。那时的我，大多数的玩具都是自制的，比如香烟壳叠成的"纸洋片"、木板削成的"大块刀"、橡皮筋和树杈做成的皮弹弓……唯有一盆塑料花，可是正儿八经的工艺品，也是我童年心爱的一件玩具。

那是一盆不到一尺高的塑料花，底座的造型像一只田螺，从螺口处伸出一簇绿色的枝条，枝头上开着五颜六色的花朵，红的，黄的，粉的，紫的……还有一些叫不上来的颜色。从花朵的形状上判断，这些花应该是雏菊，就是乡间地头常见的那种野花。毕竟是塑料花，细摸上去有些扎手，但并不影响我对它的喜爱。

我的父亲早年在乡村小学当教师，我们家也就跟村里一般的农户有所不同，房间里多了一张写字台，生生占据着一方空间。写字台上铺着一块墨绿色的玻璃台板，边上放着一把沉甸甸的玻璃镇尺，还有那盆塑料花，原先也是摆放在写字台上的。父亲爱好收藏，有过许多藏书、相册和红像章，还有收音机、留声机和黑胶唱片，那是他的私密空间，他的精神领地。父亲不在家时，我可从来没有偷偷玩过他的那些宝贝。

父亲教书的陶庄小学离家只有十几公里的路程，途中河网密布，到处是河和荡，有些地方连摆渡船都没有，要过河只能绕到很远的地方。而陶庄与天凝之间是不通客轮的，所以在我的记忆中，父亲每月回家的次数只有一到两趟。父亲在家的日子，必定是我的欢乐时光，我会紧紧地跟在他的身旁，目不转睛地看他翻开放在橱顶的皮箱，打开写字台的抽屉，整理他的那些宝贝藏品。父亲还会挑出几样不容易弄坏的东西让我玩，而我最喜欢的，还是写字台上摆着的那盆塑料花。

上了小学以后，父亲已经允许我用他的写字台了，我在他的书桌前阅读为数不多的几本书籍，其中一本《欧阳海之歌》我读过好几遍，被书中英雄舍身救列车的故事深深感动。那时，我家有两间屋子，一间是烧饭、吃饭的灶屋间，另一间是全家人一起睡觉的房间。房间不大，独处的时候屋子里静得出奇，都能听见自己的喘息声。天晴的时候，阳光透过天窗照射下来，光亮中飘浮着无数细小的尘埃，我把塑料花放在阳光照得到的地方，在绽放的花朵里，仿佛闻到了沁人的花香，看到了田间地头的春色，凝结于内心的郁闷和烦恼慢慢有所化解。

不知哪一天，我无意中发现了塑料花的枝条和花朵竟是可以拔下来重插的，不同颜色的花插到不同形状的枝条上，或者换一个地方重插，就有了不同的造型和意境，于是乐此不疲地拔来拔去。有时塑料花脏了，我会用肥皂水清洗干净，晒干后重新组装起来。有时我还会在睡觉时把花放在枕头边甚至被窝里，有花陪伴，睡得特香。

初中治病、休学在家的那段时间里，我在房间里安静地复习功课，累的时候看看塑料花，望一望窗外的天空，很快收回思绪继续学习。寒窗苦读十几载，这盆塑料花一直在边上陪伴着我，它见证了我的刻苦，听到了我的心声，似在不断地鼓励我"男儿当自强"。我终于考上了大学，用事实告诉别人，自己不是一个只能靠父母养活的残疾人。

上了大学以后，我一般只在寒暑假回家。一次回家过年，意外地发现母亲把我的塑料花放在了灶头上面的壁龛里，一个叫作灶山的地方。小年夜的晚上，母亲烧好一碗廿四夜粑粑，恭恭敬敬地供放在灶山上，双手合拱，弯腰叩拜，这个仪式叫献灶，是在祈求灶神回到天宫向玉皇大帝汇报时帮我家多说好话、多求好事。此时有一盆花，倒是恰当不过的。

此后家里多次翻造房子，不知从哪天起塑料花失去了踪迹，找来找去就是找不到了。大姐说，前几年她还在父亲生前居住过的房子里见到过那盆花，可父亲去世后，我分明打扫过房间的角角落落却没看到，要是有怎么会没有看见呢？

有些东西就是这样，你想找它时就是找不到，不找的时候，反而自己就出现了。心心念念的这盆塑料花，我想也是如此，或许哪天它又会出现在哪里，与我不期而遇，让我欣喜若狂。

2019年7月8日

新衣裳

　　生在农村，长在乡下，在20世纪六七十年代那段贫困的岁月里，我们这些爱玩爱闹的乡下孩子，想要有一件新衣裳穿，可不是一件容易的事。

　　母亲有一台老掉牙的蝴蝶牌缝纫机，这台机器的踏脚板早已松动，就算给所有的活动部位都注满机油，踏上去仍会哐当作响。不过可别小瞧了这台从别人家里转手过来的二手缝纫机，那是母亲嫁给我父亲以后，父亲给她买的最为值钱的一个大件物品。

　　有了缝纫机，全家人所穿的衣服，无不都是母亲利用劳动的空隙在这台缝纫机上完成的。父亲当过教师，爱讲风度，补丁多的衣服他不太爱穿，从他身上穿剩下来的那些旧衣服就被母亲改成了我的儿童装，而我妹妹穿的衣服大都是用姐姐的衣服改的。记得有一次母亲从布店买了块新布给妹妹做了件上衣，那天的妹妹，连撒娇的时候都只是屁股坐在地上"沾地光"，再也不肯像往常那样在地上打滚了。

　　那些年虽然穷，过年穿新衣的规矩仍是不能破的，毕竟那是孩子们盼望过年的重头戏，一年也就那么一回。大年三十的晚上，全家人围着饭桌开开心心地吃过年夜饭，放完鞭炮，嬉闹一阵以后回到房间里准备睡觉，这时的母亲就像变戏法一样，从三连橱上方的角落里取出事先藏进去的新衣裳和新鞋子，挨个交给我们。母亲把我们的新衣服藏得那么隐蔽，以至于我和姐姐前些天想找的时候都没有找到。大年初一的早上，我家三个小孩的衣装焕然一新，一起去给家族的长辈们拜年，此后的几天也是穿着这套新行头去做客人。

比较我家三个小孩的新衣服，姐姐的洋气，妹妹的花哨，而我大多是包衫，外表看上去全新，但夹里、袋布多半是旧的。起先我不懂，以为有新衣服穿就行了，后来小伙伴们聚在一起有了攀比，谁穿了旧衣裳和花衣裳是要被人笑话的。

一个北风呼啸的冬日上午，东场陆四娜家的屋檐下，一群小孩照例又聚在一起玩"轧壁角"的游戏。一阵寒风袭来，我身体一冷，禁不住打了个寒战，这一幕正好被一位热心的邻居看到了，那人跑去问我母亲："你家阿卫怎么只穿了一条单裤？正在陆四娜家的屋檐下发抖呢！"那一年，母亲早早将我的棉絮裤子进行了改造，接长了裤管，匀进了棉絮，防寒是绝对没有问题的，但是千不该，万不该，接上去的裤管用了一块不知哪里来的大花布。那时的我，已经结束了啥都不懂的"开裆裤时代"，小小的胸膛里多少有了点荣辱观，因此我宁愿挨冻，宁愿发抖，也不肯穿上那条花裤管裤子。那天的结果是：母亲把我拎回家，不由分说给我套上了那条令我无比难堪的花脚裤。

我读小学的时候，社会上一度流行假领头。假领头又叫经济领、节约领，它有衬衣的领子，有前襟后片，也有扣子、扣眼，但是省去了袖子与衣身，由两根布带套住臂膀，穿在里面以假乱真。那年头，布票是按人头发放的，一个人一年只有三尺布票，用完以后你就是有钱也买不到布料来做衣服。有一次，我看中了父亲穿过的一件白衬衫，想让母亲用这件旧衣来给我做假领头。可父亲不肯，说那件衬衫只是破了袖管，改成短袖他还能穿。衬衫就在我们父子俩的手上夺过来、抢过去，突然刺啦一声，一只袖管被拉了下来。"啪"，父亲恼了，一巴掌打在我的头上，打得我眼冒金星，不得不松开了手。这是从小到大，父亲唯一打我的一次。

上初中的那一年，母亲给我做了件新衬衫，布料是白作布的，纹理细结，手感柔顺，看上去非常洋气。我喜欢这件衬衫，可惜只有一件，于是一周五天半的时间里，天天把这件白衬衫穿在身上，直到周六下午回家时才脱下来洗一洗。遇到下雨的周末，衣服晒不干，仍旧潮湿的衬衫还是被我穿在身上去了学校。我倒是还有一件杜经布的衬衫，那是外婆给我织的布，样子看看还可以，贴身穿着就不舒服了。一件衣服连续穿六天，脏是可以想象的，特别是领口、袖口部位容易发黄、变黑，闻上去有一股怪怪的味道。放学回家的路上，我总能找到诸如走不动路这样的理由，故意与同学，特别是女同学保持一段距离，免得被她们瞧不起，咱可是一个要面子的人。

后来我读书开了窍，学习成绩步步上升，考出了全年级第一名的好成绩。消息传到父亲母亲的耳朵里，他们高兴坏了，两人一合计，决定给我做一件灯芯绒夹克衫。啊哈，亲爱的父亲、母亲，我早就想有一件夹克衫了！不过，对于这份奖品我也有自己的要求，一要咖啡色，二要宽条子。可那样的灯芯绒面料镇上早就卖断了货，母亲于是指派父亲到陶庄去给我买布。父亲不敢怠慢，摆渡，过桥，步行了十几公里，终于到达了陶庄，可那里同样也没有我要的布料。所幸父亲在陶庄教过书，镇上朋友众多，在熟人的指点下，他一直走到芦墟镇，才在那里给我买到了那种时髦的灯芯绒布料。

周日的下午，我高高兴兴返了校，按照母亲的做衣速度，不消三个晚上，定能将夹克衫做好，然后托走读的文刚表弟带到学校去。然而日子一天天过去，我扳着手指，伸长脖子，足足等了一个星期，最终连衣服的影子都没有见到。周末，我带着满腹的疑惑回到家，一问母亲，同样也是一脸茫然，说："不是早就让文刚带去了吗？"

呜呼！文刚表弟，我三姑妈的儿子，居然把我朝思暮想的宝贝衣裳给弄丢了。

三姑妈知道了原委，不声不响去了趟镇上，从布店里剪了六尺灯芯绒布，回来交给我母亲，让她给我重做一件新衣裳。几天之后，一件崭新的夹克衫送到了我的手里，那衣服除了灯芯绒的条子有点窄，其余均符合我的要求：挖袋，大翻领，纽扣大大的，尤其是母亲一针一线褴出来的一排扣洞，大小均等，针脚细密，一点不比商店里买来的差。

穿上了新衣裳，我精神抖擞，劲道十足，读起书来更加用功。初中毕业时，不但上了中专录取分数线，而且考上了全县唯一的重点中学。

初中毕业三十周年的同学会上，有些人当场叫不出同学的名字，场面颇为尴尬，但却有女同学能够精准地记得我那件夹克衫的颜色和式样。想不到我这个当年很少跟女生说话的人，在她们的心中还存着如此深刻的印象，不免有些得意。

2021年1月16日

养猪记

人民公社大集体的时候，村里几乎家家有猪棚，户户都养猪，随便走进一个农家的院落，低矮的猪舍附近总能闻到一阵阵猪粪的味道。那时粮食紧缺，猪饲料也不能幸免，各家的猪圈里平时只够养活一头猪，等到长大后卖掉，再去小猪行捉回小猪崽继续饲养。如此循环往复，一般人家一年也就能卖掉两三头猪。

一头养到一百二十斤的猪可以卖五十多块钱，如果超出这个重量或等级评得高，略微还能多卖些钱。那时卖猪有饲料票和化肥票的奖励，猪圈中的猪灰被生产队挑走后也有工分拿。刨去买小猪花掉的十五元钱，每次卖猪余下的三十多元钱，差不多是一户家庭四个多月的零用开销。我们家里三个小孩过年的新衣裳、上学的学费以及偶尔的零花钱，还有家里难得几次买肉、裹馄饨，全指望猪圈里养着的那头猪了。

早晨和傍晚，母亲拎着猪食桶走进猪舍，猪棚中的那头猪早就前脚搭在猪栏上，伸长脖子等着喂食了。不等香喷喷的猪食全部倒入猪食槽中，这家伙就毫不客气地开始了一通猛吃。那时候，凭卖猪得来的饲料票可以买到优质的白市糠，不过也只敢让新捉来的小猪崽尝尝鲜，过不了多久猪食中就得掺入番薯藤、湖羊草、烂菜叶、饭脚头和米泔水。饲料不够的时候，还要把稻柴轧成糠，让猪肚皮吃到圆鼓鼓，免得它在饥饿时不停地叫唤、到处啃。

小时候，像我这样的小孩子放学后都乖乖地背着羊箪、提着竹篮到田间地头去割猪草。回来后将猪草投进猪圈中，猪会把喜吃的嫩草吞下肚，吃不完的老草踩在脚下，成为日后农田里的土肥料。那一把把青草中滴进了孩子们细密的汗水，也寄托了各人不同的盼头和念想。

养猪的人家都知道，贪吃贪睡的猪最好养，可有些猪生来爱折腾，不是在属于它的领地上来回奔跑，就是猪嘴在猪圈中到处乱拱。父亲担心爱动的猪长肉慢，狠心地在猪鼻头上穿进一根铁丝，这才让猪老实了不少。我家以前养过一头爱逃棚的猪，它几次三番爬越猪栏，顶开猪棚门，演绎"胜利大逃亡"。父母费了不少的劲，把家里的老人、小孩都发动了，总算在房前屋后的角落里一次次把它找回来。可是有一次，那头猪跑得实在太远了，幸亏木匠阿马的儿子木小弟帮忙，才在小学后面的乱砖堆里找到了它。

猪和人一样有时也会拉肚子，这时候父母往往会比自己得病还着急，赶紧去请来村里的兽医阿潮，给猪打一针，或者配些土霉素之类的兽药，猪的毛病才慢慢地好了起来，不过瘦掉的那几斤肉已没有办法了。我的姑父发兴寄伯家里养过一头"老头猪"，也许是他捉小猪时贪便宜买到了落脚猪，也可能是他家没有能力让猪吃饱，那头猪竟然养了两年，叫名三岁才出栏，卖又卖不掉，杀又不舍得，可把姑父一家给愁死了。

家里缺钱花的时候，猴急的父亲隔三岔五、几次三番把猪圈里的猪捆绑起来称重量，多数的时候斤两不到，只得悻悻地给猪松了绑。终于等到了卖猪的那一天，母亲早早起来喂食，必定要让猪在这天吃到饱得不能再饱，这样送到镇上就能多卖点钱。父亲穿上高统套鞋，悄悄地潜入猪圈中，趁猪不注意，一把拽住了猪的后腿，随后把自己的全部重量压在猪身上，在猪"嗷嗷"的叫声中，四只猪脚被过来帮忙的邻居用草绳捆了个结结实实。

卖猪船在官溇港里从北往南摇，没有见过世面的猪这下终于露了回脸，它风光地躺在船头，一路哼哼着接受全村人的检阅。这一天的母亲无疑是最开心的，她的脸上一早就荡漾着无比灿烂的笑容，扯几尺布、买多少毛线给孩子们做衣服、结头绳衫，心里早已有了盘算，而父亲想的是一会儿在街上割点肉、买包烟，回家好好地喝上几口酒。养大一头猪不容易，全家人的生活这天多少该有些改善了。

穿过红旗塘，又经过了胜利桥，卖猪船在朝东埭河边的码头上靠了岸。把猪抬到屠宰场的门口，空地上早已排起了长长的队，横七竖八的猪躺在地上等着过磅和定级。猪在来的路上耗尽了体力，此刻瘫软在地上喘着粗气，不时地拉屎屙尿，殊不知在卖猪人的眼里，这些臭烘烘的污秽物原本都是钱哪，可此时再心疼也没有了办法。

负责收猪的王麦须是个一言九鼎、威风八面的人物，卖猪的人想递根香烟，跟他套个近乎，他却总是板着脸很少有回应。此人验猪无数，只要他往猪身上瞅几眼，心中就有了数，看他手中的剪刀在猪毛上剪几刀，那便是最后决定猪价的记号。据说凡他经手收进的猪，杀完称起白肉来总与事先的定级相差无几。

有时候，养在猪棚里的猪实际还没到一百二十斤的收猪标准，也就是王麦须嘴里的"不及格"，父母把猪喂饱后怀着一颗惴惴不安的心，搭乘别人家的船一起去卖猪。不争气的猪在屠宰场里听到同类们的嚎叫，早已吓得屁滚尿流，轮到上磅过秤时就到不了规定的重量，这时去求王麦须多半是没用的，只得自认晦气狼狈地把猪运回家。经过这么一折腾，起码要多养上半个来月，猪身上掉下去的肉才能回上来，真是偷鸡不成蚀把米。

农村家庭以前大多是"透支户",年底分红时不但没钱拿,还倒欠生产队里不少的钱。为了手中有钱,过年不慌,年底前卖掉一头"过年猪"尤为重要,这就得算准时间,在大猪还没有卖掉的时候提前去捉小猪。小猪捉回来后,猪圈中同时有着一大一小两头猪,大猪追着小猪跑,小猪在角落里偷食吃的情景时常发生。那些天,母亲特地关照我要多割点猪草,好让两头猪都能吃得饱。好在小猪受欺负的日子不会太长,大猪卖掉后,忍气吞声的小猪顺利晋升为猪圈中新一任的猪大王。

不知道父亲听了谁的主意,说下午捉小猪要比早上便宜。那天,他在贴身的衣服口袋里藏了钱,先去南雪塘的农田里干活,下午队里劳动结束后才去小猪行捉猪。父亲挑好了猪,谈好了价,可在付钱的时候却发现身上的钱不见了。天哪,这笔钱可是东拼西凑好不容易集起来的,急得父亲跳红旗塘的心思都有了。他在来时的路上和生产队的农田里一遍遍地寻找,终究也没有找回那笔丢失的钱。后来求着小队长,给队里写了张借条,我家猪棚里才及时添上了一头"过年猪"。

我家的猪棚地势高爽,通风好,这么多年不知道养大了多少头猪。猪舍共分两间,外面一间堆放柴草,里面那间养猪。猪棚外面种上了南瓜秧,在猪粪的滋润下,瓜藤上结满了大南瓜,粗壮的南瓜藤爬上了屋顶,浓密的瓜叶给猪宝宝们带去了大片的阴凉。正是猪舍中养肥的那一头头猪,帮助我家安然地度过了那些艰苦的岁月。

2018年6月28日

摇啊摇，摇到外婆桥

"摇啊摇，摇到外婆桥"，当从小朋友口中听到这首熟悉的儿歌时，我这个五六十岁的老汉不禁心潮涌动，依稀想起了自己的外公和外婆。

我的外婆家在杨庙娄斗浜。那是一条横向的河浜，东头通河，河水很深，浜上没有桥。村子是依水而建的，几乎家家户户都有一片邻水的场，淘米、拎水、汏碗、洗衣裳，包括捣马桶都在河滩头的河桥上进行。村里的人家喜欢栽种竹子，翠绿的竹梢高过屋顶，远远望去连成了片。

小时候去外婆家，得走几公里泥土路，中途还要在红旗塘和许巷港上摆渡两次。我走路一瘸一拐，高高兴兴出门去外婆家的路上经常要出洋相，弄得灰头土脸，眼泪汪汪。母亲很是无奈，只好把我驮在背上回娘家，因此我去外婆家，通常是在母亲的背上一晃一晃摇去的。母亲用一块包布把我捆在身上，走累了就解开布结，把我放下来让我自己走几步。可母亲回娘家的日子很多时候都是雨天，因为只有生产队里不出工她才有空闲时间，那样的日子地皮湿滑，让我自己走免不了出点状况——摔个跟头，掉进水沟，落入河中……这样的糗事多得数不胜数。

有一次去外婆家做客，好不容易平安无事到了娄斗浜，母亲的屁股还没有坐热呢，就有人在外面喊："培宝（母亲的小名），你儿子掉到河里啦！"母亲飞奔而出，一把将湿淋淋的我抱进屋里，给我脱光衣服，擦干身体，立即塞进外婆的被窝之中。外公从邻居家里借来了脚炉，让那个浑身哆嗦的我抱住脚炉取暖。

外公外婆孙子、外孙一大堆，每次我去的时候总能吃到一些好东西。夏天，生产队分了西瓜，外公外婆总是给我留着几个。那些瓜个头小，我抱在怀里，一个人可以吃掉一个。我不解地问外婆："为什么你家的西瓜都这么小呢？"外婆对我说，她和外公只有两个人，剖开一个大西瓜吃不完会坏掉，所以生产队把小西瓜分给了他们。外婆的话，我半信半疑，不过小西瓜也是很甜的。过年去外婆家做客的时候，外公经常想点办法，买来猪肚或者猪大肠，交给外婆洗刷干净，里面塞进去糯米和肉馅，两头用布线扎紧，放在镬子里慢慢地烧煮，直烧到稀酥才端上桌来。如此诱人的美食，我当然不客气了，那才是正宗的"外婆家味道"。

外公确实是个生意人，他在生产队的窑场上给集体看窑墩的时候，常常买好大前门、牡丹、新安江之类的一些好烟，拆开来论支卖给窑工们，以此赚取一点差价，而他自己则抽勇士牌、经济牌那类的蹩脚香烟。一次，我跟母亲去窑上看望外公，发现他床铺的被褥下面压着许多花花绿绿的香烟壳子，我如获至宝，开心地跳了起来。

外婆为人和善，见人总是笑嘻嘻地露出牙齿，她一天到晚忙忙碌碌，从来没有闲下来的时候。外婆不仅会种田、养蚕、缫丝、织布，还烧得一手好菜。烧饭时，外婆把洗脸的毛巾覆在黑乎乎的镬盖上，用缝隙中溢出的蒸汽消毒。我那时不明就里，常笑话外婆不讲卫生，现在想想，她这个高温杀菌的方法还是挺科学的。

有一次，我的两位表哥——小舅的儿子爱云、爱林在场地上玩一辆装了轴承的手推车，他们两个人一人推，一人坐，轮来轮去就是不让我坐。我看得心里痒痒，跑去向外公告状，外公当即命令大表哥和二表哥给我推车，让我风光地转了一圈又一圈，直到破涕为笑、心满意足为止。

外公是个"老茶鬼"，只要有空，就去天凝大街东横头的茶馆店喝茶。新中国成立前，外公在那家茶馆店里灵市面（打听消息），跟有生意往来的朋友结算账款；新中国成立后，那里依旧茶客满座，人声嘈杂，俨然是全镇的消息中心。外公腰背挺直地坐在那里，听听小道消息，看看来往人流，不知有没有想起过自己年轻时在生意场上打拼的那一幕幕。

那年我考上了大学，在去学校报到的前一天，母亲给了些钱，让我自己上街去买些生活用品。走上人民桥的桥头，一眼看见外公坐在茶馆里喝茶，跟一帮高谈阔论的茶友谈兴正浓，我走了进去，红着脸叫了声"外公"，边上的人就问我外公："这是谁啊？"外公颇为得意地说："我的外孙，培宝的儿子，今年考上了浙江大学。"人家听了，纷纷夸奖外公他们毛家基因好，这下又培养出了一个读书人，而且上了名牌大学。我大舅在莫斯科留学后回国，是杭州大学物理系副教授；爱林表哥前年考上了同济大学，这样体面的事情，外公的茶友当然都知道。

我从来没有进过茶馆店，一下子有那么多人看着，不免有些窘迫，外公看出我的尴尬，忙向朋友解释道："这孩子只晓得读书，面嫩，将来世面见得多了肯定会好些。"其实外公不知道，当时我在考虑要不要给他买包烟抽，为难的是我口袋里的钱已经不多，最多只能给他买一包廉价烟，吃不准那样会不会给外公丢面子。所以犹豫着，直挺挺地愣在那儿。那天的我，最终没有给外公买烟，这件事情成了我以后一直不能释怀的遗憾。

上了大学以后，再去外公外婆家的机会就少了，在我大学毕业即将参加工作的那一年，八十四岁的外公不小心摔跤，跌断了大腿骨,只能躺在床上养伤。有人说,老年人摔伤股骨头是人生的最后一次受伤,上了年纪的人长时间躺在床上不活动,身体机能衰退得很快。外公因为得不到足够的营养和有效的治疗,后来在床榻上过世。

令人唏嘘的是,我外婆也是同样摔了一跤后在床上去世的,这对同甘共苦、相濡以沫的老人,最终离开人世的方式居然一模一样。对于外公和外婆的人生,他们的名字——毛聚金、盛琴宝,或许就是最好的概括,只需把外婆名字中间的"琴"改成勤劳的"勤"就可以了。

2015年11月19日

摇货船

20世纪70年代末的一个春天，春风浩荡，大地复苏，田间地头的油菜、麦子、蚕豆等春花作物贪婪地呼吸着新鲜的空气，在阳光雨露的滋润下蓬勃生长。趁着这段难得的农事间隙，官溇六队王叙兴小队长做出了一个决定：选派社员摇货船到上海去贩卖瓦片。在人民公社大集体的年代，那可是大姑娘上花轿——头一遭。

第一个吃螃蟹的人正是我的父亲。那一天，父亲从生产队开会回来抑制不住内心的激动，兴奋地告诉我母亲，队里抓阄确定第一个去上海摇货船的人，全小队三十来户人家，只有"额骨头最亮"的他中了签。母亲相信父亲说的话，心里却不无担忧：我们这个地方盛产小瓦不假，本地窑墩上烧制出来的瓦片以往都是外地人摇船来买走的，生产队里这些只知道种地的泥腿子，自己出去贩瓦片能成吗？

小队长派出一条五吨头水泥船，同时借给父亲五千张瓦片，还让他另外再挑两个人一起同行，规定七日内必须回来，交掉本钱和管理费，多出来的钱由去的人自己分。生产队人多地少，一个全劳力男子从早到晚劳动一天，年终分红时只能算到七八角钱，对于摇货船到上海去挣钱这样的好事，自然人人想去。

生产队派人摇货船打头阵，不管从哪个方面说，我父亲都是合适的人选。父亲当时虽在乡下劳动改造，本质上仍是一名教师，他见多识广且擅长与人打交道，对于上海农村的水路交通又相当熟悉。经过一番精挑细选，父亲最终选择西浜的邱小倌和小阿二两人与他一起合摇这趟货船。小倌是队里的会计，会算账；小阿二则是船户人家出身，会摇船。那天下午，父亲和两个搭档摇着货船朝东出发了，当水泥船的船艄在马塔塘上芮家湾的河口处慢慢消失，水面上泛起的波纹归于平静，母亲仍站在屋背后的河埠头朝东望了许久。

日子一天天过去，马塘塔上船来船往，丝毫不见父亲他们那条船的踪影，到了第五、第六天，母亲心里就有些发毛了。人家说黄浦江里水急浪大，不但有旋涡，而且有江猪（江豚）出没，父亲不太会游泳，充其量只有点三脚猫功夫，真要是遇到点什么事，那该怎么办呢？母亲越想越怕，那时的心情完全可用心急如焚来形容。

到了第七天晚上，河滩头终于传来了停船和说话声，父亲回来了。原来，他们这趟出去一路上相当顺利，货船进入上海地界不久，船上的瓦片就被当地的几户人家相中买走了。能如此轻松地赚到钞票，父亲和他的同伴都心有不甘，他们可不想那么快就回队里交差。算算时间还够，三人一商量，干脆来了个"转趟"，就是半路上找座窑墩，重新购买五千张瓦片到上海去贩卖，这样一来回家的时间自然长了好多，好在嘉善产的瓦片质量过硬，第二船货又卖掉。回家途中，脑子活络的父亲又以低廉的价格向当地农户买了一船棉花秆，回来后送到队里的窑墩上又抵掉了一部分瓦片钱。

送走了闻讯而来的小队长和打探消息的同队社员，我们一家人进入房间休息。父亲打开包裹，把买给家人的东西一样样掏出来，其中有给我姐姐的套鞋和围巾，正宗的上海货，漂亮极了，我和妹妹得到的则是大白兔奶糖，也相当满足。父亲小声说，这趟摇货船每家差不多分到了二十元钱。二十元钱，那该是多大的数字啊！我家一直是队里的"透支户"，过年时最多只能向生产队借支十元钱。

父亲带队的这趟上海之行，顺利打通了本地瓦片自主销往上海的水上通道，从那以后队里的男人伸长脖子、排着队，轮流到上海去贩卖瓦片。不久以后其他生产队也纷纷效仿，一起加入摇货船的洪流之中，人们摩拳擦掌，跃跃欲试，摇货船在当时被戏称为摇富船。我叔叔原本是在大队塑料厂跑外勤的，在别人眼里那是何等的风光，可他宁愿放弃那份走南闯北、有吃有喝的美差，也要回到队里摇货船。

官溇六队背靠马塔塘，这条长长的河流连通红旗塘与黄浦江，摇船到上海青浦、松江、闵行、奉贤、川沙、南汇等地，水上交通相当方便。到了农闲季节，队里所有的水泥船全部摇了出去，船上的人数从三人增加到四人，仍然满足不了需求。后来就想了个办法，把队里那台手扶拖拉机上的柴油发动机卸下来装到船上，再安上挂桨，就成了挂桨船，相比于一橹一橹摇，一篙一篙撑，可谓鸟枪换了炮。于是乎，全小队所有能出动的船都连到了一起，组成了一支长长的船队，装满货物浩浩荡荡地向大上海进发。

上海人向来规矩大，买到瓦片的那天，一般会设宴招待来自嘉善的贩瓦人吃顿饭。我们队里去的人自知吃相难看，生怕被上海人笑话，约定吃肉时统一行动，选出一人喊口令："上手一"，众人齐刷刷地伸出筷子，揿一块肉到自己的碗里；"上手二"，再一起吃第二块，以此类推，直到把肉吃光。中间有几个精明的人，第一碗米饭只盛半碗，为的是添饭的时候能抢在别人前面，不然大家拥在一起盛饭，回去时桌上的小菜差不多就被吃光了。听摇货船回来的人绘声绘色讲起的这些稀奇故事，我们小孩子的心里直痒痒，暗地里想如果下次摇货船能把自己带上就好了。

然而幸亏没有小孩子搭船去上海玩，有一年摇货船出了个大事故，连在一起的船队沉入河底，还淹死了一个人。事情的起因是中间一条船擦到浅滩，致使船底漏水，带着隐患一路前行却没被发现，等到船舱进水多时已来不及救了，整个船队全军覆没，一条不剩全部沉没在水流滚滚的红旗塘之中。

沉船、死人的消息很快传回了村里，官溇六队顿时乱成了一锅粥。一开始，王叙兴小队长愁眉苦脸，不肯说出死的是谁家的男人，弄得那些留守妇女哭哭啼啼，哪个心中都没底。我家东场的培庆伯伯照例要在墙角边做煤球，这时小队长跑过去悄悄对他说："今天不要在这里做煤球。"培庆伯伯嘴快，小队长一走开他就把话传了出来，这下死者就是东场菊华阿大的父亲无疑了。

王叙兴小队长熬红了眼，终于跟死者家属谈妥了条件，第二天生产队集体给菊华阿大的父亲开丧。父亲从我家的竹园里锯下几根细竹头，动手做了一个大花圈。那个时候乡下人办丧事摆花圈、开追悼会可不多见，而当年王叙兴小队长顶住压力，冒着被大队领导批评的风险带领社员摇货船发家致富，那种魄力更是少有的。

2021年5月26日

一把长柄耙水菜铁搭

在我们老家，一直都把生长在水里的河蚌叫作水菜。如今无论在高档豪华的大饭店，还是在经济实惠的小餐馆，各式烧法的河蚌肉经常受到食客的青睐。时光回转几十年，困难时期的乡下，人们想吃上大鱼大肉可不容易，如果哪天能有一盆盐齑菜烧河蚌肉摆在眼前，那绝对可以好好地美餐一顿了。

河蚌生长在河底，夏天可以"打摸团"潜到水底下去摸，其他季节里水凉下不了河，想吃河蚌肉只能到河滩边去耙，此时就需要一把耙水菜铁搭。铁搭在农村可谓司空见惯，但用于垄田、落沟、开塄头、倒沟泥、锄地等农活的铁搭一般只有四根齿，形制也比较小，而耙水菜的铁搭总是大一点、沉一点为好，常见的耙水菜铁搭往往有六到八根齿，个别多达十二根齿。此外，铁搭柄也是越长越好。

生在水乡，出门见河，我家屋后的马塔塘上以前经常有人"哼哟、哼哟"地耙水菜，"扑通、扑通"的铁搭入水声此起彼伏，不绝于耳。而我家原先并没有合适的耙水菜铁搭，新打一把又有点不舍得，每回看到有人提着满篮的河蚌从我家墙门口湿漉漉地经过时，想要一把属于自己的耙水菜铁搭这个愿望，在我心头就越来越强烈了。

　　远在几公里外的外公知道了我的心思，立即找出一把废弃不用的旧铁搭交给了回家探亲的我的母亲。至于铁搭柄嘛，外公家有竹园，那里的青竹头正好用来做铁搭柄，看上哪根就去挖哪根。

　　母亲左手拎着铁搭，右手扛着竹头，一路晃晃悠悠往家走。中途经过天凝大街，从那座高高的圆通桥上下来后，她觉得有些手酸脚酸，就想在北桥塊的水果店门口歇一歇。在她停下脚步、准备把肩上的长竹头竖起来的时候，竹子的后梢头不偏不倚打中了身后的一个行人。母亲正欲道歉，那人气鼓鼓地一把推开竹头，匆匆地走开了。一股大力顺着竹头传到了母亲的身上，她身体一晃险些跌倒，但因错在自己，倒也无话可说。这时有人小声对我母亲说："你扛着这么长的竹头过大街，千万要当心，你刚才碰到的可是镇上最难弄的阿××，幸亏今天他没空跟你计较，不然你肯定要吃苦头。"大街上街道狭窄，人来人往，头顶上还有电线、廊棚和跨街楼，母亲想想真有点后怕。

　　父亲把外公送我的那把铁搭拿到镇上的铁匠铺进行了一番改造，让铁匠师傅将原有的铁齿打细、打尖，又在中间和两头加了几根齿，这样就变成了一把名副其实的耙水菜铁搭。铁搭改造好后，父亲又找到木匠阿马，请他帮忙装上铁搭柄，一把威风凛凛的耙水菜铁搭就此诞生了。

　　那时我刚上小学，身体较瘦，个头不高，这般年龄的小孩一般是用小铁搭耙水菜的，而我却有了一把大铁搭，这让差不多年纪的小伙伴好生羡慕。我家河桥（河埠）的西侧原来有一小块桑树地，几簇芦苇丛，河滩边水草丛生，水菜肥硕，正是耙水菜的好地方。我双手把铁搭柄高高举过头顶，屏住气，铆足劲，奋力向河心处掷去，扑通一声，水面上溅起了大片的水花，待到铁搭沉到河底，长长的铁搭柄压在自己的肩头，双手像拱手作揖那样慢慢地往回耙，嘴里念念有词："大水菜，耙上来。大水菜，耙上来……"

　　耙到了水菜，回到家，将大大小小的河蚌一并交给母亲去杀、去烧，不用我再管。我的任务是将铁搭柄擦干，收起，防止风吹日晒竹头开裂。铁搭柄如果有了裂缝，耙水菜时河里带上来的水必定会弄湿衣服，那就特别难受。平时，我的耙水菜铁搭藏在屋檐下的梁架上，除了防裂，也怕有人来借，东场的菊华阿大就是一个经常来借铁搭的人。菊华阿大的父亲早年随生产队去上海摇货船，不幸遭遇沉船事故而溺亡，留下他们孤儿寡母几个日子过得紧巴巴，所以母亲愿意把我心爱的铁搭借给他。不过菊华阿大也是挺上路的，归还铁搭时总要留下几只大河蚌，让我有点不好意思。还不如自己去耙呢，虽然吃力点，却是劳动所得，或多或少心中坦然。

　　冬天耙水菜，一般在朝南的河滩上耙，寒风嗖嗖地刮，身上却是热气腾腾。一把大铁搭的边上，往往还有几把小铁搭同时在耙，大铁搭从河开头耙拢来的水菜半路上会滑走一些，小铁搭就等在大铁搭的边上捡漏。在船上耙水菜最需要技术，耙时铁搭柄的角度与水面接近垂直，没有巧劲使不上力，一旦铁搭耙到了船边，往上提的动作也不能大，否则眼睁睁看着水菜往下掉，急得跺脚也没有用。如果运气好，偶尔能耙到三角帆蚌、褶纹冠蚌之类的珍珠蚌，卖到珍珠养殖场会得个好价钱。耙水菜也有一定危险性，我的姑父三倌寄伯一次在船上耙水菜的时候用力过猛耙断了铁搭柄，猝不及防的他一头翻入冰冷的河水中，情形十分危急。他们这辈人，小时候河道里有传播血吸虫病的钉螺，虽然生在水乡，会水的人却不多。好在姑父扑腾一通，后来自己浮出了水面，急忙抓住同伴伸过去的铁搭柄上了船。

　　有一回，我在我家河桥东面不远的一条船上耙水菜，村里的几个毛头小青年偷偷摇了他们生产队的一条水泥船，从官浃港里出来到马塔塘上练本事。马塔塘上浪大水急，浜口处隐隐还有旋涡，那几个手忙脚乱的家伙都是摇船的生手，他们控制不住船的方向，船在水流的驱使下直向岸边而来，只听得咔嚓一声，我手中的铁搭柄被两船的船舷拦腰撞成两截。

过了两天，有人扛着一根长竹头来我家赔偿，他带来的那根竹头是从镇上的竹行里买来的长梢竹，竹头长，竹管细，比起我原先的那根从外公家竹园里挖来的杜园竹可要好使得多。临走时，那人买走了我家养在木桶中的河蚌。河蚌三角钱一斤，上岸头（一种条形的小河蚌）便宜一半。母亲将收到的钱全都给了我，成了我的零花钱。

一次，我在庄家塘桥的桥塝下耙水菜，不小心铁搭扎进了水下的石缝中，怎么拉也拉不上来，连忙喊来小伙伴帮忙，总算将铁搭解脱出来。铁搭出水，众人皆惊，里面竟有一只黑黝黝的超级大河蚌！左摇右晃，费了好大劲才将那只河蚌掰扯下来，回家一称，足有三斤重。这次耙水菜，我的那把宝贝耙水菜铁搭挂了彩，生生断去了一根齿，但也正是断齿形成的豁口卡住了那只河蚌王。

如今，立过大功的那把耙水菜铁搭被我母亲收藏在老家的杂物间里，虽然长长的竹头柄不知了去向，铁搭也是锈迹斑斑，但我每次回乡下见到这个"老伙计"时，总是倍感亲切。或许等我将来退休了，有了空闲的时间，我会重新给它装上铁搭柄，再到河边去耙一次水菜。

2019年12月1日

一季山薯半年粮

　　家乡的山薯，其实就是番薯，山东人称其为地瓜，四川人称其为红苕，北京人称其为白薯，福建人称其为红薯，不同地方的人对它有着不同的称呼。它的故乡是南美洲，16世纪末传入我国，如今除少数高原地区外，我国的大江南北皆有栽种。所谓五谷杂粮，薯类赫然排列其中。

　　平原地区没有山，到处是农田，人们以大米为主粮，山薯作为一种旱地上生长的辅助食物，在粮食短缺的年代发挥过重大的作用，不说曾经挽救过多少人的性命，至少也有着"一季山薯半年粮"的说法。母亲说，三年严重困难时期，生产队里的粮食接不上了，不知道小队长从哪里借来了一些陈年烂稻谷，轧成米后分给社员，大伙吃得那叫个香啊，仿佛吃到了刚收起来的新米一样。后来小队长又想办法从桐乡买来了大半船山薯，这才让大家挨到了晚稻收割。母亲给我讲这样的故事，是希望我不要浪费粮食，从小懂得节约的做人准则。我的童年时代虽然家境贫困，但粮食供应基本还是有保障的，偶尔遇到断米的时候，南瓜、山薯、蚕豆、玉米之类的杂粮适当地补充一下，虽然没有白米饭那么香，倒也不至于跟猪圈里的猪去抢山薯藤吃。

　　那个时候，我们生产队到处种山薯，田横头种，荡滩上种，荒弃的窑墩基址上也种，最后发现种在村西头烧基港那里的山薯长势最好，不仅地上的藤蔓长得紫莹莹、绿油油，地底下的山薯更是又大又多，挖出来一串一串，一窝一窝。究其原因，那边的土地是拆除窑墩以后平整出来的，地表上覆盖着一层山泥，那种泥土松散、透气，相比本地的黏土更加适合山薯的生长。村里人把番薯叫作山薯，或许就有这个方面的原因。

山薯在立夏前栽种，我家的自留地上每年也要种上一些。到了种山薯的季节，母亲时刻留意着广播里的天气预报，等到哪天说要下雨了，赶紧让父亲到镇上去买山薯苗。秧苗的价格向来很便宜，几分钱可以买上一大把，家里留出来种山薯的那点地，买个十来把也就差不多了。母亲翻好了地，开始排山薯秧，她将秧苗斜插在土塕的两旁，种完后一棵一棵浇上水，让秧苗一次喝个够。那时的我年纪还小，经常跟在母亲的屁股后头看热闹，也常常担心种下去的秧苗软疲疲、瘪塌塌，那副有气无力的样子能不能活下来。然而我的担心总是多余的，落过一两场雨，过上个两三天，耷拉着脑袋的秧苗全部神奇地醒转过来，一棵棵全都活了。

山薯苗成活后几乎不需要怎么管理，不用施肥，不用除草，不是遇到特别的干旱，甚至连水都不用浇，天然的雨水和露水给它们提供了生长所需的全部水分，太阳的光芒让它们蓬勃地成长。到了秋天，空气凉爽起来，生产队里的水泥船顺着马塔塘一路向西，摇到烧基港那边去挖山薯。小孩的消息一向灵通，大家相约一起去看热闹，等我们到达的时候，地面上的山薯藤已悉数被拔掉，开裂的地缝中出现了许多红红的山薯皮，像是新娘子揭开了红盖头，露出了庐山真面目。"好大啊！""好多啊！"人们惊呼着，由衷地发出赞叹。

小队长对任务做了分工，自然是男人负责挖山薯，女人跟在后面捡。不一会儿工夫，带去的箩筐、草篰已全都装满，一筐一筐摆放在路边，看上去是多么惹人喜爱。头遍挖过之后，一部分人开始往船上挑山薯，另一部分人则在小队长的安排下重新把地翻一遍，这趟"耘二通"必定也有不少收获，而等生产队的大队人马离开以后，经常还会有些老人和小孩到这片山薯地上去捡漏。可惜总有些个头大的山薯被拦腰劈成了两半，白花花的山薯肉裸露在外面，着实让人心疼。

一箩箩、一筐筐、一篰篰山薯被挑上了船，堆满了船舱，也摆满了船头和船尾，除去山薯藤占掉的地方，队里那条最大的五吨头水泥船上只容得下几个摇船撑篙的人。多出来的人嘛，只有扛起铁搭自己走回家了。不过走归走，每个人的嘴巴里都在忙着啃山薯。

满船的山薯运回了生产队的晒谷场，小队会计的耳朵上夹着一支笔，眼睛眯缝着，算盘打得噼里啪啦响。他十分麻利地把山薯的数量加在一块儿，得出总数后，立即向小队长请示下一步怎么分。"分光！"小队长干脆利索地做出回答。山薯留种要防老鼠，也容易腐烂，放在仓库里还影响大家看电视，不如一点不剩全部分给社员们，也好让大家高兴一阵子。王叙兴从二十六岁开始就担任官溇六队的小队长，前前后后当了十六年，正是他这种处处为社员着想的思想，一直使他得到大家的拥护。至于第二年需要的山薯秧嘛，到时派人去街上买就是了，反正要不了几个钱。

等着分山薯的队伍排成了一长溜儿，一个个伸长脖子、乐呵呵地等着。轮到某一家，会计大声报出这家应分的重量，有人负责搬，有人负责称，很快就把这户人家的山薯分好了。分到的山薯是抵口粮的，十斤山薯抵一斤大米，每家该分的数量根据人头算好，不论大小，不论品相，轮到哪筐就哪筐，分到哪家就哪家。

分到了山薯的那一天，我家必定要烧一次山薯吃，那天的晚上不再做饭，就光吃镬子里的山薯了，第二天早上还要烧山薯粥。

烧熟的山薯好吃，生的山薯味道也不错，尤其是新鲜的白心山薯，削了皮，切成片，吃起来甜甜脆脆，感觉跟板栗的味道差不多。同时，我也会在床底下偷偷藏几个山薯，等以后嘴馋时再拿出来吃，不过要防止山薯出芽，长了芽的山薯只能喂猪。母亲会做山薯干，她把山薯切片、切条，放在团匾里拿到太阳底下晒，晒干后可以直接吃，也可以放在油里炸，还可以做山薯酱。

小时候，我经常在灶膛或脚炉里煨山薯，煨熟的山薯发出诱人的焦香，捧着烫手的山薯，剥掉点皮，哈口气，咬一口，哈口气，再咬一口……那种外焦里糯，暖暖的、香香的、甜甜的味道对于一个没有什么零食可吃的孩子来说是多么美好。不过偶尔也有过惨痛的"滑铁卢"，明明把山薯埋在了毛灰之中，玩得兴起就把这事忘得一干二净，等到想起来时一切都晚了，好好的山薯早就成了一坨焦炭。

一直忘不了儿时的山薯香。我常常想，等将来自己退休了一定要回到乡下去，整一块地，种几畦山薯，看着山薯苗活了，地下长满了山薯，那该有多么开心。

2017年5月23日

一只青花喜字罐

　　近日，在友人的帮助下，我从市区月河历史街区蒲鞋弄的古玩街上淘得一只青花喜罐，此罐的全名叫作青花缠枝莲纹喜字罐。这类瓷罐多为清中晚期或民国时期烧造的嫁妆瓷，作为有钱人家女子出阁时的陪嫁盛行一时。

　　晚清、民国同属于近代，民间流传下来的此类喜罐现在并不少见，加上是朋友带我去，谈得甚欢，店家也就没有要太多的钱，于是很快成交。难得的是，这只瓷罐上有三个"喜"字，据说还是较为少见的"三喜罐"。如今，我把这只喜字罐摆放在书房之中的架子上。我是不搞收藏的，买下这只罐子，只因念其与母亲先前送给我的那只糖瓶极为相似。

　　20世纪90年代中期，我与妻子在嘉兴市区有了自己的住房，就在搬入新家的那一天，乡下当农民的母亲跟随当教师的父亲一起乘坐轮船来到了城里。母亲当天给我带了三样宝贝：一杆老秤、一只米袋和一只糖瓶。上辈传给小辈这几样东西是沿袭祖宗留下来的规矩，杆秤代代做生意，米袋装米不愁吃，而糖瓶里有糖则表示日子过得甜甜蜜蜜。

　　父亲、母亲帮忙搞完了卫生，当天就回了乡下，他们留下来的杆秤、米袋和糖瓶这三件东西都是实用的物件，平时都派得上用场。不久，妻子生下了女儿，我们的小家增添了数不清的欢声与笑语。我与妻子两个都是读书出来的农村人，在城市里工作，工龄不长，工资不高，生活不算宽裕，心里却是相当满足。

过年时家家户户都要大扫除。那一年搞卫生，放置在厨房间的那只糖瓶不小心被砸了一下，瓶口处豁出了一道锋利的口子，从此只能成为壁橱里的一道摆设，不中用了。春节过后，母亲来城里小住，顺便帮我们带带女儿。她见了那只破相的糖瓶，怔怔地发愣，可她终究没说一句埋怨的话，只说"碎瓷罐子留着不吉利"，当下嘱咐我去外面扔掉。

那几年，我与妻子分别在国企和事业单位工作，凭着各自的努力，相继晋升了职称，又都成了单位的中层，收入随之也有了一定的提高。我们踏实工作，本分做人，家庭和睦，虽谈不上富裕，但多少比刚成家的时候要宽松些。这时住房公积金制度开始实施，买房子可以贷款了，改善住房条件成为我们夫妻俩共同的目标。我们大着胆子买了一套新房，又一次乔迁新居。搬家公司的卡车把我们的家当运到了新家，杂七杂八的东西整理起来花了好几天。记不清母亲上次送来的杆秤和米袋放在了哪个角落里，不过应该还是在的。

母亲上了年纪后时常回忆过去的事情，尤其喜欢翻出我小时候一些"不光彩"的故事，津津有味地讲给儿孙们听。有一回，母亲想起了那只被我扔掉的碎瓷罐，不无遗憾地说："这只糖瓶，困难时也没舍得卖掉，可最终还是没了。"

听母亲说，那只糖瓶是她和父亲结婚时的房中摆设。结婚当天，糖瓶中装满了喜糖，就是一分钱一颗的那种粒头糖，有人来闹新房、讨糖吃，母亲就掀开盖子，掏出糖来给每人分发两颗。到新结婚的人家去讨要喜糖，那是我们乡下的习俗，得了喜糖的人，当场都不舍得吃掉，说上几句祝贺的话，高高兴兴地离去。

新婚过后喜糖自然就没了，母亲在糖瓶里放过蜜枣、赤砂糖、古巴糖，以及月饼、麻饼、绿豆糕之类的甜食东西，因为有盖子，可以防止蚂蚁和虫子的骚扰，也在里面放过毛豆和蚕豆等物。转眼到了三年严重困难时期，人们吃不饱饭，连累那只糖瓶跟着一道"饿"起了肚子。

我三岁时患上了小儿麻痹症，从此落下残疾。从那以后，给我这个独养儿子治病，就是家中的头等大事。我十四岁那年，父亲、母亲从生产队里借了钱，把我送到嘉兴第二医院做手术。那时父亲还在劳动改造，家中一贫如洗，而乡下人到城里看病，大队统筹性质的合作医疗一分钱都不可以报销。在医院里住了十来天，手术费、住院费合在一起，远远地超过了预交给医院的那笔钱。

那一天，母亲正在为我出院结账的事情发愁，她从嘉兴二院大门口出来漫无目的地往前走，走过熙熙攘攘的北丽桥，一路走到了中基路。在一家铺子的门口，母亲看见店家摆着一只瓷瓶，样子与我家的那只糖瓶差不多，看上去像是一家收古董的商店。母亲进店相问，老板说这种瓷瓶三十元钱一只，有盖再加五元，老板保证他的价格公道，不欺生客。

三十五元钱在当时来说可不是个小数字，抵得上父亲教书那阵子一个半月的工资了，那时猪肉才七角钱一斤，平时都不舍得买来吃。我家上有老、下有小，又经常给我看病，父亲、母亲在生产队里累死累活劳动一年，年终分红时把所挣的工分换算成钱，还不够抵一年当中分到家里的口粮钱和借支款，到头来又成为"透支户"，只能眼睁睁地看着"多支户"喜滋滋地数钱，等到"多支户"全部领完了钱，才轮到"透支户"写借条向生产队借钱过年。母亲生下我妹妹的那一年，我家从生产队里只借到了五元钱。旧时过年，所有的亲戚都要轮流请客人吃饭，还要给小孩子压岁钱，少请一家就等于来年断了一门亲戚。小孩子过年可以无忧无虑地穿新衣裳，吃吃玩玩，真不知道父母他们是怎样把那个年过完的。

但是那一次，母亲终究没有卖掉那只见证她与父亲结婚的糖瓶。后来，父母继续供我读高中，上大学。在我读高中的时候，他们还送我去省城杭州住院治病，为此我还休学了一年，等于多吃了一年闲饭。在经济条件十分困难的情况下，母亲都没有把那只糖瓶卖掉。

想不到那只其貌不扬的糖瓶竟然还有如此曲折的经历，我脸红耳赤，彻底愕然了！

母亲看出了我的内疚，大度地说："这事也怪不得你，一只糖瓶又能算得上什么呢？"

饶是母亲那样说，我的心里还是结下了疙瘩，感觉不是滋味。这次终于买回了一只差不多的喜字糖罐，总算在长久的遗憾后，找到了一丝慰藉。

哪知母亲见到这只糖瓶，脸上并没有露出太多的欣喜，她淡淡地说道："没就没了，一切顺其自然，你又何必去浪费这个钱？"

2017年12月28日

有一种剪纸叫如意头

如意是一种国人所熟知的吉祥器物，据说由古代的笏和搔杖演变而来。作为宫廷珍品，清代为多，明代较为少见。民国时期，如意成为贵重礼品，富有之家相互馈赠，祝愿称心如意。

国人讲究礼尚往来，我们这样的乡下人家也不例外。以前生活都不富裕，买不起值钱的礼物做客人不要紧，划点松糕，做些粑粑，裹几只粽子就可以了，在粮食紧缺的年代，送吃的东西最受欢迎。送礼时除了系上红绸表示喜庆之外，往往还要在上面贴一张红纸，这张剪有如意、灵芝、祥云、蟠桃、龙凤、鲤鱼等吉祥图案的红纸头，就叫如意头。

说到如意头，我不由得想起了已故的祖母。我祖母生于晚清与民国之交，卒于20世纪80年代初期，正是家庭联产承包责任制在农村开始实施的那一年，由于她的突然去世，我家分到的第一轮承包田中少了一个原已划定的份额。对于一个靠田吃饭的农村家庭来说，那是多么的可惜。

村子里与我祖母岁数差不多的人大多叫她"阿宝姐"，然而也有人背地里喊她"绍兴阿宝"。小时候我十分不解，祖母分明是一般无二的本地人，怎么就被人叫成绍兴人呢？她要是绍兴人，我不就成了绍兴人的后代？当然，本人丝毫没有看不起绍兴人的意思，只是觉得很诧异。后来有人对我说："你祖母说话的腔调和做事的风格跟绍兴戏中的师爷差不多，所以叫她'绍兴阿宝'。"这就罢了，我家那个地方号称"吴根越角"，还真是有些绍兴人的后裔。太平天国战乱，民国时期血吸虫病肆虐，加上一些自然灾害，本地人死伤众多，土地大量抛荒，于是就有绍兴人拿着官府的文书迁移到这里来耕种那些空出来的土地。至于祖母的性格，我是理解的，她是一名普通人家的农家女，在军阀混战、兵荒马乱的年代想要招婿入赘生儿育女，延续家族的香火，没有一点强硬和泼辣恐怕是不行的。

母亲生下我以后，早早下地参加生产队里的劳动，家里烧饭、看管小孩的事情就由祖母负责。那阵子小孩生得多，多了可就没有现在那么金贵，平时只要关在院子里，不到河边、井边去玩也就行了。一次，不知何故，我一头栽倒在灶头脚边的一畚箕毛灰之中，鼻子、嘴巴、眼睛、耳朵里全部塞满了灰，口吐白沫，四肢抽搐，几乎没了呼吸，而祖母她老人家却浑然不知。若不是在生产队劳动的母亲凑巧回了趟家，我这条小命恐怕就在那天交待了。

不知祖母剪过多少个如意头，她剪起如意头来动作麻利，手法娴熟，大多是一蹴而就。她把红纸头裁好、叠好，手中的剪刀咔嚓那么几下，轻轻把纸展开，一幅精美的图案就呈现出来。如果把几张纸叠在一起剪，打开后一下就有了好多张。看祖母剪起来那么得心应手，边上看热闹的孙子孙女们不免小手痒痒，跃跃欲试，抢了剪刀，抢了纸，也想剪上那么几下。怎奈如意头不像五角星、喜字那样容易剪成功，往往吵吵闹闹一阵子，最后都没了兴趣。唯独我这个"阿四头"一直对剪纸感兴趣，时常私下里缠着祖母教自己剪如意头。不知剪废了多少张纸，一个像模像样的如意头终于在我的手里剪成功了。

从那以后，祖母就把剪如意头的活交给了我，一般人家要一张两张的，当场开剪立等可取；如果他们要得多，约定时间来取，必定不误大事。俗话说青出于蓝而胜于蓝，我开始剪难免有些毛糙，熟练之后能够根据不同的需求，适当增加"福""禄""寿""喜"这几个字和其他一些喜庆的内容，相比祖母有了创新。对于上门相求的人，我跟祖母一样都是有求必应，举手之劳不收分文，可如果人家硬要塞给我几颗糖，也就乐得收下了。

　　祖母一直肠胃不好，老了就更加严重，后来身体消瘦，直至脱了形。修棕绷的苏北人老王是我父亲的朋友，每次到我家这边来做生意时总是借住在我们家里，饭也跟我们一起吃，因此与我祖母相熟。一次，老王从老家回来，祖母照例热情地上前与他打招呼，不料老王说："哎呀，你是谁啊？勿认得了。"此话伤了我祖母的心，也让她始知自己病得不轻，回到屋里照照镜子，不由得哭了起来。

　　这事被我父亲知道了，隔日就带祖母到杭州去看病。那个时候，乡下人生点小毛病，都是找村医看病的，要是到镇上的卫生院请中医开几服中药吃吃，已经算很不错了，不得大病，哪个会花钱往省城跑呢？祖母忧心忡忡地跟着我父亲出了门，不想第二天看病归来时步履轻盈，脸上布满了笑容，连说话的音量也高了不少。医生说她得的不是癌症，这让祖母一度紧张的神经放松了许多。

　　但祖母的身体还是每况愈下，吃了好多中药都不管用。祖母是招女婿的，年轻时总共生下过八个孩子，有的幼年时夭折，有的长大成人，父亲和我叔叔是她抚养长大的两个男丁，兄弟俩分家后，祖母和曾祖母正好一家分到一个。后来曾祖母过世了，祖母就在两个儿子家里轮流吃住，说好医药费共同承担。大年三十，在前一个儿子家里吃完年夜饭，年初一上午另一个儿子过来搬祖母的被褥铺盖，接她过去吃住，如此一年一轮。祖母病重的那一年，正巧住在我叔叔家中，那时她肚胀难忍，却拉不出大便，只好喊我母亲过去给她滴开塞露。母亲作为长媳，对于伺候老人的事情从不推却，她不厌其烦地给祖母倒马桶、洗衣服、擦身体……尽了一个儿媳应有的孝道。祖母的病当时并没有一个明确的说法，可要是按现在的常识来做判断，分明已到了绝症晚期。

那一天，又有人过来找我剪如意头，可能久不剪纸，不免有些生疏，白白废掉了不少红纸。于是我拿了纸和剪刀去向祖母请教，顺便也去看望她。祖母的房门打开着，她斜躺在床上，双眼微睁，似睡未睡，脸色苍白得没有一丝血色。我轻轻叫了一声"娘娘"，将她唤醒。祖母醒了，得知我的来意，慢慢地起了床，在靠近窗户的小桌子旁坐了下来。她把我带去的纸裁成同等大小的两张，一张交给我，一张自己拿着。那一次，祖母剪得很慢，很慢，一遍一遍给我做着示范，直到我剪出的如意头与她相差无几，才又回床重新躺下。

几天后，一生剪过无数如意头、给别人带去数不清祝福的祖母，永远地闭上了眼睛。弥留之际，儿子、女儿全都在场，她关照其中的一个女儿以后要"乖一点"，除此之外再也没有留下什么话。

2019年4月17日

宅院深处忆梧桐

　　乡下老家的宅院里，有过两棵高大的梧桐树，东边一棵，西边一棵，像是两柄撑开的大伞，并排守护在我家正屋前的空地上。梧桐树是城市景观树，树形雄伟，枝繁叶茂，亭亭如盖，如此大的树，种在乡下人家的院落里可不多见。那是父亲娶了我母亲后亲手栽下的树，种树的时候我家的五个娃儿一个都还没有出生。父亲种树，或许有着"栽下梧桐树，引得凤凰来"的念头。

　　梧桐树没有松树的挺拔，杨树的伟岸，也没有柳树的婀娜，桃树的妖娆，但我家院子里的两棵梧桐树高大魁梧，庞大的树冠高过屋顶，遒劲的树枝伸出院墙，成了一道大老远就看得见的风景。这种叶大荫浓、树枝优美的梧桐树叫法国梧桐，20世纪二三十年代上海法租界的马路上种了很多，杭州的西湖边也是随处可见。父亲结交广泛，朋友众多，那些远道而来找他的人，只要打听到两棵梧桐树的所在，不难寻到我家的墙门口。

　　春风吹拂，两棵梧桐树不约而同褪去了越冬的老皮，重新泛青发绿，那些层层叠叠、密密麻麻的叶子不经意间又绽满了枝头，将我家的院落打扮得春意盎然。梧桐树是速生大乔木，单片叶子平整舒张，脉络分明，既像人的手掌，也像鸭的脚蹼，还像农村人常用的那种蒲扇。小时候，我时常捡梧桐叶，把它们当作玩具，将它们想象成各式各样好玩的东西。

我家梧桐树年年都开花，那些淡紫色的小花隐藏在浓浓密密的绿丛中很少引起人们的注意。梧桐果是可以入药的，据说有清热解毒的功效，并且可以治疗感冒。在我们乡下，经常有人用竹竿打下苦楝树的果子，晒干后到药材店去卖钱，但却从来没有见过谁来我家摘梧桐果，吊在树上的那些果子直到熟透也没人理睬，最后一颗颗掉落下来，成为孩子们手中玩来玩去的开心果。那些时候在大树底下不小心被砸中的意外时有发生，砸就砸呗，也不恼，掰开熟透的果球，从中掏出细小的纤维，捏碎了对着吹口气，让浅棕色的丝絮像蒲公英一样飞舞开来。

夏天热浪滚滚，知了在树上叫个不停，风不知去了哪儿，这种情况下跟着太太（曾祖母）在梧桐树下乘凉无疑是最快乐的。太太在树下的小砖场上铺一条竹席，搬来竹椅子和拔秧凳挨个摆好，一老一少在树底下或躺或坐，其乐融融。

秋天里，梧桐树披上了金黄色的风衣，青砖黑瓦的农家庭院里一时间色彩斑斓，充满了诗情画意。这个时候如果有父亲的朋友来访，必定要对两棵梧桐树发出由衷的赞美。转眼到了深秋，风吹叶子沙沙响，树上的枯叶开始凋落，在屋顶上、大树下、水井边、柴垛旁、墙角处随风而动，四处游荡。落叶纷飞的日子，母亲总是大清早起来打扫院子，一把扫帚从屋檐下扫到场开头，每天都能扫到几簸箕梧桐叶，那是灶膛口最好的引火柴。

父亲爱树至极，夏天挑来河水浇灌树根，冬天爬上梯子修剪树枝，还给梧桐树除虫，刷石灰水。父亲在老家劳动改造之时，教不成书的他，经常一个人坐在梧桐树下的那块大青石旁抽烟小憩，时而仰望头顶的大树，听着沙沙的声音出神。大青石上刻有象棋的棋盘，如果有人来找父亲下棋，棋逢对手时常常杀得天昏地暗，难解难分。父亲特别喜欢梧桐叶，他有一张枣红色的写字台，墨绿色的台板玻璃下总是压着几片梧桐叶，他的那些藏书中也经常夹着几张干透了的梧桐叶当书签。

梧桐树下的院子里四世同堂有着十多口人。父亲与我叔叔先前临时分过一次家，两家经济上独立，房子仍是合住的，每家使用两间屋子。那时，祖母和曾祖母两位长辈分别在我家和叔叔家吃饭，无论谁家烧了点好吃的，都要送一些给另一家分享。小姑与父亲同母异父，母亲作为长嫂，照顾她的生活起居，直到她成年后出嫁。西南角的横屋里还住着两家外来户，一家是以卖熟食为生的阿东公公，另一家则是从里桥头搬来的严家姆妈、严成伟母子俩。两家每个月象征性地交给我太太一元钱的房租，一直租了好多年，从来没有涨过价。

农村人向来重男轻女，我是小辈中头一个男丁，曾经给大院里带来过无数的欢乐，然而一场突如其来的高烧让我落下了残疾。为此，母亲暗地里流下过数不清的泪水。为了给我治病，家里欠了不少钱，但我依然是太太手心里永恒不变的宝，老人家对我这个曾孙疼爱有加，一天到晚"阿囡、阿囡"叫个不停，宠爱得不得了。有一回，人家给了太太一颗糖果，怕她不舍得吃，特地剥了糖纸硬塞在她的嘴巴里。不料太太嘴里含着糖，不顾别人笑话，迈开小步赶紧往家里跑（太太生于晚清，缠过一阵小脚），见到我后立即把糖吐出来，喂进了我的小嘴里。太太个子小，有点耳聋，有点驼背，已是八十多岁的她，仍时常把我驮在背上在梧桐树下兜圈子，人家怕她累着，叫她放下我歇歇，可她偏不听，还是继续背。真的累了，背不动了，她就坐下来讲故事给我听，教我念儿歌，直到太阳消失在西边横屋的屋脊下。

梧桐树在四季轮换中迅速地成长，大院里的小孩也越来越多，越长越大，先后到了上学的年龄。这样的年纪，已不适合再跟父母同睡一张床、同住一间房了。于是在祖母的主持下，父亲和我叔叔两个当家的男人坐在一起商量了好几个晚上，最后共同做出造房子、重新分家的决定。

造房子需要砖头、瓦片和木头，我家以前旧房子较多，砖头、瓦片适当添一点也就够了，最缺的是木头。那一年，院子里相守相望快二十年的两棵梧桐树在父亲和叔叔的联手拉锯下，轰然倒向了地面，刨开泥土，发达的根系纵横交错，已经互相纠缠在了一起。兄弟俩向生产队借了一条水泥船，合力将锯成几段的树干、树枝、树蒲头一并运到镇上的木材行，在机器上冲成了许多木板和木椽子。梧桐树木质细腻，坚韧耐腐，那些四四方方的木头椽子一家分到一半，毫不例外全部用在了房子的屋檐部位。

两棵梧桐树撑起了一方繁衍生息的天空，同时也见证了大院里二十多年的世事变迁和人情冷暖。如果父亲还在世，看到子孙们在祖先传下来的土地上幸福、安康地生活，必定会开心地喝喝老酒、唱唱小曲的，那是他高兴时最爱做的事情。

2018年4月22日

自裹的馄饨特别香

　　皮薄馅多、鲜香爽滑的馄饨一直是我的最爱，特别是小时候自己家里裹的那种鲜肉大馄饨，鲜美的味道总是让我念念不忘。

　　人民公社时期，天凝大街上有一家馆子店（饭店）。小时候，我跟随祖母从店门口经过，从里面飘溢而出的阵阵香气一个劲地往我鼻孔里钻，弄得我垂涎欲滴，几乎挪不动步。祖孙俩排了好长时间的队，终于买到了热气腾腾的两碗阳春面。阳春面九分钱一碗，碗里没有丁点肉丝，不过放了些猪油、酱油、味精和小葱，而面条所散发出来的味道却是相当诱人。我张开嘴巴一通猛吃，最后连面汤都喝了个精光，还伸出舌头在碗口舔了一圈。至于旁边桌上人家在吃的那种鲜肉大馄饨，我这个乡下人家小孩子那时只有看看的份儿。

　　在包产到户前的二十多年时间里，我家人多粮少，一向日子过得紧巴巴。母亲勤俭持家，千方百计让家人吃饱，不至于饿肚子，但除去逢年过节做客人，平时很少再有饱餐鱼肉的机会。如果哪一天，母亲大清早拎着只篮子上街去买肉、摇馄饨皮，那个家里准备裹馄饨的好日子，孩子们的脸上个个挂满了灿烂的笑容，欢声笑语从早到晚响个不停。

　　一般来说，我家会在夏至和冬至这两天裹馄饨，平时卖掉一头猪后稍稍有了点钱，又遇上雨天父母亲不需要出工劳动的空闲日子，也有可能裹一次，其余哪天裹馄饨就说不准了。

我家那时有六口人，为了吃得尽兴，裹一次馄饨至少需要三斤馄饨皮，外加两斤多肥瘦相间的夹心肉和几大块榨菜。纯肉馄饨那会儿是吃不起的，也未必好吃，我家裹的馄饨，总要在肉馅中入加榨菜或大头菜当作料。裹馄饨那一天，灶屋间里靠墙的那张厚实的大面台又派上了用场，台面上用碱水洗得干干净净，剁肉、切菜、拌馅、擀面……各项工作有条不紊地进行着，乒乒乓乓好不热闹。母亲和祖母有说有笑地做着准备工作，乖巧的我剪好了指甲，洗净小手，迫不及待等着跟她们一起裹馄饨。

我家裹馄饨基本不放香菇、笋尖、开洋之类的东西，那毕竟太奢侈，也不一定买得到。榨菜搭配鲜肉，外加香葱和猪油，裹出来的馄饨绝对好吃。当然，如果能够打几个鸡蛋进去，味道就更好了。那会儿做菜喜欢放味精，裹馄饨也不例外，不过那时的味精和糖精看上去差不多，一不小心就有可能搞混。一次我祖母昏了头，错把一包糖精倒进肉馅中，等到搅拌均匀后才发现不对。祖母几乎要哭了，一个劲责骂自己是老糊涂，后来还是我母亲想到了办法。她把肉馅倒在淘箩里，用清水漂洗过后重新加入各类调味品，费了一番周折，那天烧好的一大锅馄饨照样吃到一个不剩。

一开始母亲自己和面、擀馄饨皮，她一个人弄馄饨皮，余下的人等着她的馄饨皮裹馄饨，那样有点费时间。后来有了机制的馄饨皮，这种馄饨皮四四方方，厚薄也均匀，如果需要可拿大米到街上去换。米是干的，馄饨皮是湿的，一斤大米能换一斤四两馄饨皮。

裹馄饨时，馄饨皮放于左手掌心，舀一匙肉馅放在上面，右手食指蘸少许水，轻轻抹在皮子的前后两头，往前一翻，往后一折，再将两翼扳回来搭到一起，一个"元宝馄饨"就裹好了。裹好的馄饨摆在桌子上排队，一圈一圈看上去煞是可爱。裹馄饨肉馅要适量，用力要均匀，务必将搭头捏紧，那样煮起来才不会松开，熟透之后也很少会有残破或露馅。裹馄饨最理想的结果是皮子、肉馅同时用光，不过少点馄饨皮倒还好办，多余的肉馅做成肉饼，可以蒸来吃。倘若肉馅不够，馄饨皮子还有，只有在余下的肉馅中再加点榨菜或大头菜进去，那样裹出来的馄饨菜多、肉少，味道自然要差上一大截。

水烧到温热，馄饨下锅，当热气从镬盖的缝隙中冒出来的时候，母亲掀开盖子往镬子里加冷水，浮在表面上的馄饨即刻沉了下去，这时撇掉些浮沫，盖上镬盖再烧，一会儿馄饨又会浮起来，再加水，再烧……如此"三沉三浮"，馄饨熟了，却又不至于煮得太老。此时一长溜儿大小不等的碗已在灶台上排队，碗里放了猪油、香葱和味精。起锅前先舀点滚汤浇在碗盏里，猪油、香葱受热之后散发出撩人的香气。起锅啦！一个碗里盛十个馄饨，吃完可再添。很快，热乎乎的馄饨端到了饭桌上，一人捧住一碗，呼哧呼哧大快朵颐起来。

裹馄饨的日子，母亲从来不会忘记"献灶"，她虔诚地将一小碗馄饨摆放到灶头上方的壁龛里，供灶君太太享用，接着又盛好六个馄饨，单独送给分家时分到叔叔家的太太吃。叔叔家当然也要送的，哪天他们裹馄饨同样也会送来给我们尝尝，这是约定俗成的老规矩了，哪怕两家在同一天裹馄饨，那种情况下本来是完全可以省掉送来送去的麻烦的，但双方仍坚持送馄饨给对方吃，不同人家裹的馄饨有不同的味道，相互交流一下也好。那天，住在我家大院里、以卖熟食为生的阿东公公也能吃到两个大馄饨。送馄饨去的时候，阿东公公总不忘摸出一颗糖果回赠给那个送去的人，因而这是一件小孩抢着干的美差。

有一天，我家热火朝天地裹着馄饨，我姨妈家的三个小孩不知怎么就来了。来者都有份，一个表弟、两个表妹当仁不让每人吃掉了一大碗馄饨，回去的时候还不忘给他们的母亲带去一碗。这下我母亲就没得馄饨吃了，我们吃光自己碗里的馄饨后也没得添了。那天只吃了个半饱，谁都不满足。最可怜的是我母亲，她没有馄饨吃，只好把早上吃剩下来的稀饭热一热，当作中饭吃了下去。听说表弟、表妹回去后对我姨妈说："大姨妈不爱吃馄饨，她就喜欢吃咸菜和白米粥。"

父亲吃馄饨总是要喝点酒，按他的说法叫"馄饨过酒"。酒一喝，他就来了劲，兴头上的他还能像模像样地唱一两段评弹给大家听。父亲喜爱评弹，他说自己年轻时曾考上过上海戏曲学校，只因当时已当上了人民教师，每月能领到二十多块钱的工资，取舍不得才最后作罢。如今父亲仙逝多年，此事真假已再难弄清，但他说唱的腔调，在我这个外行看来跟台上正儿八经的那些说书先生倒也相差无几。

唱归唱，吃归吃，美滋滋地吃着馄饨，数着个数，我的心里头又在盼着家里下次裹馄饨的时间来得早一些。

2018年6月25日

家乡记忆

白莲花

前些时候回了趟乡下，正是荷花盛开的季节，大片的荷塘吞没了进村的道路，我驾驶的汽车如同一叶小舟在碧波中缓缓前行。车窗外，一张张宽大的荷叶如同仰天敞开的圆盆，顶在细长的荷茎上，挨挨挤挤，密密麻麻。有风吹过，墨绿色的荷叶露出了背光面的浅绿色，不同深浅的两种绿翻卷着，涌动着，似在热情迎接我这个"少小离家老大回，乡音无改鬓毛衰"的游子。

在村口的空地上停好了车，迫不及待想去荷塘边看看。

"喔喔喔，喔喔喔，小白兔在做窝……"一阵稚嫩的读书声从不远处的小学旧址传来，学校废弃多年，怎么还会有人读书呢？好奇心驱使我改变了方向，迈步向前想去看个究竟。循声来到西横头的那间教室，探头向内张望，发现教室已被打扫得干干净净，一群孩子在老师的带领下认真地念着儿歌。看此情形，应该是夏令营开班了。

既来之，则安之，不妨参观一下自己读过五年半书的村小（春秋入学，秋季毕业）。历尽了风雨洗礼，眼前的教室墙面斑驳，门窗松垮，屋顶上长着瓦松，地面上长满青苔，一派破落的景象。操场上空空荡荡，除了两根弯脖子水泥柱，别无他物，小时候觉得高大无比的篮球架，如今篮板没了，只剩下架子。我触景生情，思绪万千，仿佛又回到了那个懵懵懂懂的少年时代，一个记忆中的影像在我的脑海里慢慢地浮现，他就是我小学时的语文老师徐根生。

徐老师教我们这个班的时候年纪已是五十开外，他中等身材，面容瘦削，平时总爱把胡子刮得干干净净，下巴和嘴角周围的皮肤露出青色，泛着油光。徐老师的出身非同寻常，他的父亲叫"长脚二佬"，曾经参加过北伐军，担任过民国政府的督学，时常到各所村塾、乡校去巡视督教，因衣着朴素，没有官员的架子，经常被人误会而闹出笑话。徐老师子承父业，在多所学校任过教，要命的是，他跟他父亲一样加入过国民党。

徐老师第一次给我们班布置作文时，要求大家把文章写在方格簿上，作文簿发下来后，我的本子上画了好几串红色的小圈圈。同学们先前没见过这种批改方式，有人说是错别字，有人说我写得不好，一准要吃批评。铃声响起，徐老师进了教室，班长喊"起立"，师生鞠躬问好，之后徐老师开始点评作文。没想到徐老师头一个叫我起来，让我把红笔圈出的段落念给全班同学听。众人这才明白，画圈的原因是我写得好。

"文革"结束以后，教育风气逐渐好转，那个时候徐老师走起路来腰杆笔直，进入教室一脸威严，如果再有不识相的学生胆敢在课堂上不守纪律，不管是男生还是女生，都得小心被他拎起来严肃地批评教育。我们班的自修课，纪律应该是全校最好的。抓紧完成作业以后，徐老师会腾出十五分钟的时间来给大家讲故事，《封神榜》《三侠五义》《西游记》《水浒传》之类的故事常被他讲得活灵活现。讲到紧要关头，老师神采飞扬，面泛红光，学生屏气凝神，听得入迷。可惜下课的铃声总是不合时宜地早早响起，没听完的故事只好等到下一次再讲了。

徐老师只会教书，不会下地干农活，他的老婆身体不好，先后生下了八个张嘴吃饭的娃,一家人的生活全指望老师那点为数不多的工资。可老师烟瘾大,经常到学校旁的大队代销店去买烟抽。那会儿香烟可以拆包论根卖,钱紧的时候他就少买几根,因为零头是四舍五入的,他就算好怎么买最合算。徐老师点着了烟,那根烟一直沾在他的嘴皮上不需要手去帮忙,合嘴吸一口,张嘴吐口烟,直到火星快要烧到嘴皮时才把烟屁股吐出来,这倒不影响他备课、批改作业。轮到他住校值班的那个星期,徐老师吃饭时没有什么小菜,据说一小块四方的腐乳能够吃满一星期。他在代销店里买腐乳的时候跟店里多要了腐乳汤,吃时筷子在腐乳上蹭一下,蘸上点咸味,就能大口吃饭了。

每天早上,徐老师总是早早到校,生好煤炉,烧好开水,把办公室里那几个竹壳热水瓶挨个灌满后,一个人端坐在自己的办公桌前,一丝不苟地忙碌起来。我家那时经济拮据,开学交不上学费的情况时有发生,徐老师同情我家的遭遇,也对我这个残疾学生网开一面,常常默许我先去上学,等到家里猪圈中的肉猪卖掉以后,再去把钱交上。

1980年,徐老师到了退休年龄,他让自己的小儿子顶了班,徐家有了第三代教书先生。教书育人一辈子,始得桃李满天下。徐老师教学严谨,为人厚道,用默默的付出培养了一茬又一茬的学生娃,由此赢得了全村人对他的交口称赞。此后我去了外地读书和工作,老家的音讯日趋减少,听说徐老师最终因为糖尿病治疗无效而去世,享年八十三岁。

边走边想间,围着学校转了个圈,此时又来到了"接天莲叶无穷碧"的荷塘旁。家乡的农田原来是不种荷花的,近年因为外地的藕农来此大面积承包那些低洼的水田,盈盈的荷塘便成了美丽的新景,迅速受到了家乡人的喜爱。荷花又叫莲花,分花莲、藕莲和子莲三个大类,此间种下的荷花其实都是日后采藕的藕莲。

藕莲开花少，花为白色，花开时见不到"映日荷花别样红"的壮观，只有零星的几朵白色莲花隐匿在绿色的荷海中，不怒放，不张扬。

一朵朵洁白、朴素的白莲花，让我联想到了一辈子教书育人的徐老师。徐老师不问世事和人间冷暖，老实本分地从事他热爱的教育事业，不正像荷塘中的白莲花那样纯洁、善良、没有心机、不求回报吗？

我爱家乡的荷塘，也爱"出淤泥而不染，濯清涟而不妖"的白莲花，更深深地怀念我的启蒙老师——徐根生。

2018年7月22日

豆腐浜的变迁

　　我的老家嘉善县天凝镇天凝村，在人民公社时期叫作官溇大队。现在村里的年轻人，大多已不知道官溇这个地方曾经有过一条小小的"豆腐浜"。此浜不长，连通马塔塘，浜口的位置就在安西桥南桥脚东边不远的地方。浜底原有三间大瓦房，住着一户王姓人家，在新中国成立前乃至成立后很长的一段时间里，王家人开着一爿豆腐店。

　　一条逶迤的泥土路在王家门前拐了个弯，由南而来，落北而去，通往马塔塘上的老石桥——庄家塘桥，作为天凝北部当时的一条主通道，路上行人络绎不断。王家门前田野茫茫，屋后竹园果树环绕，西面邻河有一座河桥（河埠），东墙外栽种着一长排木槿树，高挑的枝头上开出朵朵粉紫色的花，槿树的叶子常被村里的年轻女子采回去洗头，洗后头发柔顺，散发出淡淡的清香。

　　听村里的老人说，王老板开店时常常在家门口烧好茶水，摆好板凳，供过往的路人解渴、歇脚。王家曾经家境殷实，更是儿女双全，他家的女儿早年嫁到了镇上，成为吃商品粮的城里人，唯儿子较为不幸，说起来令人叹息。原本在公家单位做会计的他，有着一份令乡邻们无比羡慕的工作，不承想在工作中受到刺激，后来竟得了精神分裂症，生了病后无法继续工作，只得回到老家与年迈的父亲相依为命地生活在一起。父子俩是我们官溇六队的农居户。

在我小时候，豆腐浜西岸有一片叫作蛇田的水田，时常有蛇类出没；往南则是一片乱坟岗，杂七杂八长着几株老树，树上猫头鹰，地上黄鼠狼，令人毛骨悚然。天凝原是砖瓦窑生产集聚区，豆腐浜的东岸，也就是王家竹园后面的那片土地本来是一处窑场，拆窑平地后变成了桑树地。那是一个割猪草、摘桑葚、捉迷藏的好地方。小孩子天性爱玩，割完猪草，总要躲在桑树地里先玩上一阵子，然后又一窝蜂地去河滩边削水片、看野景，往往等到天黑才肯回家。

马塔塘潮急浪大，野风阵阵，与之相通的豆腐浜却风平浪静，水草丛生，难怪好多鱼啊、虾啊都喜欢在这片喇叭状的水域中繁衍生息。我一个同学的父亲在豆腐浜里用猪肝钓甲鱼，经常满载而归。有一次，我在王家的河埠头钓鱼，一条两尺长的大鳗鲤咬了钩。这家伙被我钓上岸后一阵乱窜，让我一时乱了手脚，手中一滑，居然让它给逃脱了，事后一直懊恼不已。还有一次，豆腐浜的浜口处筑起了一道防洪坝，把滚滚的河水拦在了大坝外面。水坝合龙后大人散去，留下一群顽童在坝上兴奋地玩耍，一会儿发起了"冲锋"，一队奔过东，一队奔过西，"两军"相遇时你推我搡，声势浩大。混乱之中，我不知被谁撞了一下，瞬间失去了平衡，扑通一声跌落到坝外的深水之中。幸好那时学会了狗刨，虽然呛到了水，但尚能自己游回来救了自己的性命。

20世纪70年代初一次大寒潮来袭，漫天大雪覆盖了村庄和田野，满世界白茫茫。那一天，大雪暂停，风势转弱，我与几个小伙伴穿着棉絮布袄、大棉裤，深一脚、浅一脚地摸到豆腐浜那里去堆雪人、打雪仗。到了那里，我们发现桑树地里的积雪齐腰深，豆腐浜上结了厚厚的冰。我们在冰面上开心地蹦啊、跳啊，脚下愣是见不到一道裂缝。这种河道冰封的情景，在我们江南水乡真是不多见。

时光如梭，岁月匆匆，王家父子在相隔不久的时间内相继过世，前后仅隔几个月。王老板的女儿回村处理完事，将祖上留下来的这处老宅卖给了一户需要扩建住房的村民，此后很少再见她回过乡下。买家付清了钱款，拆了老屋，重建新房，豆腐浜上一时旧貌换了新颜。

改革开放伊始，官溇村的村西头修筑了一条一米多宽的机耕道，两个轮子的自行车不知不觉多了起来，车轮飞转，铃声叮当，穿着喇叭裤、烫着卷发的男女青年来来去去像风一样。因为交通需要，豆腐浜的西侧建造了一座水泥桥（安西桥），以此取代东边不远处的老石桥。昔日蛇田的位置，变成了一条连接天凝北部几个乡村的南北大通道。

水乡天凝，地势低洼，一向以"嘉善的锅底"著称。1999年发生了一场罕见的特大洪水，连日暴雨使得河水猛涨，水位达到了有史记载以来最高的4.32米。6月30日上午，大雨倾盆，豆腐浜西岸发生了四米多长的圩岸大决堤，滚滚洪水越过缺口，冲向农田，严重危及全村百姓的生命和财产安全。

在这危急关头，上百名干部群众在豆腐浜上展开了一场惊心动魄的大抢险。三十多人跳入水中，以自己的血肉之躯堵住洪水，保卫圩岸。与此同时，村民们自发地从家里取来毛竹、木头、钢管、门板、黄沙、泥包等物奔赴豆腐浜，迅速加入抢险队伍之中。最后在缺口处沉下了两条水泥船，才将决堤控制住。不久，上级组织的抗洪抢险突击队陆续赶到，众人合力加固圩岸，确保了全村的平安和天凝这条南北道路的通畅。此次抗洪抢险中，干部群众齐心合力，不顾疲劳，无惧风雨，不怕危险，在小小的豆腐浜上谱写了一首感人至深、荡气回肠的抗洪赞歌。

第二年，天凝镇进行行政区划调整，官溇与谊联两个村合并成一个大村，取名为天凝村。豆腐浜边上的安西桥在那时又被翻建成了水泥公路桥，宽敞的桥梁让陆路、水路交通变得更为畅通。随后，村里对豆腐浜一带的土地进行了整理，填平了已经没有灌溉功能的豆腐浜，绿油油的庄稼地取代了昔日黑臭的断头小河浜，浜口处修筑了石帮岸，从此彻底消除了洪涝灾害的隐患。

　　如今，小小的豆腐浜已经没了踪迹，马塔塘流水潺潺，不再有河水在那里拐弯、驻留。随着美丽乡村建设的不断深入，家乡变得越来越美了。在时代前进的滚滚浪潮中，许多人、许多事不可避免地被湮没在了这漫漫的历史长河里，很少再被人提及，但豆腐浜上发生过的那些往事，一直萦绕在我这个老官溇人的记忆里，从来不曾忘记过。

2018年8月12日

怀念家乡的那座桥

　　我出生在河多、桥多的江南水乡，走出家门，河、浜、塘、港、荡、漾、湖等水系寻常可见。有河就少不了桥，小时候见过竹桥、木桥、砖桥、铁桥、水泥桥，所见最多的还是石桥，我家所在的官溇村就有石桥多座，尤其是马塔塘上的庄家塘桥距离最近，出门往西不过百步。

　　庄家塘桥是一座三孔花岗岩石板桥，桥面宽，跨度大，耸立在水中央的两座桥墩不是一般的排柱石并列形式，而是采用厚实的石块一层层垒砌而成，这样形式的桥墩在附近的石桥中并不多见。德清人朱惠勇先生爱好古桥史研究，他告诉我，这样坚固的桥墩在近海地区主要用来抵御潮水的冲击。他说得没错，马塔塘就是一条连通黄浦江、最终入海的河流。在红旗塘没有开挖以前，马塔塘一日两潮，潮水来得快去得也快，村民称之为"潮来水"。先前有挂帆的船只经过这里，大老远就得落帆收桅，船上的人撑篙的撑篙，摇船的摇船，小心翼翼方能平安地通过。

　　大桥古朴而沧桑，遗憾的是，村里的老人都说不出这座桥梁的建造年代，也不明白为什么造在马塔塘上的桥要叫庄家塘桥，这其中也包括生于晚清的我的太太（曾祖母）。父亲说，他也是听长辈说的，我家祖辈的祖辈（可能还要早一些的祖辈），由一个名叫戴尧的先人率领，从天凝南熟村的一株银杏树下迁出，摇船沿马塔塘一路东行，见到了雄伟的庄家塘桥和港北一望无垠的农田，便在桥东不远的地方停船上岸、定居下来。从此这个地方就成了戴姓人家的聚居地，村里人称作戴家场，也叫北戴。

历史上，天凝镇曾是砖瓦窑生产的集聚区，在晚清和民国时候，庄家塘桥附近窑墩林立，窑场成片。有桥方便了交通，两岸集中了馆子店、茶馆店、剃头店、缝衣店、船厂滩、柴草场等商铺无数，大多做窑场上的生意。人民公社初期，马塔塘的北岸平整了大片的土地，阡陌纵横，整个北桥头仅存一户周姓人家，他们的祖上以卖熟食为生。

庄家塘桥位于官溇村的最北端，正好处在天凝北部的南北交通要道之上，是南蒋浜、蒋村、渔雪、戴西港、西路浜、施家湾这几个村庄的人到天凝镇赶集的必经之路，平日里桥上人来人往，络绎不绝。社员们去田间劳动都要走过这座桥，孩子们放学以后割猪草、捉葛多、挖黄鳝或烧野米饭，往往也都选择在大桥上集合。桥下时常还有捕鱼的、卖甘蔗的小船在那里停泊。马塔塘水产丰富，鱼虾成群，大桥底下一年四季有人捕鱼、摸螺蛳、耙水菜（河蚌）。有一年，一条丝网船在大桥下捕鱼，一网下去捕到三十多条大鳊鱼，把在庄家塘桥上看热闹的人惊呆了。

夏日的午后，庄家塘桥附近的水域成了孩子们的天然游泳场，有捏着鼻子在浅滩上熟悉水性的，也有扶着木脚桶慢慢浮游的，水性好的人在桥墩之间潇洒地游来游去，遇到有船只经过时伸手吊住船舷，出了很远才松手游回来。胆大的孩子则把大桥当作跳台，双脚笔直扑通扑通往下跳。女孩子也有敢跳水的，姑娘们穿着贴身的花布衫，头发湿漉漉地贴在脸上，身体的轮廓隐约可见，上了桥顶牙一咬，眼一闭，毫不犹豫往下跳。巨大的冲击力在水面上溅起了大片的水花，时常让我这个男孩子自愧不如。

夏天的夜晚，大人小孩手里拿着蒲扇，身上抹了驱蚊药水，纷纷前往庄家塘桥上乘凉。余热未消的桥栏上总是坐满了人，去晚了连个搁屁股的地方都没有。大人分坐两旁，小孩子在桥面上跑来跑去，野风从桥上吹过，桥上欢声笑语不断。只要不下雨，这样的乘凉晚会天天都在召开，直到繁星高挂，夜色沉沉，乘凉的人才逐渐散去。

庄家塘桥是我小时盼望父亲回家的那座桥。父亲参加工作初期在陶庄教书，每月领到工资的那个周末，他走过田埂，摆过渡，越过桥，大老远跑回来看望家人，第二天下午又过桥往北返回学校。"文革"期间，父亲接受劳动改造，生产队一度派他到荒无人烟的荡滩上看管瓜地。父亲背着被头铺盖，走过大桥往东而去，瓜熟的那段时间，一直就睡在瓜地旁的猪棚里，很长时间不回家。九年后，父亲重新回到讲台，在蒋村小学任教期间他每天都能回家了，放学路过庄家塘桥时，总要在桥上小坐一会儿，看看桥下流淌的河水，点着根香烟猛吸几口，然后匆匆忙忙回家干活。

有一年冬天，大雪纷飞，大桥上结下了厚实的冰，不少行人在桥上滑倒、摔跤，吃尽苦头。父亲从家里取了工具上桥去铲雪，可是桥面湿滑根本站不住人，只好双膝半跪在桥级上，一级级向前清理。经过他不懈的努力，终于在大桥上开辟出一条安全通道。

1982年，家庭联产承包责任制开始在农村实行，农村出现了自行车，开始修筑水泥路，行驶在河面上的收废品船吨位越来越大，也越来越多。庄家大桥西侧不远的地方新造了一座水泥桥，那座桥造好以后，村里以极低的价格把庄家塘桥卖给了石头贩子。

父亲爱桥至深，不能眼睁睁地看着祖先传下来的老桥被拆而不顾。他以"千年古桥得罪谁，今朝一拆再难回"两句话开头，写了一首诗，跑到村里和镇上去诉说，希望能够把古桥保留下来。可那时父亲刚刚恢复工作，人微言轻，他又拿不出相关的文史资料佐证，庄家塘桥因不是文物得不到足够的重视，最终没能逃过被拆的命运。

大桥拆开后，发现桥基中有一块石碑，上面刻有"安西桥"的桥名，人们这才知道庄家塘桥以前还有这样的名字。虽说依然无法考证其历史，但是造好的那座水泥桥，后来就更名为安西桥。

如今老桥没了，甚至连桥基都没有留下，年近八十的老父亲也在2013年初冬的那场寒潮中抱病离开了人间。家乡日新月异，许多人和事在不经意中悄然逝去，那是多么的可惜和无奈。好在家里翻建了老宅，每当逢年过节或有空闲，我常携妻带女回家去看看。时过境迁，曾经在马塔塘上喧嚣一时的那些水泥船和大铁船早已悉数退航被拆解，河水悠悠，再也没有了船来和船往。

我常常站在老家的屋后临水而望，对着空荡荡的河面感慨万千。多么可惜啊，庄家塘桥，你这座历经了风霜雨雪、见证马塔塘人代代相传的老石桥，要是能挺到现在，肯定会作为一座古桥而得到重点保护了！

2018年2月5日

老街觅旧踪

前些天，微信群里的同学相约到天凝看我，待到见面时却见来了清一色的五位女同学，正好组成了一个"金花团"。我这个年过五旬的老男人被她们一帮女人围着，耳边欢声笑语不断，顿觉年轻了好几岁。午饭过后，遂提议大家一起去老街走走。

2009年7月，天凝、洪溪、杨庙三个乡镇合并成一个五万多人的大镇，新的镇区在老街的外围蔚然成形，大街上高楼林立，车水马龙，一派欣欣向荣的景象。但是无论怎么变化，老镇在我们这些人的心中总有着极重的分量，那里有我们一起寒窗苦读的三年时光，也是我们人生之梦开始的地方。

记忆中的天凝老街，一如江南的水乡古镇，窄窄的弄堂，长长的街，一条东西向的市河穿镇而过，为小镇增添了灵性。据说战国时期这里就有人类聚居，明代形成了市镇，历经千百年的兴衰轮回，到了人民公社时期，"天凝庄"也是方圆数十里内叫得响的一个集镇。

一行人从朝东埭的北端款款而入，没走几步，走在前头的女同学发出惊呼："这是去电影院的那条弄堂！""这是阿庄同学家的老房子！""看，我们小时候爬过的水塔还在！"老街还是先前的格局，街道沿河而行，廊棚时有时无，只是墙头已经粉刷过，看上去整洁了许多，平整的水泥路面覆盖了我们走过无数遍的青砖路、石板巷，一时真有点不太适应了。

老街上行人稀少，商店早已不营业，曾经熙熙攘攘的镇区此刻宁静而安谧。我们站在临河的一处空地上四下寻找，找来找去就是见不到河滩边那爿豆腐店的踪影。当年"街佬人"攥着豆腐票，清早就得来此排队买豆腐，而乡下人想吃豆腐必须要用黄豆来换，还不一定能换得到。如今豆腐店的原址废墟一片，不免令人唏嘘。

遥想当年，一个住校的晚上，我偷偷翻过学校的围墙，跑到这里来看他们做豆腐。那是凌晨时分，雾气笼罩小镇，石板路上沾满露水，万籁俱寂，路灯昏黄。豆腐店里云蒸雾绕，灯火通明，散发着豆浆的清香；货架上千张、香干、油卜、豆腐皮等豆制品种类齐全；满头大汗的伙计们各司其职，磨豆、烧浆、点卤、汆油卜……好一派忙碌的景象。

朝东埭不算太长，很快就到了南横头，也就是与天凝大街交会的三岔路口。天凝大街现在叫古镇路，无疑是以前镇上最为热闹的商业街。路口朝东一点便是人民桥，过桥有小猪行、轮船码头和造船厂；往西则有茶馆店、南货店、照相馆等商店无数。遇到赶集的高峰时段，大街上人如潮涌，想要通行只有缩紧肚皮、侧过身体，在人流的缝隙之中穿插而过。

老镇茶馆店正对着朝东埭的街口，东、南两面开窗见河，坐在店里喝茶，水景天色一览无余；北面沿街，大街上人来人往尽收眼底。店内烟雾腾腾，人声嘈杂，十里八乡的老茶客大清早赶来找个座位吃吃茶，灵灵市面（打听消息），讲讲空头（随意聊天），那是何等的逍遥。不过岁月无情，现在这里同样也成了一片空地。

空地西侧紧挨着的应是南货店，那是一幢三层水泥楼，楼下开店，楼上住人。商店营业的时候，大扇头的木框玻璃门往里打开，关店的时候合上大门，挂上门板。这里原先还有家碗店，白天路过此处，时常有"嗒嗒嗒、嗒嗒嗒"金刚钻在瓷碗上刻字的声音传出，不免觉得好奇。店门口的水泥台阶上镶嵌着一些碎瓷片，仔细一辨，应是"一九八一年四月"，这肯定是大楼建造的时间了。只经历了四十年不到的风雨，已有"危险房屋，请勿入住和靠近"的警示牌钉在了墙上。

朝西不远，到了街角处照相馆的楼下，天凝大街在这里往北拐了个小弯，进入了大街的中段，也是老街上最为繁华的区域。此处照相馆的房子别具一格，临街呈圆弧形，颇有民国时期上海的洋楼风格。北面馆子店，可不是乡下人能够随便吃的地方，店堂口飘逸而出的浓香常常令我迈不开腿，挪不动步。

接下来是药材店、百货店和洋布店，依次排列在馆子店西隔壁的那幢商业楼底层。那里用水泥浇了台阶，我在那摆过摊，卖掉过一个鸡蛋。店门口的柱子上贴着黑色的瓷砖，统一的木门木窗，"毛主席万岁"的标语依然可见。如今，这些房子大多租给了新居民，外乡人的子女不时在大街上跑来跑去，给老镇注入了新的活力。

到了布店的位置，大街又往南拐了个弯，继续向西延伸而去。站在这个街角向南而望，一座高耸的石拱桥赫然出现在眼前，那正是无数天凝人引以为傲的圆通桥。横跨在凝溪河上的这座老石桥，是我小时候去杨庙娄斗浜外婆家的必经之路，每每到了桥顶，必定坐下来歇一歇再走。

圆通桥建于明朝，至今已有四百多年的历史，相传是为了感恩修桥的和尚而命名，现已晋级为省级文物保护单位。令人意外的是，桥两侧的石缝中生长着几株小树，许是鸟儿衔来的种子，在狭窄的空间里顽强生长，呈现出勃勃的生机。圆通桥的桥栏也很独特，大青石做成的靠背，可供行人停下来休息，它有一个好听的名字，叫作美人靠，在上面一坐，感觉无比惬意。桥的两端各有二十级不到的台阶，石阶有些歪斜，不过依然稳稳当当，就是下面的几级台阶跨度有些大，年纪大的人走起来相对吃力一些。果不其然，正当我们忙着合影留念之际，一位上桥而行的老人脚下不稳，一个趔趄软倒在台阶之上。女同学们赶紧上前把老人扶过了桥，同为天凝人，有着自然亲。

在圆通桥的桥顶上伫立良久，往事如烟，历历在目。此时，寒风在街巷中穿梭，冬阳若隐若现，经过"美丽乡镇"整治后的天凝老镇区，如同一幅打开的水墨画卷，粉墙黛瓦，水波盈盈，似有千年风情，万古流芳。

下了圆通桥，继续西行，经过天凝中学门口的那条弄堂，再经过肉店、供销社和银行的旧址，我们不约而同直奔倪家弄而去。一路走来，才发现老镇之上唯有这条小弄还保留着石板路面。弄堂里住着的人家，木门虚掩，庭院深深。

女同学们抑制不住兴奋，鱼贯而入，她们倚靠在东西两边的老砖墙上，摆出各式各样优雅的姿势让我给她们拍照留念。已入中年的这些女同学，百媚千姿，各怀心思，不知是否想起了少女时的美好时光，重温那情窦初开时的芳华。

2018年1月3日

炮台和"队部"

父亲病重的日子，我在医院里陪伴他很久。其间，父亲陆陆续续讲起我家祖上的许多往事，有些是他的亲身经历，有些则是他从上辈的嘴里听来的，真假与否，他自己也无法判断。可不知为什么，父亲只字未提马塔塘上曾经有过的一座老炮台，那炮台建于民国早期，母亲生我的时候，炮台的旧址已然被夷为平地，成了我家菜园中的一隅。

如今，父亲驾鹤西去已有数载，母亲仍念念不忘自己男人在世时的勤劳，时常把父亲辛苦劳作的故事翻出来讲给小辈们听。母亲说，她与我父亲刚结婚那会儿，父亲得了肝炎在家休养，本该好好休息的他在菜地上搭墙圈、垦荒地、种蔬菜，从早到晚忙个不停，从而得到邻居们的称赞，有些人家还以我父亲的例子教育自己的子女。我家菜园西边那段长长的老墙圈，我小时候是见过的，只是不知道那么多的砖头从何而来。母亲告诉我，那些砖头大多是父亲从旧炮台的地基上挖出来的。我这才知道，戴家老宅基的西北角，也就是现在我叔叔家灶屋间的位置上曾经有过一座老炮台。

我母亲是从外乡嫁来官溇的，她没有见过炮台完整的模样，为了让我了解到更多情况，欣然答应陪我去一趟龙口村，一起拜访我的二姑妈"二阿伯"。二姑妈是我小婆婆的女儿，今年已有八十高龄，老人家从小生活在戴家宅基地上，直至十二岁那年去龙口村做了童养媳。老炮台的情况，她是知道的。

二姑妈告诉我，她出生时炮台就已经造好了，炮台建于什么年代她也不清楚。炮台圆圆的，比我家以前的老房子略高一些，上面的顶看上去像绍兴人戴的那种毡帽。小时候的二姑妈像男孩子一样顽皮，常常趁炮台里没人的时候钻进去玩，她踮起脚，伸长脖子，通过墙上的瞭望孔往外看，朝东看得到芮家湾的河口，朝西望得见庄家塘桥，马塔塘的水面更是一览无余。民国时期，官溇村是出了名的窑乡，马塔塘两岸黑乎乎的窑墩一座接着一座，水面上船来船往，将一船船本地产的砖头、瓦片销往外地，而庄家塘桥又是天凝北部重要的交通要道，南来北往的行人络绎不绝。炮台会造在这个地方，也就不足为奇了。

从小在马塔塘边长大的徐志明老先生告诉我，鼎盛时期，全村三百多户人家，有窑户三十八家，窑墩四十九座，大户人家烧窑当老板、赚大钱，穷人家在窑上做小工，赚点小钞票。窑工们上午在窑上干活浑身黑不溜秋，只有骨碌碌转动的眼睛是白的；下午结到工钱，在窑上的小澡堂里洗洗干净，总要到镇上去逛一会儿，那时的天凝集市一度叫作"下昼市"，下午的人流比上午还要多，因此诞生了既好吃又能吃饱肚子的本帮名菜——砂锅馄饨鸭。

旧社会不太平，土匪、强盗猖獗，地方上的各种武装力量横行霸道，欺压乡邻，有的虽然打着维持社会安定的旗号，暗地里却干着见不得人的勾当。当年驻扎在炮台里的那小支部队，穿的是黄布军装，长长短短有几杆枪，他们的番号变来变去，没有人弄得清楚这帮人究竟属于哪支队伍，有什么来头。对于这些兵匪，平民百姓敬而远之，能躲则躲，实在避不开打个照面，只好双手抱拳、诚惶诚恐地弯腰朝他们作揖。人们习惯把那些人叫作"队部"。

我们戴家那个时候家境虽不富裕，但住得还算宽敞，由于女眷居多，又与炮台里的队部为邻，先辈们为求全家平安，不得不小心翼翼地过日子，祖母在我父亲和叔叔幼年时，给他们各认了一个队部里的人叫寄伯（干爹）。

新中国成立前夕，队部变得来无踪去无影，惶惶不可终日。他们有时出去好几天不见回来，有时深更半夜突然敲门，翌日清晨又呼啦啦地开拔，不知去向何处。半夜里，我家的东墙门被敲得砰砰作响，队部回来了，先辈们赶紧起来开门，烧开水，热点东西给他们吃。平时队部占据了我家的一间厢房，人多的时候睡不下，就来卸我家的门板去当床铺。我小婆婆个子小，力气也小，在一次拆卸门板的过程中不慎撞伤了腰，后来那个部位长出一个疔疮，经久不愈，想不到病重不治，竟丢了性命。

队部的成员来自五湖四海。老杨伯伯是山东人，长得五大三粗，说话歪舌头。有一年，队部从蒋村绑来一个名叫阿马的人，准备押到西浜坟上杀头。我祖母跟那人有一些相识，于是通过老杨伯伯向队部求情，最终让那个人侥幸捡回了一条命。新中国成立后，老杨伯伯先是坐了一阵子牢，放出来以后他不肯回老家，大队就安排他在西浜坟上看荒地。老杨伯伯独自住在一个稻草搭的斜批草棚里，死后埋在了那片土地上。

姚太婆，本名叫姚太悟，队部解散后落户在戴家浜，农忙时他在生产队参加劳动，农闲时挑着一副磨刀的担子，走村串巷替人磨剪刀。姚太婆这个名字在天凝几乎家喻户晓，许多老年人都知道"姚太婆磨剪刀，只磨亮不磨快"这句笑话，其实他磨剪刀的本事还是有一点的，"只磨亮，不磨快"不过是他的一句免责声明，意思是钢水不好的刀具，磨得快不快与他无关。姚太婆来村里磨刀的时候，有些小孩子围上去看热闹，磨着磨着，他拿起刀来冲着人群左晃右晃，嘴巴里还嘟嘟嚷嚷冒出一串湖南话，吓得娃娃们拔腿就逃，作鸟兽散。

马塔塘边上从前有一个"船厂滩"，当年船厂婆婆的儿子因答错了队部的一句话，无辜被打得死去活来。那一天，一条新船下了水，船厂婆婆的儿子摇着那条船在马塔塘上试水，正好被队部里一个姓朱的家伙看到了，那人问："这是什么船？"小青年顺口答道："钉打木头船。"这本是修船人的玩笑之词，哪一条木船不是用铁钉打起来的？可朱是诸暨人，他听不懂这话的意思，一个不高兴就大骂一声"臭聋甏"（听障者），跳上船去抢起拳头就打。那个年头，跟队部说话真得七当八心。

新中国成立后进入和平年代，马塔塘上的那座炮台很快被拆除了，只留下尺把高的一个旧基址，边上长出了茅草。土改时土地调整，那小块被我父亲围进墙圈之内的土地划给了我家做自留地，父亲在菜园里忙忙碌碌，除了一畦畦的菜地，还种上了好多果树，春天里桃红柳绿，秋天里果实累累。小时候，我经常去菜园玩，那菜园便是我的"百草园"，只是没有鲁迅先生家百草园中的何首乌罢了。

1976年，戴家两兄弟分家，炮台位置的那小块土地归了我叔叔家。

2020年3月29日

瑞凝桥，一座有故事的百年老桥

　　天凝集镇的凝溪河上，有着两座明清时期建造的老石桥。东边一座圆通桥，于明朝万历十八年（1590）重建，至今已有430年的历史，当之无愧是天凝镇一张响当当的名片。而在圆通桥西侧不远，几百米的地方，另有一座瑞凝桥，此桥在清光绪《嘉善县志》二十区图中早有记载，是一座有故事的百年老桥。

　　不同时期的桥有着不同的风格，圆通桥是单孔圆拱桥，瑞凝桥则为三跨石板桥，桥长26.3米，桥宽2.1米，桥上刻有桥联、云纹和花雕。因为瑞凝桥护栏相接处的八根望柱上雕有石狮，当地人又将瑞凝桥叫作狮子桥。

一座见证了日寇侵略的老桥

　　1938年5月28日上午，四名日寇由王江泾乘小船窜至天凝，受到了自称"江南挺进队"的方玉忠部狙击，双方在瑞凝桥一带展开战斗。一时间，子弹呼啸，枪声大作，日寇的子弹将桥上的一只石狮子打掉了大半个头。战斗结束，三名日寇或毙或俘，剩一人狼狈地逃回去报信。

　　5月29日凌晨，日寇六十多人包围天凝，开始了疯狂的焚烧和枪杀。不到半天时间，烧毁房屋两千余间，烧死三人，枪杀两人，伤一人，大半个集镇化为废墟，七百余人流离失所，财产损失不计其数。那一天，天凝镇的上空火光冲天，浓烟滚滚，瑞凝桥上的石狮子青筋毕露，怒目圆睁，似在无声地呐喊，声讨这场惨绝人寰的暴行。

一座桥有五个桥名

瑞凝桥的桥名，是今年才正式发现的。在此之前，清光绪《嘉善县志》、嘉善县文化广电新闻出版局所编的《薪火传承——嘉善县第三次全国文物普查成果》和已故嘉善文史专家金天麟编著的《风雅天凝》，分别称其为瑞宁桥、瑞林桥、瑞麟桥，加上瑞凝桥、狮子桥这两个桥名，总共有了五个桥名。其中，除去狮子桥为民间叫法，其余几个仿佛皆有可能是正式桥名。我曾与天凝镇志办的薛其荣老师多次探讨，查阅了"宁"字繁体字的各种写法，觉得清光绪《嘉善县志》上的"瑞宁桥"最为靠谱。后来薛老师向文物保护部门建议，在2017年12月公布的嘉善县级文物保护单位石碑上，将桥名更改为瑞宁桥，然而如今真实的桥名却出乎意料。

今年上半年，天凝镇对瑞凝桥进行了维修，石桥两侧中央的桥眉石被吊到了岸上，凿开一层薄薄的水泥，赫然出现了"光绪庚子年　新建瑞凝桥　里人公建"和"光绪三拾四年　重修瑞凝桥　里人敬募"的字迹。由此，这座桥的桥名为"瑞凝桥"无疑了。不过有意思的是，光绪庚子年和光绪三十四年分别为公元1900年和1908年，人们常说造桥、建房乃"百年大计"，为何一座建成只有八年的石桥，又要重修呢？其间究竟发生了什么样的事情，实在叫人难以捉摸。至于遮盖桥名的水泥，据说是"文革"时期抹上去的。

一座百姓捐赠造起来的桥

清光绪《嘉善县志》出版于1894年，书中二十区图上就有"瑞宁桥"存在（传说当时的桥是一座木桥），也就是说1900年（光绪庚子年）新建石桥时才改名为瑞凝桥。当时瑞凝桥与圆通桥之间的市河南北侧，各有一座桥梁（书上没有列出桥名，但根据位置判断应为杨树溇上的"三碰桥"和庵浜上的"方楼桥"）。在开阔的河面上建造一座石桥，想必造价不菲，对于那个风雨飘摇中岌岌可危的晚清政府来说，怎么可能拿出钱来，在圆通桥的不远处再造一座石桥呢？因此，瑞凝桥应该是由百姓出资众筹建造的。

前文提到，东西两侧的桥眉上分别有"里人公建""里人敬募"的文字，"里人"——邻居、邑人之意，常见于古代墓志铭或传记落款，通俗地讲，这桥就是由本地百姓募捐的。细读东侧的桥联，大体可以印证这一点："一木难支忆昔杠夸□□□（此处3字剥落，无法辨认），万人缘助从今莫忘碧溪深。"这种百姓筹款造桥筑路的现象，古往今来皆有之，如1985年始建的红旗塘天凝大桥，除了政府出资，附近村子的村民挨家挨户都出了钱。

失而复得的石狮子

天凝镇上的居民，大多知道瑞凝桥上曾经丢失过一只石狮子。那是20世纪90年代某年的某天，石桥附近的一位村民酒后无德，借着酒劲将桥上的一只石狮子推入河中。扑通一声，浪花四溅，那一只石狮子就此消失了二十多年。

2018年上半年，天凝镇人民政府对古镇区块启动了小城镇环境综合整治工作。河水抽干之时正是寻找石狮子的难得良机，文物保护部门特地关照工程队，用高压水枪对桥下的淤泥进行重点冲刷，然而最终却一无所获，如此笨重的一只石狮子究竟去了何方呢？

时间到了今年春天，凝南村的一片老房子被列入了拆迁范围，村干部进入一户朱姓居民家中丈量房屋，意外地在这户人家的院子中发现了一只石狮子，这不正是瑞凝桥上丢失的那一只吗？仔细一问，原来这户人家弟兄好几个，其中一人深谙水性，经常在河港里耙螺蛳、摸河蚌，想必是他将石狮子抱上了岸，私藏于家中。如今，当事人已经过世，细节无法证实，但其兄弟通情达理，当即应允将石狮子完璧归赵。

此番修桥，同时也换下了那只被日寇打坏掉的石狮子，请了一名擅长雕刻的石匠师傅，仿照桥上狮子的形制，重新打造了一只一模一样的。换下来的那只石狮子如今存放在老镇政府的院子内，那是日寇对天凝镇烧杀抢掠、犯下滔天罪行的重要证据，更是爱国主义教育的生动教材。

一般人从瑞凝桥上经过，都会以为桥上的石狮子只有八只，其实仔细观察不难发现，其中四只石狮子的身下还各有一只小狮子，而另外四只狮子的下面则各为一个石球。事实上玩球的是公狮子，身下有小狮子的是母狮子，因此桥上的狮子总共有十二只。再看母狮子身下的那四只小狮子，有仰面向上的，有俯身向下的，只只玲珑小巧，形态可掬，可见一百多年前的造桥工匠们是如何用心。

八十多年前，热闹、繁华的天凝镇遭到了日寇毁灭性的破坏；八十多年后的今天，人民政府花大力气将古镇区核心区域进行了前所未有的环境大整治。大红灯笼高高挂，形成了一片新天地，天凝书场、天凝故事馆、天凝名医馆、天凝邮电所等多个景点浓缩了近代天凝的精华，历尽沧桑的江南古镇旧貌换新颜。值此太平盛世，石狮回归，八大四小、共十二只石狮子齐聚于瑞凝桥的桥头，幸福地见证了古镇的完美蝶变。

2019年8月15日

太阳照在马塔塘上

前些天，在镇志办薛其荣老师的办公室里闲聊，薛老师问我老家是天凝哪个村的，我顺口答是官浜村的，末了还习惯性地加了一句："马塔塘边上的官浜六队。"薛老师有些诧异地说："马塔塘不是在洪溪吗？"他随手翻开摊放在桌上的线装版清光绪《嘉善县志》，找出一幅图片让我看。果不其然，我家屋后的那条河上"马塔塘"三个字一直标注在河的东段、靠近洪溪的地方，而我家不远处的安西桥以西却赫然写着"龙口港"。

清朝县志上这么写，不免让我有些恍惚，但仔细一想又觉得释然。江南水乡，河网密布，马塔塘西连龙口港，东接红旗塘，一条连通黄浦江、最终入海的河流，不同河段有着不同的名称实属正常。就说那六千三百多公里的长江吧，不也分成沱沱河、通天河、金沙江、川江、峡江、荆江、扬子江等好几段吗？更何况从小到大，我的父辈、祖辈，包括生于晚清、活到九十二岁的曾祖母，一直以来无不都是称这条河为马塔塘的，这就说明县志图上的标注存在着误差。在我看来，龙口港应该指的是龙口村那里的一段河流，不仅我家屋后那段河叫马塔塘，连安西桥以西、烧基港以东那段官浜村的水域，理所应当都叫马塔塘。

马塔塘是我的母亲河，我在那里出生，在那里长大。小时候的天是那么蓝，水是那么清。清晨，公鸡的啼叫唤醒了睡梦中的村庄，东方露出了鱼肚白，鸡醒了，鸭醒了，猫醒了，狗醒了，鸟醒了，人醒了，沉寂了一个晚上的马塔塘也醒了，潮水匆匆地来又匆匆地去，农家人在河桥（河埠）上淘米、拎水、洗涮……马塔塘人的每一天，几乎都是在这样的情景中开始的。

一清早，住在马塔塘南岸的农民手拿、肩扛劳动工具，走过庄家塘桥到港北的农田里去劳动，马塘塔的南河滩就成了孩子们的天下，有在河边奋力削水片的，也有用簸箕捉鱼、抓虾的，还有拎着提桶沿河滩摸螺蛳、拾上岸头（一种条形小蚌）的。孩子王长向明本事最大，他常常用拍死的苍蝇钓鳘鲦鱼，水面上的鱼漂儿稍稍一动，手中的鱼竿就往上一拎，一条条小鱼就轻而易举地进了他的鱼篓之中。沿河滩耙水菜（河蚌），一般是在冬天或深秋。那时风凉了，水冷了，朝南的河滩上，一把把长柄铁搭、短柄铁搭扑通扑通抛入水中，吭哧吭哧地耙到岸上，耙水菜的人在寒风中想着河蚌肉的鲜美，浑身上下热气腾腾。

马塔塘自西向东不到十公里，除去三角荡荡边那一段不算，就数我家屋后的那一段最为宽阔了，肉眼测量有二十五六米，水深就说不清了。一般船上的竹篙子在河心处是触不到底的，村里只有水性好的顺官潜到过河底，摸上来过水菜。我小时候在马塔塘"打摸团"潜水，潜到水下两三米耳朵就疼得不行了。夏天的时候，太阳光把水面晒得滚烫，越往下潜，水就越凉。据村里的老人讲，在红旗塘没有开挖以前，马塔塘是天凝北部一条重要的河道，河水一日两潮，来得快也去得快，潮水过境时水面上除了顺水漂来的水草，还有不少稀奇古怪的漂浮物。

河宽，水深，鱼就多。深谙此道的水产大队塘罾船经常到马塔塘上挂网捕鱼，他们的罾网巨大无比，打开以后覆盖整个河底，但凡有鱼群从这里经过，十有八九跑不掉。平日里，见得最多的是丝网船，船上一般是夫妻搭档，男的在船头下网，女的在船尾摇橹，一前一后配合默契。渔网入水之后，他们用力敲击船板，砰砰砰的声音吓得水下的鱼儿四处乱窜，慌不择路撞进了丝网阵中，前进不能，后退不行，只得乖乖被擒。还有一种抛网的捕鱼方式，网的边缘挂了铅块，捕鱼人把网缠在手臂上，到了鱼多的区域，奋力向前方一掷，大网如天女散花般在空中打开，在重力的作用下迅速沉入水下。这种捕鱼办法灵活机动，一网下去，大鱼小鱼悉数打尽。除此之外，还有张麦弓、张弯笼的渔船和鸬鹚捕鱼船，至于罱河泥船、耙螺蛳船和其他过往的农船，那就多得数不清了。

炎炎夏日，马塔塘变成了欢乐的海洋。下午三四点光景，太阳的光芒有所收敛，小孩子们像下饺子似的一个一个往水里跳。不会水的，小心翼翼在浅滩处蒙头练习；会游泳的，舒展手脚在河当中劈波斩浪。每当有船摇过，两侧的船舷上总是吊满了人，船行很远才松手游回来。船上的人讨厌这些影响行船的"吊死鬼"，恨不得一篙子过去把那些吊在船舷上的手悉数打掉。我从小学会了游泳，也没有人教，喝几口河水、扑腾几下就自学成才了。我家有自己的河桥，而且是村里数一数二的大河桥，也就不必到庄家塘桥那里去凑热闹。在自家河桥上脱了衣服下水，轻轻松松游到河中央，惬意地漂浮在水面上，仰望着天空中的蓝天和白云，感受着河水的轻抚，尽情享受人与自然的和谐与相融。游够了，再到河滩边水浅的地方摸水菜，父亲在自家屋背后种了几簇芦竹，河边那片阴凉的水域里藏着无数的河蚌，只要摸满一脚桶河蚌，母亲就不会责怪我在水里待那么长时间了。

1982年的夏天，一部电影《少林寺》的上映激动了无数中国人。马塔塘人心中印象深刻的是，那一年的河港里不知为什么出现了那么多的螃蟹，随随便便在河里投放几只竹筒，日出和日落时分各起一次，对着光亮照一照，总有几只傻乎乎的螃蟹躲在底部不肯出来。那一年，我们生产队开着挂桨船到嘉兴去看《少林寺》，头一个跳上岸去拴缆绳的人被石头划破了腿上的一处皮肉。农村人受点小伤本来算不了什么，毫不在乎的他看完电影之后照样喝酒、吃肉、吃螃蟹，不料几天后破伤风发作，因此丢了性命。

那一年的秋天，我离开小镇到县城去读高中，从此开始了出门在外的求学、工作之路。

在乡村不通公路的年代，农村人都希望自己家的房子邻近河滩，房前屋后能有一座河桥，这种"吃水近"的优势，跟家里有几间瓦房、几间猪棚一样，同样也是媒婆介绍对象时的一个有利条件。阳光照亮马塔塘的日子，住在官娄港里面的村民经常到我家的大河桥上洗床单、汰被头。自家的河桥被人占了，母亲从来也不恼，经常乐呵呵地跟人家东拉西扯，聊着家常。

按照我父亲的说法，我们戴家是从南熟村的一棵大的银杏树底下迁移过来的外来户，如此就得好好感谢我家的先辈选择在马塔塘岸边这块风水宝地上造房子、修河桥，把戴家的根深深地扎在这里，让戴家人的血脉在临河的这片"戴家场"上传承和繁衍。戴家的先人去世后埋葬在马塔塘北岸的田横头。新中国成立前，我家有一些养家糊口的薄田就在河对岸。

往事如影，岁月如歌。在我考上大学、户口从乡下迁出三十多年后的今天，马塔塘的天又蓝了，水又清了，风又柔了，生活在美丽乡村的人们不再为吃穿发愁，恬静悠闲的田园生活反过来轮到城里人羡慕了。太阳照在马塔塘上，金色的水面上泛起粼粼的波光，那些细碎的光影里有着我的童年故事、少年梦想和中老年时挥之不去的乡愁。

2020年5月31日

我的村庄

列夫·托尔斯泰说："写你的村庄，你就写了世界。"我没有写世界的能力，那就只能写写自己的村庄。

生我养我的那个村庄叫官溇（如今已并入天凝村），村中有一条小河，有人叫官溇浜，也有人叫官溇港，两种叫法其实差不多，只是"港"听起来要比"浜"宽一点。2003年出版的《浙江省嘉善县地名志》上记载："村中之河称溇，明代时村中曾出一丞相，称为官溇，村以河得名。"

对于一个传统的农业村来说，村中出过丞相可是件大事情，可我翻阅明清时期的多本县志，至今没有找到任何相关的史料加以印证，村里也没有年代久远的遗迹留传下来。官溇村是否真的出过丞相或者达官贵人实在难以确定，或许只是人们良好的愿望罢了。

官溇港（姑且叫大一点）是一条南北走向的河流，一直从村北的马塔塘延伸到村南的红旗塘，河上有座石桥，桥名安坝桥，民国乙丑年（1925）重建，过不了几年就有百年了。2017年1月，安坝桥和天凝境内的圆通桥、安澜桥、安福桥、三里塘桥并列为天凝古桥群，被公布为省级文物保护单位，足见此桥非同一般。据村里的老人回忆，这座桥是西浜一户开茧厂的邱姓人家带头募捐修建的。或许是村北的马塔塘上有一座庄家塘桥的缘故，人们都把这座桥叫作里桥头，在文物保护部门没给石桥竖碑前，真正的桥名安坝桥反而没有多少人知道。

一桥横跨东西，方便了港东、港西两岸的交通。早些年，姜家妈妈租用桥头阿云家的房子在里桥头开了一爿小店，店门口时常有人谈天说地，传播各种小道消息，后来大队在小学那里开了代销店，桥头的小店就不让开了。小时候，我经常去安坝桥上玩，那时村里没有什么高房子，站在桥顶上视野开阔，村中风貌一览无余。水乡的农民都是摇船的高手，小船在河港里吱呀吱呀地推梢、扳梢，行船的方向控制得很好，速度也很快，在桥上看摇船，无疑是最开心的事情。乡下人临河而居，淘米、汏碗、拎水、洗衣服，包括捣马桶都用河水，岸边的河桥（河埠）大多是几户人家共用的，邻居们在同一座河桥上落，哪怕因为鸡毛蒜皮的小事偶尔闹点矛盾，红了脸，过不了几天双方又在河桥上开口说话了。没办法，抬头不见低头见嘛。

新中国成立初期官溇设过乡，村中窑业生产发达，客户众多，早在20世纪20年代就开办了民国初等小学，此后官溇村的小孩受教育程度全天凝最高。1994年官溇小学撤销，村里的孩子都去了镇上的中心校读书。当年，官溇小学在附近几个村中规模较大，渔雪、蒋村、南蒋浜、戴家浜、龙口、东顺、洪溪黄家浜的学生都来读书。我的同学周文兵是东顺人，他的书包里总是放着洗净的洋萝卜，课间休息时当众拿出来吃，馋得同学们直咽口水。一天放学后，一大帮男生跟着去了他家，把他家的萝卜地挖得一塌糊涂。

我读小学的时候，官溇小学有南北两排教室，南教室供低年级的学生使用，中间一间是教师办公室；北教室安置高年级和教师办公室及宿舍。教室的东北角是大队的代销店。早期没有电铃，用一截尺把长的槽钢悬挂在梁上，榔头一敲发出声音，当作上课、下课的铃声。

学校的操场是块泥地皮，东西两头各有一个篮球架。20世纪50年代官泾村成立了泾青农民篮球队，当时的队长是后来担任大队书记的徐关兴。到了20世纪70年代，官泾村的农民篮球运动一发不可收，徐关兴经常带队到外地去比赛交流，也把外地的篮球队请到官泾来比赛。官泾篮球队总是大杀四方，把人家打得落花流水，更是称霸天凝、洪溪和杨庙三个公社。鼎盛时期的主力队员有周文华、邱哲祥、徐志德、芮永祥、徐国华、徐文荣、江文麒等人，同时还出了邱震滨、邱乐庄两位持证的篮球裁判。有一年，六十多支来自上海、嘉兴和嘉善等地的工人、农民篮球队到官泾村参加篮球邀请赛，最后东道主官泾队夺得了冠军。那次比赛进行了好几天，十里八乡的农民前来观看比赛，把篮球场围得水泄不通，比赛进行得热火朝天，观众的加油声此起彼伏、震耳欲聋。比赛结束以后，嘉善县体育运动委员会抽调身高一米九的周文华到嘉善去担任中学体育教师，成了一段佳话。

人民公社时期，官泾村的大队部设在以前地主窑户家的宅子里。大队部有一座大礼堂，楼上是公社敬老院，赤脚医生的卫生室就在大队办公室的旁边，那里是我儿时最怕去的地方，因为基本上每次去都要打针。尤其可怕的是，屋子里还摆着人体骨架模型，墙上贴着赤裸的经络穴位图。大队的礼堂是多功能的，既能开大会，也能观看文宣队演出，有段时间还腾出来集中收治血吸虫病病人，我的父母亲先后都在那里治过病，不但不出钱，还拿到了补贴。

有一年，大礼堂变成了养蚕房。一个傍晚，我趁着没人注意，偷偷钻进去看蚕宝宝，见到白乎乎的蚕宝宝有的在唰唰唰地啃食桑叶，有的已经"上山"吐丝作茧，一时看得出了神。到了晚饭的时间，大门被人在外面锁住，我被困在了里面，一直等到很晚才有机会出去。

如今官溇村有年头的老房子已经不多了，作为县文物保护单位的戴家楼便是其中的一座。戴家楼是由民国时期戴钰明的父亲造的，房子造得相当考究，耗时多年才完工。20世纪60年代，戴家楼曾做过天凝公社东顺大队的办公室，墙上至今还留有"天凝公社东顺大队六〇年农业三包明细表"的历史遗迹。现存房屋两座，由楼房及平房围合而成，楼房坐西朝东，四开间，五架梁，平房坐北朝南共五间，东有大门，西有后门，中间是一个独立的院子。这座宅子整体布局完整，尤其是转角木楼梯、落地长窗保存较好，具有一定的历史价值。现在房子已卖给他人，住在里面的是我儿时玩伴长向明的父亲。

今年上半年，一股强大的龙卷风袭击天凝，官溇村不少房屋被掀了屋顶，瓦片散落一地，树也倒了不少，甚至还塌了一间小店，而两层高的戴家楼却只是掉了几张瓦片，足见其是何等的结实。

2021年12月8日

窑墩的记忆

　　我的家乡嘉善县天凝镇是吴根越角的一个水乡小镇，千百年来，民风淳朴，地嘉人善。历史上，天凝曾是砖瓦窑生产的聚集区，新中国成立初期全县有窑墩七百五十多座，其中五分之二分布在天凝和洪溪附近。在地势平坦、水网如织的杭嘉湖平原腹地，突兀在农舍之上的一座座窑墩，星罗棋布般镶嵌在河港的两岸，成了大老远看得见的独特风景。

　　说起来，嘉善的砖瓦窑生产始于明清，盛于晚清和民国时期，以前的许多人家都与窑墩有着千丝万缕的联系。我的岳父家曾是浙北有名的大窑户，鼎盛时期有七座半窑墩，他们丰厚的家产在20世纪30年代招来了绑匪，岳祖父和他父亲两人遭到绑票，好端端的大户人家受到重创，从此一蹶不振。我母亲的娘家也是窑户，外公在日本人被打跑后买下过一座窑墩，据说烧出的一窑砖瓦最多时能赚四十石大米，可是他看不清形势。新中国成立前夕，他用烧窑赚来的钱买了土地，来不及等到收租就成了地主。我家祖上倒是以种田为生的贫农，母亲嫁到官溇后，领头在村里踏泥做瓦坯，她和我祖母又都在窑墩头的"出装班"做过窑工。

　　我小时候，村里已经拆掉了不少破旧的荒窑，留下的那些继续冒烟的窑墩归了集体，在马塔塘附近的芮家湾、豆腐浜、西浜烧基港一带随处可见。鱼米之乡不愁水，出门百步见窑墩，窑墩当之无愧是当时乡下最高的建筑物了。站在小山包一样的窑墩下抬头望，灰头土脸的杂草在窑顶的覆土中顽强地生长着，高高的烟囱口时不时吐出黑烟。如果爬到窑顶上去看风景，纵横的河道、低矮的农舍和大片的农田一览无余，天晴的日子还能望得见京杭大运河上过往航船的风帆。

西浜窑场四座窑墩中东面的第二座，编号为121号窑，属于我家所在的官溇六队。在我还没到上学的年龄、母亲在窑墩上劳动时，经常把我带在身边，几个同去的小孩有时在柴垛中钻地道、捉迷藏，有时在木屑堆里寻找可以充当玩具的东西。到了装窑的那几天，小孩子是不能到窑池里玩的，因为那些砖坯和瓦坯在窑工们的手中抛来抛去，随时都有掉落下来的危险。有些装窑师傅也忌讳女人进入窑内，他们生怕沾了晦气，烧出红窑或垮窑。所以在装窑和出窑的时候，搬运的女工和装窑的男工在窑池口那个叫作窑八字（窑驳池）的地方交接。窑池的形状像一口倒扣的金钟，顶上开了一方小孔。好的盘窑师傅装满一窑，能生产出二万块砖头和十四万张瓦片，如何留出过火孔，又如何装得稳稳当当，全看他们的本事了。

在新中国成立前，装窑结束后窑户人家要请窑工们吃一顿饭，饭桌上有鱼和肉，白米饭管够，这既是感谢众人辛苦的劳动，也期盼后面的烧窑过程顺顺当当。到了人民公社时期，这顿饭是没有了，不过窑上会发一些小点心或两瓶盐汽水，母亲分到的那一份自然都进了我家三个小孩子的嘴巴里。烧窑时，一般有两名烧窑师傅轮换替班，烧一窑砖瓦需要七到八个昼时。此时，拖柴工运来稻柴、砻糠和木屑，烧窑师傅手持铁叉、洋铲向火中添柴火。夏天温度高，没有人愿意去看热闹，他们只能喝喝搪瓷缸中泡过了无数遍的红茶，或者靠抽香烟来提精神，免得睡着了忘记添柴。

可是到了寒风嗖嗖的冬天，他们的工作场所就热闹起来了，有些要饭的外地人和流浪汉会到窑墩头过夜，这正好给烧窑师傅做了伴。阴雨天时有些人家晒不干小孩子的尿布，也要送到窑墩上去烘干，狭小的窑八字里挂满了"星条旗"，毛焦火辣的空气中又增添了阵阵的臊味。

烧窑虽辛苦，但质量绝对是要看牢的，不然坏事传千里，"老师傅烧红窑"以后，哪家窑墩还敢请他去烧窑啊？不烧红窑的关键是封窑熄火后的渗水工艺，窑工们通过窑顶上储水的天池，用铁钎子在池底的烂污泥中插几个小孔，让冷水慢慢地滴入窑中，三四天之后，满窑的砖头瓦片在水雾中完成了红色到青色的蜕变。

出窑时，经过烈火猛烧和水雾浸润的那些砖头、瓦片，表面泛着幽幽的青光，敲上去会发出瓷器一样的脆响。停泊在河滩边排队的运输船，通过水路把厚实均匀、棱直角方的砖头瓦片一路卖到江浙沪的许多地方。嘉善产的青砖小瓦，尤其是天凝本地的"天蝴蝶"瓦片早已名声在外。

在所有窑工中，我一向佩服那些往窑顶上挑水的挑水工。窑墩外面的台阶既陡峭又狭窄，还没有扶手，有些踏步级上的砖头经过长年累月的踩踏，表面起了凹坑，走上去还有些松动，有的只剩下半块，一般人空手走一趟也不是件容易的事，可是那些脚穿草鞋、肩挑水桶的挑水工，却能四平八稳把水挑满窑顶的天池。

出装班的女窑工在窑场上干活，不管冬天还是夏天，总在自己的头上戴一顶草帽，又在草帽下面垫一条毛巾，这样既能防止头发里进灰尘，也可避免汗水直接流入眼中。出窑的那几天，窑工们黑得像刚刚升井的煤矿工人，这时是不能直接用手擦脸的，否则只会越擦越黑。女窑工在搬货时都在自己的腰间拴一根手搓的稻草绳，那根草绳叫作腰箍绳，中间粗，两头细。她们敞开胸怀，双手各抱一摞砖头或瓦片的外侧，另一头则搁在腰箍绳上借力。每搬完一趟，就往提桶里丢一个筹码，那是用来统计数量的。

如今，天凝一带的砖瓦窑已经全部被扒掉了，整个嘉善县大概也只有几座生产京砖的窑墩，作为非物质文化遗产保存着。我八十多岁的老母亲现在仍不肯休息，坚持要到女儿、女婿办的厂里劳动搞卫生，而我也在那里上班。如果有空，母亲会抖落自己身上的尘土，趁我的办公室里没有外人时来坐一坐，给我说说她脑海里的那些陈年往事。每每说到自己的娘家因为窑墩而最终成为地主的境遇，母亲的脸上总是浮现出落寞和无奈。母亲说，她是我们生产队里所有妇女当中，少数几个敢到窑顶上烘尿布、看野景的人，说到这里，她的眼神中又有了年轻时那种不怕吃苦的光亮。

午后的阳光透过办公室的窗户斜斜地照射进来，母亲就这样半躺在椅子上，一脸的安详。关于窑墩的那些往事，如同窑顶烟囱口吐出的烟雾，已随风飘散在过往的时空里了。

2018年6月14日

一定要消灭血吸虫病

血吸虫病也叫大肚子病，在20世纪中叶乃至更早的中国，是一种如瘟疫般蔓延的传染病。血吸虫寄生于小小的钉螺中，侵入人体后专侵肝、脾等脏器，病人到了晚期，如同电影《枯木逢春》的原型娄玉妹，腹大如鼓却瘦骨嶙峋。

我的老家嘉善县是血吸虫病的重灾区。新中国成立前，许多村庄人烟稀少，田地荒芜，出了不少"死人浜""肚包村""寡妇港""荒田漾"。与我家只有数里之隔的天凝东方红村，曾经"条条河浜有钉螺，家家户户有病人"。新中国成立前夕，全村四个自然村、三百多户人家，仅存975人，其中患血吸虫病的有755人；村里因血吸虫病死绝110户，死剩一人的家庭有25户。这是多么触目惊心的一组数字。

重大的灾情引起了党和国家的高度重视。1955年冬天，伟大领袖毛主席发出了"一定要消灭血吸虫病"的号召，就此开展了一场轰轰烈烈的群众性血防运动，一直持续了三十多年。

"春风杨柳万千条，六亿神州尽舜尧"，灾情严重的东方红村率先成立了全县第一支专业灭螺队，由年近半百、饱尝旧社会辛酸的沈金宝担任灭螺队长。24名娘子军动足脑子，吃足苦头，经历无数次的挫折和失败，终于摸索出"开新沟，填老沟""修筑灭螺带"等杀灭钉螺的好方法。她们的宝贵经验，迅速在全县普及和推广。

水乡的河道是条条相通的，我家所在的天凝官溇村同样也是消灭血吸虫病的重要战场。回忆当时20世纪60年代后期，我懵懂晓事，那时的血防工作已开展了十多个年头，取得了阶段性的成果，但灾情时有反复，消灭血吸虫的战斗仍在紧锣密鼓地进行着。

那个时候，村子里的河滩边和圩岸处到处都在热火朝天地修筑灭螺带。彩旗飘飘、锣鼓喧天，男人吭哧吭哧挑来泥土，妇女乒乒乓乓用铁搭夯，用棒棍敲，一段段修好的灭螺带像裙带一样紧贴着河道两岸，向着远处蜿蜒而去。大人在家门口干活，时常有拖着鼻涕、穿着开裆裤的小孩子跑到河边去看热闹，或排排坐，或到处跑，不是哭哭笑笑，就是吵吵闹闹，都在等着生产队里分发给自己父母的小点心。一个已经六岁的小孩子，来到河边哭着找娘要奶喝，不免遭到同龄孩子的讥笑。

灭螺带修好以后，大队经常组织参观和评比，学习交流各地的先进经验，广播里也常常播放毛主席的语录和一条条鼓舞人心的消息。平日里，查螺员分段巡逻，一旦发现有被河水冲垮的河岸，立即组织劳力及时修复，谁家的河桥头（河埠）若是发现了钉螺，那么这家的河桥石就要一块块拆开来灭螺。有一次，我们生产队的一名妇女在河滩边耙水菜（河蚌），因她挖松了河床，造成了灭螺带的损坏，当即受到了小队长的严厉批评，险些还被公开批斗。同时，生产队抽调劳力开挖水井，号召农户喝井水，不用河水，一段时间以后，几乎每一片场上都有一口公家挖的水井，供附近的人家集体使用。

在防钉螺这个传染源的同时，村里开展血吸虫病的全员普查，人人验血、化验大便。有一天听到广播里通知，要求大家晚上不上门闩，血防员会在后半夜进入每家每户，在床上给人抽血。我那时尚小，最怕打针，对于抽血更是感到恐惧，晚上心事重重地睡在母亲的脚跟旁，想着耳朵上被抽血的情形，迷迷糊糊进入梦乡。凌晨时分，突然感到耳朵一疼，睁眼醒来发现已被抽完血，担心了大半夜的事，却是那么简单，于是重新睡觉直至天亮。至于大便，自己用纸包好，贴上事先写好名字的小字条放在门口，自会有血防员收去查验虫卵。

我的父亲、母亲都在那时查出了血吸虫病，他们先后在大队的礼堂里接受集中治疗。那时看血吸虫病，吃药和吃饭是全部免费的，同时还能领到一点营养补贴，有这么好的优惠条件，病人一下子多了起来。原先铺设的病床无法满足需求，只好再去农户家里找来许多门板和竹垫作为加床。即便这样，病人多的家庭也要一个个排队，治完一个再去另一个。

父亲看病时，正是他刚刚回村劳动改造不久，人家病床前热热闹闹，而他的床前却是冷冷清清，相比之下不免有些凄凉。这时，我外婆拎着四斤大米，走了大老远的路，前去看望他这个女婿，父亲的心中顿生感激。父亲出院不久，母亲随即也住了院，我妹妹那时还在襁褓中喝奶，母亲就带上了她。因为她，母亲分到了一张单人床，这样她们娘儿俩就不用睡地铺了，而我被妹妹抢了宠，晚上只好不情不愿地回家独自睡觉。一天晚上，小妹不知怎的掉到了地上，哇哇的哭声把整礼堂的病人都给吵醒了，第二天我去的时候，人家都笑着跟我说这件事。

大队给病人提供的伙食有豆芽炒肉丝、大头菜炒肉片、肉末豆腐等，大多数带点荤味，这样的菜家里平时是吃不到的，到了饭点，我和姐姐两个借着看望母亲的名义都去她的碗里蹭饭吃。卫生员对母亲说："你看病需要营养，自己又在喂奶，这样拖儿带女来吃你的饭菜，你的病还怎么治好呢？"可当时去父母那里吃饭的小孩何止我家这两个，后来大队有了规定，每顿饭只允许一个孩子去吃。我和大姐只得一天一个轮流去，直到母亲出院。早餐时，第一次吃到"油炸鬼"（油条），那种蘸酱油过粥的味道实在是太好吃了。不过稀饭是井水烧的，绿颜色的粥好多人都吃不习惯。父亲治好了血吸虫病，但他的肝脏已经有局部硬化，以后每次健康体检，报告上都有提及。

消灭血吸虫病的运动如火如荼地进行着。走村串户的血防队员，不少是临时抽调的小青年，有本村的，也有外村的，有些到了找对象成家的年龄，不免擦出爱情的火花，弄出一些花边新闻来。我们生产队就有一个小伙子在血防工作中和外村的一个大姑娘相识，两人慢慢地谈起了恋爱。听说女方家长嫌男方家里穷，竭力反对这门亲事，可他俩最终还是义无反顾地结成了夫妻，成就了血防战线上的一段佳话，此事一直被村里人津津乐道。

1985年秋天，嘉善县通过了省市血防工作组的验收，有效地控制了血吸虫病的传播，旷日持久的群众性血防运动才正式宣告结束。铁臂银锄三十年，合力消灭了血吸虫病，送走了危害百姓健康的这个大瘟神，人民群众的健康得到了保障，美丽富饶的嘉善大地才有了今天的飞速发展。这是社会主义优越性最真实的体现。

2018年3月11日

直达嘉兴

嘉兴汽车北站，号称"禾城北大门"，站内始发的众多公交线路中，有的通往下辖县、市（区）行政中心所在地，有的开往市本级秀洲区下面的几大乡镇，唯有一条发往嘉善天凝的公交线路显得较为特殊。天凝既不是县城所在地，也不像西塘、乌镇那样属于旅游名胜区，为何这样的一个县属乡镇，能够拥有一条直达嘉兴市区的公交班线呢？事情说起来，颇有些曲折。

天凝虽属嘉善，但到嘉善县城和嘉兴市区的距离却相差不远。新中国成立前，天凝与嘉兴之间就有运送货物、载客的航船往来；新中国成立后，西塘班轮船途经天凝开往嘉兴。由于两地间交通相对便捷，天凝人外出就医、购物、逛街时习惯把嘉兴作为首选地，如到幺幺医院（原解放军第111医院）、一院、二院、中医院看病；或到建国路、勤俭路上逛街，看一场电影，吃一回五芳斋粽子、复兴汤圆；甚至青年男女谈婚论嫁到了一定程度，拍张结婚照也要往嘉兴跑……由此可见，小镇天凝与嘉兴之间有着深厚的历史渊源和不解的情结。

20世纪90年代初，嘉兴的各大乡镇陆续开通了公路，而一向水路发达的天凝，通公路的时间却晚于东面的洪溪、南面的杨庙和西面的油车港。1993年，天凝与洪溪之间终于修通了公路，汽车开到了天凝镇，紧接着水路客运被公路取代，原来途经天凝开往嘉兴的西塘班轮船停了航。此时的天凝，既没有直达嘉兴的轮船，也没有直达嘉兴的班车，这就让想去嘉兴的天凝人犯了难：要么绕道嘉善县城转车，要么步行至毗邻的油车港去坐车，如此折腾感觉很不方便。

有一天，在嘉兴工作的我，从油车港车站下车后沿红旗塘北岸的一条泥土路走回天凝官溇老家，途经一个水泥预制场时，散落在地上的一堆小石子将我滑倒，左手掌心嵌入了一颗蚕豆般大小的石子，顿时血流不止。后来，我忍痛步行至赤脚医生江永海的诊所，方将石子取出做了包扎。那次受伤留下的疤痕至今在我的手上都没有完全消去。

天凝人翘首以盼公交班车直通嘉兴的机会，这一盼就是十来年。2003年8月，经有关部门批准，一条从嘉兴出发经杨庙的专线班车终于延伸到了天凝镇，然而就在这一天，油车港公交线上的中巴车却全体罢运了。那时的中巴车大多是以个人挂靠公司的方式承包经营的，如果天凝有了直达嘉兴的公交线，那么油车港的客源势必大受影响，故此他们不但到车站加以阻挠，还去了市里的运管部门大哭大闹。

如此，那条开通不久的公交线路即刻被运管部门叫停了，天凝人到嘉兴，仍得去油车港坐车。由于油车港汽车站一直建在镇南端，从车站步行到天凝差不多要耗去半个多小时的时间，而来去嘉兴的乘客大多带有行李包裹，这就给三轮"摩的"带来了生意。然而乘坐那些无证的车子，存在交通安全隐患不说，一两公里的路程，车钱竟与到嘉兴的汽车票相当。

天凝人为了争取到坐班车直达嘉兴的权利四处投诉，到处求助。当时在天凝卫生院工作的计耐成先生写信给市交通局，表达了要求开通天凝到嘉兴公交班线的强烈愿望，相关部门给的答复是三个月内解决此问题。可由于这条线路涉及嘉善县、秀洲区以及善通公司、国鸿公司和长运公司等不同的利益主体，协调会开了不下十来次，方案提了无数套，每次都无果而终，谁也说服不了谁。

2005年4月，《嘉兴日报》"党报热线"的两位记者连续发表了《一桥阻断了无缝对接》《是谁阻碍了公交"无缝对接"》《"无缝对接"为何这么难》三篇报道。一石激起千层浪，文章引起了社会各界的广泛关注和市领导的重视，时任嘉兴市市长批示："到天凝的公交线延伸请市交通局认真研究，如果此事不解决，我们就不是完全意义上的一体化公交。"

运管部门随即又召集了多次协调会，终于形成了一个各方认可的方案：嘉兴北站始发到油车港的长运公司班车延伸到天凝（K141路），同时由国鸿公司、善通公司共同投放车辆开通嘉兴经杨庙到天凝的公交班线（K155路）。一个小镇上同时拥有两条通往嘉兴市区的公交线，而且油车港线路还途经202省道腾云路口，从那边转车可去江浙两省交界的王江泾、盛泽等地，无疑大大地方便了天凝居民的交通出行。

然而好事多磨，两条公交线路开通不到半个月，甚至很多天凝居民还来不及享受到通车带来的便利，两条线路上的司乘人员却又在天凝始发站上哄抢起了客源。他们先是发生口角，后来动起了手，结果造成杨庙线路上生意清淡，车主们效仿油车港中巴车的做法，同样也进行了集体罢运。

当时我已在天凝上班，因为家住嘉兴市区，每天乘坐公交车来回，嘉兴与天凝间公交线路的开开停停，无疑给我的出行造成了极大的不便。可那会儿电动自行车尚未出世，只得买一辆残疾三轮车，自己搭个棚，权当出行工具。一天，我开车正欲经过油车港东阳港桥时突遇一股野风，将我连人带车吹落到桥堍之下，而那里正有一个修桥挖泥形成的池塘，深不见底。此时真得感谢路旁的一根电线杆阻止了车子下滑，不然我随车落入水中，后果不堪设想。

此事发生后，我想方设法打通了记者的电话，要求"党报热线"帮忙，尽快恢复天凝至嘉兴公交班线的正常运营秩序。最终，有关部门保留了天凝经杨庙到嘉兴的那条K155路公交线，同时为补偿油车港公交线路的损失，线路上增加了四辆油车港中巴车，轮流排班，双向对开。至此，天凝到嘉兴的公交线路之争，终于尘埃落定。

弹指一挥间，时光又过去了十多年。这期间，曾经为嘉兴公交客运做出过重要贡献的个体中巴车悉数退运，陆续由公司回收了线路营运权；嘉善的天凝、洪溪、杨庙三个乡镇于2009年7月合并为一个新的天凝镇，十年后的今天，镇域、镇貌发生了巨大的变化。来之不易的K155路公交线路值得天凝人骄傲，但近年来这条公交线上的乘客人数比以往有了大幅的减少，发车的间隔也在相对拉长。这是因为私家车的日益普及，农村人的出行方式发生了变化，同时由于城乡居民合作医疗报销比例的不同，老年人看病一般优先选择去县城。

如今，嘉兴城乡一体化建设取得了丰硕的成果。放眼全市，公交客车宽敞整洁，乡村公路四通八达，公交车开到了农村人的家门口，刷一次卡只需一元钱，老年人和残疾人等特殊群体还都是免费的，那是何等的便捷与价廉。

2019年3月7日

父亲母亲

父亲，树和家具

前人栽树，后人乘凉。

我父亲种下的树，既可乘凉，也能观赏，还能做成家具，或卖或自用，在那些困难的岁月里，为改善我家的生活条件，发挥了不小的作用。

老家房前两棵高大的梧桐，枝粗叶茂，亭亭如盖；屋后几株婀娜的杨柳，春未老，风细柳斜斜；场开头，围墙旁，河滩边，甚至菜园的边边角角都被父亲种上了桃树、楝树、榆树、香樟、刺槐、泡桐和杉木。像我父亲这样爱树的人，找遍全村恐怕也没有几个。

树在四季的轮换中渐渐长大，小树长成了大树，大树变成了木材，农闲的时候，父亲就把木匠师傅请到家里来打制家具。想当年，父亲母亲结婚时，他们的新房里空空荡荡，大多数家具都是借来的，后来房间里有了三连橱、五斗橱、写字台，灶屋间里有了面台、八仙桌、碗盏橱，家里还有箱子、柜子、椅子、凳子，林林总总一大堆，这些家具所用的木料，大多来源于父亲种下的树。

我家做过一张新式雕花床，床宽1.2米，长2.1米，跟以前大户人家那种雕龙画凤的老式床相比，主要是取消了卷棚顶和踏步级，但依然保留着四根柱架和前侧的雕花板。这样的床，既有传统的元素，也体现了简约的风格，堪称老式床的精简版。父亲一直想做这样的床，他找到了小队里木匠阿马，老木匠头摇得像拨浪鼓似的说不会做，村里只有木匠金荣做得来。木匠金荣拜的是河泥淖师傅，经常在外地做木匠，因而见多识广，会做那些新潮的家具。为了请到这位大师傅，父亲备好了木料，整整等了他一个多月。

木匠金荣带着他的儿子木匠小弟在我家的廊檐下摆开摊头，施展锯、削、刨、铲、刮、凿、钻、磨、榫接、雕刻等各种手艺，叮叮当当忙活了好几天，终于完了工。床是楝树做的，木质细腻、光洁，因为刚做好时木头中水分较多，不能立即上漆，按照现在的说法，这就是一张免漆实木床。

木匠师傅在我家干活的那几天，每天要管他们中午和晚上两顿饭，饭菜不必太讲究，但至少得有一个荤菜，外加一包雄狮牌香烟。师傅会喝酒，一般只在晚饭时喝，中午这顿从来没有见他们喝过。木匠这种活舞刀弄斧的，酒一喝，多半会出事。完工那天晚上，母亲烧了好多菜，父亲陪同木匠师傅一起喝酒，他们喝红了脸，一边吃，一边讨论家具上漆的问题，什么清漆、红漆、珠光漆、哑光漆，听得我云里雾里，只晓得不停地吃、吃、吃。

新床做好以后，先是摆放在我姐姐的房间里，便宜她美美地睡了好几个晚上，不过父亲早已放出卖床的消息，等待买家上门，不久就有人过来看床。那天晚上，父亲特地把姐姐房里15瓦的灯泡换成了40瓦，明亮的灯光照得新床熠熠生辉，雕花板上百鸟朝凤的图案看上去活灵活现，栩栩如生。来人非常满意，爽快地付了定金，几天后便来拆床，搭乘过路的贩瓦船喜滋滋地回去了。

那一年，父亲与我叔叔两兄弟分家造房子，由于新房子加宽了路头（栌头，梁与梁之间的距离），大部分旧椽子不能再用，只得新添。父亲种在院子里的两棵大梧桐树就在那时被锯掉，运到镇上的木材行，车成好多好多的木头椽子，回来后用在了两家的屋顶上。

我小姑田伯与我父亲同母异父，由于她找的对象，也就是我的姑父发兴寄伯大了她好几岁，开始祖母死活不同意，一桩好事就此拖了多年。父亲知书达礼，懂得婚姻自由的道理，母亲作为长嫂也心疼小姑，他们俩一直都投赞成票，后来终于促成了这桩婚事。姑父家经济条件较差，房间里没有什么像样的家当，小姑就想锯几棵楝树去做家具，我父亲爽快地答应了，权当是嫁妆吧，树是他种的，他说了算。这样，小姑和姑父的新房里就有了新床、新橱和新箱子，那些家具上的油漆都是姑父自己动手，一刷一刷地刷上去的。

父亲爱树至深，把树当作宝贝，空闲时经常给树松土，浇水，移栽，修枝，杀虫。我家菜地围墙边上曾有一株红梅，开起花来异常漂亮，我心血来潮，想给梅花做个造型，就找来一段铅丝缠在枝条上，弄成曲里拐弯的模样，一时颇为得意。谁知父亲见了非常生气，责令我立即给梅花松绑，恢复原样。我当时不解其意，深感委屈，后来读到龚自珍所作《病梅馆记》，方知那是一种病态的美，是对梅花的摧残。

有一次，父亲去了镇上听书，想不到农电部门因为布线的需要，不打招呼就把我家场开头两棵很粗的香樟树齐根锯倒，还粗暴地把树干锯成了几截，一点用场都派不上了。父亲听完了戏，哼着小曲优哉游哉地回到家中，眼前的情景气得他火冒三丈。他立即打通了电视台的电话，请记者到家里来拍摄。父亲在镜头前义愤填膺地说："我家地上种的树，怎么着也得先跟我商量吧？况且树也有生命，大不了可以移走，怎么能如此野蛮地锯得只剩下树蒲头呢？"后来人家给他赔了钱，可父亲的心里还是老大不乐意。

我家院子东南角的竹园边上，后期被父亲拓展出一个小果园，那里种了桃树、枇杷、石榴、橘子、无花果，还有蜡梅、月季、桂花和许多我叫不出名字的观赏类植物。父亲在世时，他的同事、教小学美术的殳子平老师三天两头来我家参观，有时早晨来一趟，下午还要再来一趟，每次都是慢悠悠地看，意犹未尽地回。殳老师到处替我父亲做宣传，夸奖我家的院子是"全村最美庭院"。

2013年，父亲得了癌症，为了让他有生之年能够看到家里造起洋房，家里请来了施工队，打通了进场的道路，立即动工造房子。那时正值盛夏，骄阳似火，酷暑难当，父亲回至乡下，看到前些年辛辛苦苦造起来的两层楼房已被夷为平地，心情异常复杂。老家土地上的一砖一瓦、一草一木、一花一果，无不倾注着他深深的爱，浓浓的情。父亲更是放不下他的那些果树，关照我大姐一定要把树移到屋后不碍事的地方保护起来，等到房子造好后再移回去。想必父亲心里明白，夏天移树就像他得的病那样，可谓凶多吉少，九死一生。

父亲一生种树无数，他种的树有的做成了房间里的家具，有的成了房子上的椽子和梁棒，有的不免被虫子蛀空，最终变成了烂木头和烧火柴，有的树至今仍蓬勃生长在老家的土地上。树的命运各不相同，大概是父亲种树时不曾想到的。

2018年11月23日

父亲的背影

朱自清先生的散文《背影》，我读过好多遍，文中写他的父亲在浦口车站送他上火车、给他买橘子的情景——

"他往车外看了看，说：'我买几个橘子去。你就在此地，不要走动。'……可是他穿过铁道，要爬上那边月台，就不容易了。他用两手攀着上面，两脚再向上缩；他肥胖的身子向左微倾，显出努力的样子。这时我看见他的背影，我的泪很快地流下来了。"

每每读到这里，我的眼泪似乎跟着也要流下来了。此情此景，让我情不自禁想起了自己的父亲。父亲去世已有七个年头，那么多年过去了，他的音容笑貌一直浮现在我的眼前。

1982年的下半年，我到县城读高中。报到的那一天，父亲特地向单位请了假，执意要送我去学校。那时乡下尚未通公路，从家里出发要走过长长的村庄，在红旗塘上摆渡过河，再到镇上的轮船码头乘坐两个多小时的轮船才能到达县城。农村学生在城里读书都得住校，上学的路上不光要带上被头铺盖和学习用品，还得背上一袋大米到学校去换饭票。我幼年患上儿麻，右腿肌肉萎缩严重，脚底下还长着一颗硬邦邦的茧子，走一点远路就会阵阵作痛。背米上学，对我来说力不从心。

我们父子俩在县城东北角的轮船码头上了岸，一前一后朝着城西的学校方向走去。那时正值9月头上，秋老虎的威力不可小觑，走了没多久，父亲的后背渗出了汗水，衣服打湿了一大片，压在他肩头那个装米的蛇皮袋一点一点往下滑。走着走着，父亲的身子猛地往上一蹿，满满的那袋米随之升腾起来，就在那一瞬间，父亲抓紧了袋口，迈开大步继续往前走，那样的情形一路上不断地反复，让我倍感不安。按理说父亲已恢复了工作，他完全可以给我钱和粮票，让我到学校的总务处直接用粮票换饭票，根本不需要那样吃力地背米。可父亲为了省点钱，非要不惜体力那么干。包产到户后，左邻右舍争先恐后造楼房，而且一家造得比一家漂亮。父亲说，咱家也得抓紧攒钱造房子，不然会被别人笑话的。

高一第二学期，我休学去杭州治腿病，治疗过程一会儿住院，一会儿回家休养，致使学习受到了影响，因此返校复读时申请了留级。那时脚上的骨头尚未长结实，走路仍然需要拄着双拐。在一次课间休息时，我那条多次动过手术、花掉了不少钱的腿意外地撞到了椅子上，骨头碰木头，结果骨头上出现了裂缝。

得到了消息的父亲第二天下午风尘仆仆地赶到学校，当即带我乘坐火车前往杭州，回到先前看病的医院去做检查。

我们上了车，车厢里拥挤不堪，连过道上都站满了人。父亲没有气馁，让我跟在他后面一点一点往前挪，他那宽大的后背就像山一样在我前面移动。父亲卷起舌头，用不太标准的普通话跟乘客们说好话，请求他们给我让个座。大约走过了半节车厢，终于有一位好心人给我腾出了一小块地方。父亲把我安顿妥当，自己站在不远处的过道上，一路摇晃到杭州。

第二天进了手术室，在骨头开裂处安上了螺丝，又缠上了石膏，治疗就结束了。出了医院大门，看看时间尚早，父亲决定乘坐当天夜里的火车回去，能省则省是他一贯的原则。

返校时天色大亮，校园里响起了琅琅的读书声。头发蓬乱，胡子拉碴的父亲在水龙头上匆匆洗了把脸，转身就回乡下去教书。大清早没有回天凝的轮船，父亲打算先坐汽车到邻近的洪溪，再步行回他教书的学校，那样上午还能给他的学生上一节课。两天的奔波来去匆匆，父亲一门心思陪我看病，嘴上没说什么，实则心里一直惦记着他的学生，生怕耽误孩子们的学习。我站在教学楼的边上，目送父亲在校园里的林荫道上一路小跑，他的背影很快消失在学校的大门外。

父亲的人生之路曲折坎坷，他的身体却是一直健康的，除了早年得过血吸虫病和两次肝炎，几乎没有生过大病。万万没有想到七十九岁的他竟会得上肺癌，而且是十分凶险的小细胞癌，从确诊到去世总共不到四个月。

我们一直瞒着父亲，不让他知道自己的病情。几次去上海做化疗，均告诉他是激素治疗，父亲似乎也信了，那时他的眼睛出了问题，也就给我们骗他创造了条件。化疗后父亲吃不下饭，睡不好觉，还不断地掉头发，起码要过上个把星期，身体才能勉强恢复那么一点，可过不了多久又得去上海进行下一次化疗。难受的时候，父亲说下了狠话，这辈子再也不去上海受那份"洋罪"了。不想第六次化疗前夕他的状况急转直下，只得先在本地住院，调整一下再去上海。

癌细胞在父亲的体内疯狂生长，那时除了化疗其实已没有太多的办法。可父亲相当固执，不愿再去上海看病，弄得家人没有办法，最后只得继续骗他，告诉他"激素治疗"必须八次，如果这次不去了，前面的苦头白吃，等于前功尽弃。父亲终于被我说动，答应再去最后一趟。

一家人提着父亲住院的物品一起往电梯方向走去，姐姐在前面开道，母亲和妹妹走在父亲的两边，我的眼睛完完整整看到了父亲的背影。父亲瘦了，身上的肉不见了，衣服里空荡荡的，哪里还是那个曾经挑着稻担跑得飞快、挥起铁搭奋力垄地的父亲！看到这，我的泪水忍不住往外涌。化疗，化疗，不是把父亲往死路上赶吗？

可是不化疗又能怎么办呢？

父亲终于没有在上海完成那次化疗，我们叫了一辆院外的救护车，逃一样似的回到家乡的医院。路上，父亲埋怨不该花那么多钱给他叫了那辆闪着警示灯、一路上给他输氧的救护车，却不知道自己的生命已到了最后时刻。父亲陷入昏迷前的最后几个晚上，我劝退了母亲、姐姐和妹妹，只留下妻子和我一起在病房里照料奄奄一息的父亲。

父亲在昏迷中离世，应该感觉不到太多的痛苦，死亡对那时的他来说也许已是一种解脱，一向精明的父亲应该能够知道自己得了什么病。时至今日，我的脑海里时常浮现出父亲的身影，仿佛他一直就在附近给我遮风挡雨，从来不曾离开过。

2020年7月23日

红旗塘，流淌着母亲青春的那条河

在我的印象里，红旗塘是家乡境内最为开阔的一条河流，小时候去镇上的中学读书只能靠一条摆渡船来回，来来去去十分不便。红旗塘是一条人工河，而我的母亲就是当年浩浩荡荡的开河大军中的一员猛将。

红旗塘的开挖始于1958年的冬天，当时为了解决嘉善北部乡镇因江苏省开挖太浦河，封堵了南岸沿线的排水道而造成的农田灌溉和排水问题，嘉兴县人民政府于是做出了人工开河的历史性决定。迅速集结起来的四万多民工，凭着人民公社"大跃进"时期特有的万丈豪情，用原始的手挖、肩挑和车推，硬生生地在大地上挖出了一道长达二十多公里的人工河，让满满的一江河水从此在这里奔流不息。

开挖红旗塘的时候，正是父亲、母亲结婚后的第二个年头。那时我的父亲在外地教书，作为新媳妇的母亲还没有生育，她是生产队里的青年劳力，自然就被大队选中，光荣地去了开河工地。

母亲所在工地的位置位于我们官溇村的最南端，离家只有不到两公里的距离，但那时仿照军事化管理模式，有严格的纪律，所有人员都必须吃住在工地上，没有特殊情况不能请假回家。母亲带着自家的劳动工具和被褥铺盖，白天在工地上劳动，晚上打着地铺睡在沿线人家临时腾出来的空房子里。好在工地上设有食堂，伙食定量供应，在三年严重困难时期，勉强不用为吃不饱肚子而发愁。

在没有工程机械的简陋条件下，人工开河的劳动非常艰辛。夏天太阳晒、蚊子咬，冬天寒风刺骨，雨水结冰，但是开挖工作仍然不能停。到了工程的后期，工地上粮源不济，人们只能吃薄粥汤和青菜叶，但饿着肚子仍要继续干革命。村里与母亲同去的那批人，有些实在吃不起苦，中途被撤换回家，而母亲却坚持到了最后。那是属于母亲他们那代人激情燃烧的岁月，工地上到处红旗招展，锣鼓喧天，高音喇叭里反复播放着斗志昂扬的革命歌曲和震耳欲聋的战斗口号，人们忘却了身体的疲劳，你争我赶，力争上游。

我母亲是一名出色的劳动能手，她在工地上开展的"十比""三干"等劳动竞赛中屡获先进，得到了许多奖状和毛巾、肥皂之类的奖品。母亲当时年纪轻轻，体力上优势明显，而且她从小做惯了农活，懂得如何在劳动中使用巧力，以更好地完成上级分配给她的任务。比如挖泥的时候，母亲知道如何控制好铁搭的角度，让铁齿斜切着入土，这样更容易将泥土翻进竹箕，而别人一心想争先进，总是铆足了劲，一铁搭笔直地抢下去，虽然吃土很深，但要把结实的泥土拉起来，却是非常吃力。

母亲参加红旗塘工程开挖的第二年，我的父亲也被抽调去了开河工地。父亲是一名小学教师，会拉二胡，会写宣传稿，作为陶庄指挥部的宣传员，基本不需要挑泥挖土，吃得也比母亲要好一些。但由于父亲和母亲分处在不同的工地上，新婚夫妻俩很少能见得上面，成了一对以工地为家的革命夫妻。

斗转星移，冬去春来。在两年多的时间里，母亲自始至终奋战在红旗塘工程的工地上，除了大雨停工或开大会，她总共只向指挥部请过五天假。那是因为母亲在劳动中胳膊受了伤，起初没有请假休息，仍然坚持在工地上劳动，结果伤口化脓、发热，腋下都能摸到肿大的淋巴结了。母亲这才请假回了趟娘家，去找杨庙镇上的伤科医生张景星看病。张医生医术高明，当时也不给我母亲上麻药，只让她转过头去，说要看看伤口，就在母亲转头之时，他已手起刀落，生生地挖掉了母亲手臂上已经腐化了的烂肉。包扎以后，他给母亲开了一张五天的病假条。母亲不惜体力、不怕流血地在工地上劳动，用汗水赢得了人们对她的尊重。

红旗塘工程结束后，母亲获得了两枚奖章。一枚是人人有份的"红旗塘工程纪念章"，另一枚则是少数表现突出的先进分子才能得到的"五一劳动奖章"。可惜母亲那会儿年轻，也没弄清楚那枚"五一劳动奖章"是什么部门颁发给她的，后来家里几次造房子搬家，就再也找不到那枚作为她劳动见证的奖章了。

岁月留痕，江河永存。如今的红旗塘已经成为家乡境内的一条黄金水道，一座座壮观的大桥横跨南北，给美丽的嘉善大地增添了灵性。每当太阳晨起或暮落，不知疲倦的红旗塘水总是波光粼粼，仿佛诉说着当年那段激情洋溢的岁月，那是母亲的青春印记，母亲的河。

2017年5月4日

母亲，一个当之无愧的做鞋能手

我的母亲是一个心灵手巧的女人，一辈子当农民的她，不但会织布、做衣服，而且会纳鞋底、做布鞋。母亲做的布鞋既舒适又好看，不管穿在谁的脚上都说好。

1958年的春节，母亲嫁给我父亲，父亲是家中的长子，她便跟着成了长嫂。初为人妇的母亲，上有公公婆婆和年迈的祖母，下有未成年的小叔和小姑，几年后陆续生下了五个子女（其中一对双胞胎女儿周岁时夭折）。那些年，一个大家庭十几口人身上的衣服、脚上的鞋子少不了让母亲操心，幸亏母亲出嫁前在自己小姑家的裁缝店里学过一阵子，干起这些活来才能得心应手。

那时流行搭绊鞋子和松紧鞋，母亲自然都会做。人民公社时期，大姑娘穿上那种白底黑面的搭绊鞋子，再配上红颜色的袜子，立马成了"搭绊鞋子红洋袜"式的时髦女青年，走来走去很是招摇，偷偷关注的小伙子准有一大串。而男人穿的鞋子就老气多了，头部小，开口大，俗称蒲鞋头鞋子。后来有了男女皆宜的松紧鞋，鞋口两边各有一段松紧带，穿上、脱下较为方便。

秋天一到，母亲开始给人做棉鞋。棉鞋有蚌壳棉鞋和拷钮棉鞋两种，一般用灯芯绒做鞋面，骆驼绒或摇粒绒做里子，中间一层棉花絮。蚌壳棉鞋的鞋面由两个半片缝合在一起，形似蚌壳，因而得名。拷钮棉鞋中间是鞋舌头，两侧的鞋帮上开钮洞，装拷钮，穿时系鞋带。我家以前没有装拷钮专用的开孔工具，母亲就找来铁钉土法上马，榔头敲，剪刀剪，两排八颗拷钮装得整整齐齐。

做布鞋要糊鞋底布，我家灶屋间门口那扇跟我差不多高的"半门"就派上了用场。母亲把从条巾厂里讨来的、换糖担换来的和家里淘汰下来的破布头洗洗干净，一层层糊到小门上，糊好后卸下小门到太阳底下晒，干透后就有了厚实的鞋底布。糊鞋底用到的糨糊由面粉和菜油调制而成，菜油放得越多，纳鞋底的时候扎针就越松。或许是这样的糨糊实在太香了，有一次，一只贪嘴的猫吃掉了母亲准备好的一大碗糨糊，害得那天正巧有空的她反而做不成鞋子，好不懊恼。

备好了鞋底布，母亲取来要做鞋的那人的鞋样，把鞋底布裁成同样大小的一片一片，一片叫作"一剪刀"，内含五六层单布。那些鞋样是母亲给人做鞋时自己画在纸上的模板，各人的脚不同，鞋样也就不同，尤其是小孩子的脚年年都在长，鞋样也就常常要改动。母亲是个有心人，凡她做过的鞋子，觉得好的都留下了鞋样，因而经常有人来找她借鞋样，或者让她帮忙改鞋样。

一般的鞋子底用到五层（五剪刀）鞋底布，因为脚后跟受力大，这个部位往往还要多加一片，这样一只鞋子底就有三十来层单布。民间把这种鞋底叫作"千层底"。从前跟我大舅一起在北京工作的一个同事写信回来，要他家做一双一寸厚底的布鞋寄去，母亲知道这个消息后，也想给自己的弟弟做一双，可她跑遍全镇也买不到那么长的扎底针，只好作罢。

布鞋人人都穿，穿破了就得换，总不至于等到穿烂了才想起来做新鞋子，那就要等上很长的时间。所以呢，村里的女人有了空就得纳鞋底，串门时带着白晃晃的鞋子底和针线，走到哪里就纳鞋底纳到哪里，坐着可以纳，站着也可以纳，丝毫不影响跟人聊天说话。平时纳好几双鞋子底给家人备着，做鞋时拿出来配上鞋面就行了。

做鞋的工具有扎底针和顶针箍。顶针箍外形像戒指，扎底时套在手指上，抵住针屁股，用力把针顶进去，等针尖在对面露出了头，再用镊子夹住拔出来。顶针箍是铁或铝合金做的，表面有许多凹坑，为的是顶住针屁股的时候不让其打滑。有几次，针屁股戳穿了顶针箍，猛地扎进母亲的手指里，流多少血先不说，那种钻心的痛只有她自己知道。

扎鞋底用到的线叫扎底线，这是由几股单股缝衣线搓成的粗线。搓线时，一头系在我家房门口锁门的门拳头上，另一头夹在母亲的手中搓，一次搓好七八根线，就能让母亲扎上好几天的鞋。

晚上睡觉前的那段时光，是母亲做鞋子的黄金时间。她上了床，把做针线活的那只小箩筐往膝盖上一放，左手拿鞋底，右手拿扎底针，背靠着床头开始纳鞋底。扎针前，母亲习惯性地把针尖往头皮上蹭一蹭，蹭上点头皮屑，针尖穿过脚底时就能滑溜一些。这种时候，睡在母亲脚跟头的我不能放过这个让母亲讲故事的好机会，听着那些讲了无数遍的老故事，打着小呼噜，美美地进入梦乡。第二天早上起床，见到母亲前一晚纳的鞋底上又密密麻麻多出了一大片线脚，肯定她又是很晚才睡的。

纳好了鞋底绱鞋面，这才是考验人的技术活，针线活不利索的人绱的鞋面松一段、紧一段，针脚歪歪扭扭，别提有多难看。要不怎么说"没有金刚钻，不揽瓷器活"。那些绱不好鞋面的人，最后还得请我母亲帮她们做鞋圈、绱鞋面。遇到上门有求于她的人，母亲一律热情接待，挤出时间来先把人家的鞋子做好。

做好的鞋子在穿之前还得用木楦头来定型。木楦头分为头楦、尾楦和插块三种，根据需要选择合适的楦头塞入鞋内，中间再放入一些插块，最后一块插块得用榔头敲进去，这样才能起到效果。

第二天取出木楦头，鞋子就定型了。鞋子做得小了是难免的，穿小鞋的滋味谁都不好受，这时就得用大一号的木楦头来定型，同时在鞋面上喷些水，这样一来鞋子撑大了许多，也就合脚了。

母亲做过的鞋子当中，最难做的无疑是我穿的鞋。我从小残疾，脚板马蹄内翻，母亲给我做的鞋也就有了大小，小的那只鞋，头大，后跟高，以容得下我畸形的脚板，适当弥补两腿的长短，鞋子的松紧带也是收得特别紧，或者干脆装拷钮、系鞋带，让我走起路来使得上劲。我的童年、青少年时代就是穿着母亲做的布鞋，完成了小学、初中、高中的学业，然后到省城去读的大学。

母亲做的布鞋可远不止家里几个小孩和她跟父亲穿的那些，她同时给长辈们做，给亲戚朋友做，也帮乡亲乡邻们做，今年做了，明年还要做，给谁做都不收钱。前些年，我的小姑田伯得了重病，母亲在我姐的陪同下前去看望她，田伯当着姐姐的面说："阿嫂是个大好人，这么大年纪了还来看望我，她嫁到戴家这么多年，做的鞋子就有成千上万双了。"

小姑的这番话，或许就是对我母亲这个人的勤劳和善良做的最好的评价。母亲当之无愧是一个做鞋能手。

2019年9月9日

母亲的爱，一块红烧肉的诉说

我生于20世纪60年代，童年生活清贫，一年之中除了逢年过节，平时家里再难有饱餐鱼肉的机会。为了改善家人的生活，每年农闲季节母亲都要去外地的砖瓦窑上帮人家做瓦坯，干活所得的工钱如数交给生产队，队里则给母亲抵扣上交款，折算成工分，等到年终时参与队里的分红。但我家是出了名的"老透支户"，一直欠着生产队里的钱。

母亲长时间不在家，我这个小娃娃自然十分思念，有时一个人偷偷跑到村西口豆腐浜旁的大道上向南眺望，盼望哪天大路上能出现母亲的身影。然而太阳落山了，天空变黑了，每每等来的却是失望。

一天下午，小伙伴们正在生产队里的晒谷场上"翻洋片"，突然我的姑父发兴寄伯来了，他见面就问："阿卫，你想不想见到你娘呢？""想啊，想啊！"我脱口而出答道。姑父哈哈大笑，一把将我抱起，说："走，现在就带你去找你娘。"原来生产队派人去嘉兴城郊拾牛粪，途中要经过母亲做瓦坯的地方，父亲托了姑父，让他带我去看望母亲。

跟着姑父上了队里的一条五吨头水泥船，六个大人很快做了分工。他们分成三个小组，一组在船头上撑篙挂帆，另一组到船尾掌舵摇船，剩下的第三组则在船舱里休息，约定隔一段时间轮换一次。我们生产队那时还没有柴油挂机船，全部家当只有四条水泥船和一条木头船，手摇船的速度可想而知，大多数的时间里只能慢悠悠地前行，遇到顺风顺水才能快得起来。姑父对我说第二天上午才能见着母亲，这并不要紧，我虽生活在水乡，但坐船这么远还是第一次，途中见到那些石板桥、砖瓦窑、菜花田、桑树地……足够让我兴奋不已了。

从我家出发摇船到嘉兴，沿途经过马塔塘、沈家荡、沉石荡、莳公荡、千亩荡等好几个大河荡，中间还有几条长河，好多河道口都拦了网鱼的竹簖，船只经过时船底发出唰唰唰的声响，必须慢慢地通过。一旦进入开阔的河面，姑父他们立刻麻利地竖起桅杆，扯起布帆，让水泥船劈波斩浪一路前行。这时摇船的人收起了橹，只留一人把舵保持着方向，而在船舱里休息的两个人也没有闲着，他们生火起灶，用带出来的公家粮食做起了晚饭。三组人员既分工又合作，遇到前方有石桥或过江的电线拦住去路时，六个人配合默契，一会儿工夫就卸帆落桅，小心翼翼地摇船通过。

夕阳西下的时候，船在一处没有人烟的荡滩边靠了岸，系上缆绳，插好竹篙，众人围在船尾开始吃饭。大人都喝了酒，他们一边喝，一边吹牛、说浑话，不知不觉天色暗了下来。此时潺潺的河水冲击着船底，呱呱的蛙声此起彼伏，我跟随姑父钻进船舱，在波浪荡漾间很快进入了梦乡。

翌日早上，迷糊之中的我被姑父唤醒，原来清晨时水急风顺，行船的速度快了许多，现在已经抵达母亲干活的地方。那是嘉兴市郊太平桥附近的一处临河窑场，黑乎乎的两座窑墩紧挨在一起，粗大的烟囱口往外吐着烟，场地上摆满了一排排正在晒太阳的泥瓦筒。

一看见满身是泥、埋头做着瓦坯的母亲，我大叫一声"姆妈"，一蹦一跳向她奔去。母亲错愕地望着我，一时怔在了那里。那时不通电话，母亲没有想到我竟搭船那么远去找她。

姑父他们把我放下以后，继续摇船前往嘉兴。母亲也许顾及我脚有残疾，一瘸一拐怕被陌生人笑话，就把我关在她住的宿舍里，让我自个儿玩耍。太平桥处于市区的边缘，时常有轮船的汽笛声传来，粗犷的声音时长时短，感觉有些震耳。母亲在这里睡的是高低铺，我爬上母亲睡觉的床，从窗户中伸出头去好奇地往外张望，但却看不到大轮船在什么地方。

"吃饭啦！吃饭啦！"中午时分，房间门开了，母亲端着饭盒和菜碗，笑嘻嘻地走了进来。我的眼睛直了，母亲手中的碗里有着一块稻草扎的红烧肉，正热腾腾地冒着香气。如此大的红烧肉，而且是用腐乳汁烧的，有生以来我可是第一次见到，当即毫不迟疑地狼吞虎咽起来。没有多久，那块香气扑鼻、油水十足的红烧肉全部进了我的肚子里。

我抹了抹嘴上的油腻，心满意足地放下了手中的筷子，这时才发现母亲坐在一旁开心地看我，自己却没有吃。我诧异地问："姆妈，你吃的红烧肉呢？"母亲笑眯眯地说："你吃吧，妈今天不吃肉，我们这里经常可以买来吃的。"说完，接过我刚吃过的那个饭碗，把她那碗米饭倒了进去，接着用筷子拌了几下，津津有味地吃了起来。

那块红烧肉，是我童年记忆中第一次吃到的整块大肉，也是母亲外出打工多年，在窑场食堂唯一买过的一次。省吃俭用惯了的母亲，从来不舍得一个人在外面独自吃香的喝辣的，她的心里时刻装着全家人的温饱和冷暖。

成家立业之后，我有了妻子、孩子和房子，全家人衣食无忧，不用再在吃的事情上发愁了，也完全有能力孝敬一下自己的母亲。可是母亲曾经有过几次胃出血住院的经历，医生说胃病靠养，关照她以后尽量多吃清淡、易消化的食物。唉，辛苦了一辈子的母亲，老了，有条件了，却不能多吃，至今保持着"老来瘦"的体态，生活对她来说似乎有点苛刻吧。

如今，八十多岁高龄的老母亲仍坚持在我妹妹、妹夫家办的厂子里搞卫生。老人一刻不停地忙碌着，子女的心里都感到不安，大家都劝母亲不要再做了，那么大的年纪也该坐下来享享清福了。可母亲说："我是劳碌命，一天不动筋骨就不舒服，手脚多动动才能身体健康。趁现在还动得了，你们就让我再做几年吧。"

2010年5月5日

忆父亲

一

　　2013年初冬的一个凌晨，刺耳的电话铃声在我的枕边骤然响起，住在市二医院ICU病房里的父亲呼吸急促，血压骤降，脉搏微弱，已到了生命的最后一刻。我与妻子以最快的速度套上外衣，出了门，汽车在空荡的街道上一路狂奔，十来分钟就赶到了医院。

　　父亲的床头挂着数不清的吊瓶，手上、脚上全都是针头，喉咙里插着气管。抽血，吸痰，电击，打肾上腺素……医生、护士紧张地抢救着。我不由自主地跪在父亲的病床边，潸然泪下，眼睁睁看着监视器上的波形成了一条直线。父亲走了，走得那么安详，昏迷之中的他应该感觉不到太多的痛苦。

　　父亲的身体一直健朗，年年参加单位组织的体检，也没发现过什么大的毛病。年近八十岁的时候，父亲仍惦记着游山玩水，走遍了国内的名川大山不说，还去过日本、越南、俄罗斯等多个国家和中国台湾、香港、澳门等地区。只是在年初的时候，父亲因低烧和咳嗽在市一医院住过两次院，有一次差点被当作H7N9禽流感患者而隔离。后来主治医生说他得了间质性肺炎，需要用激素治疗，可是父亲抵触，一直要求出院，他是想到上海的大医院去看看。

　　我请人帮忙在上海某专科医院的平台上给父亲挂了号，因为自己一时走不开，就由大姐和小妹两人陪他去了上海。专家看过父亲带去的胸片和病历，轻松地认为只是一般性的老年肺炎，配几盒消炎药吃吃问题不大。心中的石头落了地，父亲轻松地哼着小曲，跟着两个女儿开开心心地回了家。不久，父亲又报团去了贵州，从他后来发表在《汾湖》杂志上的游记《云游贵州道》来看，父亲这趟出行已经忘记了自己是个病人。他爬高山，访古迹，赏民俗，一路上唱歌、跳舞、吃饭、喝酒，好不逍遥。

　　问题出在了7月份的第三次住院。那一次，父亲又发了烧。一住进市二医院肺科病房，管床医生就把我和大姐叫去谈话，高度怀疑父亲是肺癌晚期，要家属做好最坏的准备，说我父亲有可能出不了院。万分震惊之余，我们回顾了父亲的近段病史，确实是疏忽了这种可能，这也包括上海医院那位给父亲看病的专家。那人后来为他一时的疏忽承担了应负的责任。

　　父亲当即接受了肺部穿刺和气管镜检查，可起先医生并没有在他体内找到癌细胞存在的直接证据。真正确诊父亲得了癌症，仍是在上海的那家肺科医院，先期陪同父亲去看病的大姐给我打来了电话，告诉我活检的结果证实是肺小细胞癌。当时我一个人驱车行驶在去上海的高速上，那是我学车后第一次上高速，尽管多少已有了些心理准备，踩油门的脚仍在不住地颤抖。

　　小细胞癌是肺癌当中发展最迅速的病种，父亲的病到了晚期，已经失去了手术的可能，那么接下来是化疗还是吃中药？要不要告诉父亲实情呢？作为子女，作为家属，这是多么艰难的抉择。最终，父亲在上海接受了化疗，不过我们告诉他只是为了治疗严重的间质性肺炎，迫不得已采取激素治疗。父亲被我们的权宜之计蒙在鼓里，看到护士手推车里的药水是装在一种棕色的避光袋子里的，还乐呵呵地跟人家开玩笑说"今天要挂冰红茶了"，哪里知道自己的毛病已是何等的严重。

气喘，胸闷，呕吐，脱发，没精神，吃不下，拉不出……药物的副作用使得父亲脸色灰暗，头发脱落，日渐消瘦。每次化疗回家后，父亲总要难受上好几天才能勉强恢复些精神，可是过了三个星期左右的时间，又要骗他去上海接受下一次的"激素治疗"。当时父亲的眼睛也出了问题，致使他看不清药品说明书上那些细小的文字，仍然把每一次化疗当作激素治疗。骑虎难下的我们索性一瞒到底，不再告诉他得癌症这个严酷的事实。

那样的化疗一次紧接着一次，一袋袋药性十足的"冰红茶"，虽然一度抑制了父亲体内肿瘤的生长，但也击败了他结实无比的身体。父亲的间质性肺炎愈加严重，他呼吸困难，血氧低下，步履艰难，甚至连爬二楼的力气都没有了，只得又住进了医院。

父亲陷入昏迷前的最后几个晚上，一直由我这个儿子在床边陪伴。灯光惨淡，长夜漫漫，白发苍苍的老父亲蜷缩在病床的一角，与病魔做着艰难的斗争，他浑身哆嗦，喘气急促，虚汗淋漓……往事不堪回首，请原谅，我实在写不下去了。

二

父亲生于20世纪30年代，童年时家境贫寒几近失学，但最终完成学业，并成为一名教师。父亲退休后，一直坚守着家中承包田的耕种，直到五年前因病过世。有着四十年教龄的父亲，历经人生坎坷，终桃李天下，他是我心中永远的骄傲。

父亲是个遗腹子，生下来没有见过自己的亲生父亲。继父嗜赌，赢了钱便唤我父亲这个继子去买这买那，风光无限；输了钱敲桌子骂人，让我父亲非常委屈。父亲从小讨厌赌场里的乌烟瘴气，更是痛恨赌博，故他一生从来没有上过麻将桌。父亲渴望读书，希望有朝一日能够走出家门，远离那个令他伤心的家庭，可是家里不给他钱。为了完成学业，他只好到河滩边捡破铜烂铁或者到田野坟头拾瓦片，如此总算给自己凑足了学费。

不等我父亲念完初小，家里就不肯让他继续上学了。看到一起读书的小伙伴一个个背着书包去读书，父亲心里很是着急，他流着眼泪跑到乡政府，找到一个在他嘴里称作"周部长"的干部告状。周部长来到乡下，找到父亲的继父和母亲好好地教育了他们一顿，这才让他们答应我父亲读完高小。父亲读完了小学，先在家劳动了一年，第二年正好遇到国家招录青年学生充实教师队伍，总共只读了五年半书的父亲顺利地通过了考试，被嘉兴初等师范学校录取，从而成了一名初师生。三年后，父亲初师毕业，在离家百里的乌镇永兴小学当上了教师，成了我们家族里第一个跳出"农门"的读书人。

"文革"时父亲被剥夺了教师资格，回到原籍当农民。

父亲抽上了烟，还经常到村里的代销店去买酒喝，以此消解心头的委屈和苦闷。父亲本是一个白面书生，一开始干不来农活，生产队给他定的工分是每天六个工分，比女人还少两个工分。为了多挣工分，好几年的夏天父亲卷着被头铺盖，只身前往杂草丛生、荒无人烟的荡滩上给生产队看守瓜地。为了让家人吃得好一点，父亲用细竹竿和尼龙网做了一架长条形的"棺材网"，有空就到河边的水草中捉鱼、捕虾。水稻种下以后，父亲经常在夜间打着马灯，带上竹篓和鳝夹，到水田里去抓黄鳝。

年复一年的劳动改造，使得父亲皮肤黝黑，筋骨强壮，成了一个地道的农民。他精通各类农活，每天劳动得到的工分从早先的六分上升到了全小队最高的十分。1980年3月，父亲重新当上了教师。组织上向他宣布消息的那一天，父亲朝着北京的方向深深地鞠了一躬，从来不肯屈服的脸上挂满了泪花。回家的路上，心情激动的他还在红旗塘的摆渡船上结结实实摔了一跤。那整整九年的屈辱是父亲一生中最为阴暗、最为苦涩的时光，也是他人生中难以忘怀的痛。

那个时候，我家周边几所小学的教师都已满员，迫不及待要求恢复工作的父亲，放弃了组织上安排他去县城一所高中的图书馆当管理员的美差，毫不犹豫地选择了到全镇最为偏远的南熟小学去任教。江南水乡，河网密布，父亲所去的那所学校被一片片河荡包围，交通极为不便，因而家在外地的老师都不愿意去那里教书。可父亲不管这些，毅然成了南熟小学的一名住校老师。

在师资不足的情况下，父亲在学校里教"复式班"，就是在同一间教室的同一课堂上给不同年级的学生轮流上课，合理安排几拨学生的听课和作业。父亲安心在南熟任教，路途再远，条件再差，心情却是无比愉悦，因为又有那么多人叫他"戴老师"了。

几年以后，父亲调到了离家近一些的学校，终于可以天天回家了。也就在那个时候，我去听他讲了一次课，真正领教到了父亲当教师的风采。那是一年级新生的第一堂数学课，父亲给学生们讲解"1、2、3"这三个数字的意义和用法。他将自制的教具一件件地呈现在稚气未脱的学生面前，反复做着演示，直到孩子们充分理解并融会贯通。父亲的普通话说得不算标准，在他的启发下，学生们举手不断，发言踊跃，一堂普普通通的数学课被他上得妙趣横生。我当时明白了，父亲就是一个该上讲台的人。

六十岁那年，已经评到小学高级教师职称的父亲光荣地退了休，揣着那张"光荣退休证"，回到乡下重操旧业当起了农民。不过这一次却是他心甘情愿的选择。

三

父亲自幼缺少父爱，但他对学生、同事、朋友，甚至对素不相识的人却有一副火热心肠，他给自己的书房取了"积善堂"这个堂号，常常教育子女多做好事，与人为善。以前天凝镇上有一个女务工人员，她的男人生病，两个子女交不起学费，父亲几次三番给她家捐钱赠物，毫不吝惜。可据父亲生前的好友讲，父亲刚刚恢复工作时，为了给我这个读大学的儿子每月邮寄四十元生活费，一次与同校的几个教师外出游玩时，连一碗小馄饨都不舍得买来吃。包产到户后，父亲亦教亦农，成了家里的主要劳力，为了尽早盖起楼房，硬生生戒掉了抽了多年的烟。

父亲在陶庄教书时，经常去江浙两省交界处的汾湖边上锻炼身体。一个寒风嗖嗖的冬日下午，正在跑步的他突然听到湖边传来救命之声，跑近一看，发现有人落水，情形十分危急。父亲不顾刺骨的湖水，毫不犹豫地跳入水中救人，全然忘记自己是一个几乎不会游泳的人。

唐永根是父亲的一名学生，当年因母亲离家出走，一日三餐没有着落，时常饿着肚子到学校上课。父亲知道后，经常从自己的饭锅里盛出薄粥汤给他充饥，有时候还刮下锅巴让他带回家食用。尽管如此，这名学生还是辍学了，父亲带上自己节省下来的五斤全国粮票和五块钱去家访，终于说服家长让孩子重返学校。唐永根从此把我父亲当作恩人，有时当面唤他爸爸，父亲也认下他做干儿子，师生间结下了深厚的友谊。

南熟小学有一位蒋玉林老师，当年因得到父亲的帮助，顺利地从"赤脚教师"转正为公办教师。就在办理转正关系的那天清晨，父亲披着满身露水敲开了蒋老师的家门，告诉他该如何填写表格，才能让后来的定级工资高一点。"滴水之恩，当涌泉相报"，那年父亲急性肝炎发作住院，学校里又是喷药，又是撒石灰，进行了全面的消毒，许多人生怕被传染，见了他都避而远之，唯独蒋老师不顾这些，从家里捉了两只大公鸡去探望我父亲。此后他请我父亲吃饭喝酒，总要点上满桌子的菜，他常说："戴老师对我的恩情，怎么请他吃也不为过。"

退休后，父亲当上了学校退教小组的负责人，为了教师的工资待遇问题，他多次带头到县里上访。父亲自己不缺吃、不愁穿，领到的退休金足够他旅游、搞收藏，可他为了教师的切身利益，多次瞒着家人去做"出头椽子"。好在领导开明，最终落实了政策，全县退休教师的待遇从此有了较大的提高，其中少不了父亲的那一份功劳。

父亲上了年纪依然精力旺盛，经常骑着他的那辆电动自行车去陶庄、芦墟等地与老朋友小聚，他们一起唱歌、喝酒、写作、诵诗、听评弹，玩得不亦乐乎。当年的朋友当中有一个画家，结婚还是

教书种田两相喜　一世勤劳传子孙

作者父亲的塑像

父亲给他做的媒人，此人曾经想动员父亲参加邪教活动，当场被父亲严词拒绝，后来两人断了往来。父亲当时年已古稀，仍头脑清醒，立场坚定，保持着一个人民教师应有的晚节。

四

如今，父亲的骨灰安葬在家乡的公墓中，那是他生前亲自为自己买下的一处墓穴，就挨着大门进去的道路旁。父亲结交广泛，喜爱热闹，到了清明时节，纷至沓来的扫墓人流会在此经过，先他而去的那些老同事、老朋友也都埋在附近。父亲长眠于此，必定不会寂寞。

2018年10月13日

人在旅途

天凝中学，梦开始的地方

1979年6月的一天，母亲给了我两角钱，让我自己到镇上的照相馆去拍毕业照。那是我人生中拍的第一份证件照，也是我第一次一个人独自上街，不免有些激动，也有些紧张。从那一年的秋天开始，我成了天凝中学的一名初中生，先前难得去一次的镇街从此变得熟悉起来。

天凝中学位于镇的西首，大门朝南，开设在一条不起眼的弄堂里。往南出了弄堂口，朝东走上百来步，便可见到横跨在凝溪河上的圆通桥。那桥，明万历十八年（1590）重建，至今已有四百多年的历史。

那时的天凝中学初中、高中齐备，除了本镇的学生，还有洪溪、杨庙、油车港等地的学生前去就读。学校建有学生宿舍楼，可能是床位有限的原因，不让近镇几个村的学生住宿，这个规定相当死板，连我这个腿脚不便的残疾学生都不例外，无奈成了一名走读生。

事实上，我家虽属镇北的官溇村，位置却是在村子最北端的马塔塘边上，我的上学路得走过整个村子，还要在红旗塘上摆渡，再穿过大半个镇区。红旗塘河面宽，浪头大，等船、乘船总要浪费许多时间。以前的乡村道路又都是泥土路，背着书包的我晴天一身汗，雨天一身泥，摔跤、跌倒是常有的事。为了不至于在别人的眼皮底下出洋相，我只得故意跟同行的人拉开一段距离。快到渡口的时候，远远看见有人从前方走来，肯定是渡船到了，腿脚利索的人嘴上喊着"等等"，脚下紧跑几步就能赶上正要离岸的摆渡船，而我走不快，也跑不动，只能等着下一趟。

有一天，雨下得特别大，我走到镇上的时候发现自己的两只裤管上全都沾满了烂泥巴，想想这副脏兮兮的样子走进教室会被同学笑话，只好到朝东埭的河埠头洗洗干净再去学校。洗着洗着，不争气的泪水落了下来，一滴一滴掉进了河里。

第二年春天，我的父亲重新当上了老师，作为教师子女，困扰了一个多学期的住校问题终于迎刃而解。我由一名通校生变成了住校生，从而省去了每天背着书包来回奔波的辛劳。

我的小学是在村里读的，那时正值"文革"后期，"读书无用论"的影响十分严重，身体残疾的我遭受到同龄人的嘲笑，觉得前途迷茫。我逃过学，甚至一度有着不想读书的念头。上了初中不久，还有个别镇上的学生故意欺负我，弄得我万分尴尬。那时没有明确的学习目标，几次考试都不及格，幸亏数学老师沈介敏把我叫去，狠狠地教育了一通。沈老师的一番话醍醐灌顶，令我羞愧难当，我深深地低下了头，噙着泪水出了她的办公室，从此一门心思用在了学习上。对老师来说，找学生谈话也许是最为普通不过的事情，可沈介敏老师并不知道，她是我人生路上有着重要影响的一位贵人。

住校生晚上有晚自习，可那时经常停电，让人措手不及。为了应对这种突发情况，总务处备了几盏汽油灯，停电时供毕业班使用，这样一来，初三年级的教室里就人满为患了。然而那么多的人挤在同一间教室里上晚自习，除了汽油灯的咝咝声和学生们偶尔发出的咳嗽声和翻书声，基本不存在交头接耳、大声说话的现象。"文革"结束不久，国家恢复了高考招生制度，中专、大学的大门向莘莘学子打开，农村学生怀着"跳农门"的远大理想，如饥似渴地学习着，甚至晚自习结束以后，仍有人在路灯下夜读，在蚊帐中看书，还有人说梦话都在背书。早上三四点钟的时候，就有人起来学习了。

晚上九点钟，晚自习结束，回到寝室的少男少女腹中空空，需要补充一些物质能量，可那会儿没有方便面，也买不起饼干吃，唯独从家里带去的炒米粉，几乎人人都有。炒米粉就是把大米炒得焦香以后在机器上磨制出来的米粉，拌以猪油和食糖，无论生吃还是开水泡，吃起来都十分香甜。

母亲每周给我五角钱作为生活费，为了省下钱来买学习用品，星期天下午返校时我都会带上一瓶咸菜心，这样就能少买点菜，节省下少许零用钱。如果早餐时食堂里供应油条，那是必须买的。油条数量不多，早早排队才能买得到，有时还得挤得满头大汗。吃油条时两半分开，再把每根扯成两半，这样一根油条变成了四小根，蘸上酱油过粥吃，味道特别鲜美。乡下学生手头没钱，大多数人顿顿吃素，每天吃掉七分钱。全班就一个同学最有得吃，这名同学的祖母住在学校不远，老奶奶隔个两三天就会把一碗烧好的"大素菜"（红烧豆腐）送到学校给外孙吃。临近中午，还是上课的时间，香喷喷的小菜放在窗台上，害得教室里的学生再也无法安心听课。因他在家里排行老二，有人暗地里给这名同学取了个绰号"豆腐阿二"。

当年为了治腿病，我休过一次学，在家休养的那段时间里，我自觉地把初中的课程系统地学习了一遍，复学以后成绩飙升，不但消灭了不及格，而且每次考试都能排在年级的前几名。初中那三年，因体育成绩不好，我没有评到过"三好学生"，也没当过班干部，但我是班级里的学习尖子，全年级第一个共青团员。

我的那份入团申请书，本来是向一名姓朱的同学取经以后写成的，谁知交上去后却比他早一批加入团组织，这下弄得我心里挺不好意思的，一度见到他时脸上都红得发烫。

有一次，我和胡加平、朱敏三人到县城参加全县物理竞赛，带队的是任课老师于国荣。我们乘坐轮船提前一天到达了县城，当晚住进了陵园路上的教育局招待所。我喜欢物理，平时成绩也不错，因而信心满满，铆足劲准备拿个大奖，为学校争光。不料当晚吃了不干净的食物，半夜里肚子翻江倒海疼个不停，只好爬起来上厕所。因担心找草纸发出的声音吵醒睡着的老师和同学，黑暗中摸索到一个作业本，悄悄出了房间。回去时，于老师醒了，他表扬我半夜里还出去看书，第二天一定能考出好成绩。然而经过那么一折腾，我肚子是舒服了，后来却一直睡不着，考试时头昏脑胀，发挥失常，最终名落孙山，铩羽而归。

1982年夏天，我参加中专考试，成绩超过了录取分数线，不过因为脚有残疾，无法通过招生体检，最终没能读上令农村学生无比向往的中专，眼睁睁失去了一次转为城镇户口的机会。但我依然心怀梦想，后来读了高中，上了大学。

天凝中学，是我人生之梦开始的地方。

2019年10月31日

终身相随的疾病

一、突如其来的寒热

得病的那一年，我虚龄三岁，正是学会了走路，到处跑、到处玩的年龄。对于我的残疾，母亲内疚、自责了大半辈子，始终不能释怀。这也难怪，一个从娘胎里生下来手脚齐全、被称为"糖红水囵囵"的男娃，只因一次不经意的发烧，转眼就成了残疾人，这残酷的现实无论搁到哪个当娘的身上都是难以解脱的痛。

那年过了立秋，西风起，天渐寒，我家南场的一户人家为了到马塔塘上吃水方便，要在他们家的后墙头上新开一扇北门，在征得我祖母的同意后开始了施工。小孩子爱看热闹，我也不例外，那一天，我屁颠屁颠跟着姐姐到人家敲墙头、挖地皮、修道路的地方兴奋地玩了大半天，弄得像个泥孩子，身上出了许多汗。

晚上九点钟光景，我与姐姐已在房中入睡，母亲洗漱完毕也准备上床休息了，忽然院子里响起了一阵奇异的响声，难道是刮风下雨了？母亲觉得诧异，想着外面可能还有尚未收进屋的衣服，于是披上外衣决定出去看看。母亲轻轻开了门，眼前出现的景象惊得她目瞪口呆，只见两团红彤彤的火球正在场开头的黑暗中碰撞着、滚动着，不时发出噼里啪啦的声响。母亲赶紧退回屋内，迅速地关上房门,又插上了门闩。父亲在外地教书,平时很少在家,那一晚,惊魂不定的母亲翻来覆去没有睡好觉,总担心会有什么不吉利的事情发生。

事情就是那么凑巧,第二天早上我起了寒热,浑身绵软无力,额头发烫。母亲是一个没有上过学的农村妇女,她一直把我的病归结于那晚看到的两团火球,这种想法实属迷信。母亲当然是不可能说谎的,那晚的所见肯定存在,至于她嘴里所说的"鬼火",在我看来十有八九就是磷火。我家场开头的地底下以前有老坟存在,那个地方叫作"坟堂里",白天那里动了土,晚上出现磷火也就不足为奇了。

对于我的这次寒热,负责看管我的祖母起初只当是普通的伤风感冒,没有引起足够的重视。父亲不在家,压根不知道儿子生病这件事,母亲虽有百般的无奈、千般的不舍,仍得像往常一样在生产队里劳动挣工分。她是我们家庭的主要劳动力,全家年底的分红得靠她做出来。就这样,我在家里发了三天烧,到后来出现了抽搐和惊厥,母亲这才慌忙向小队长请假,然后叫上我三姑父,两人一起把我送到了镇上的卫生院,那个叫作"廿四间头"的地方。

在医院挂了两天盐水,又打了退烧针,丝毫没有退烧的迹象,医生的心中有了一丝不祥的预感,那年头小孩子什么样的毛病最多,医务人员的心里一清二楚。医生严肃地把我母亲叫进了医务室,让她当场用桌上的电话通知我父亲赶紧过来。医生认识我的父亲,因而私下里给了我母亲直接使用公家电话的机会。

第二天,父亲、母亲火急火燎地把我送到了一百公里开外的上海儿童医院,在那里很快确诊了影响我一生的疾病:小儿麻痹症。一种听起来别扭、念起来拗口、写起来费劲的毛病。

小儿麻痹症也叫脊髓灰质炎,俗称儿麻,作为一种古老的疾病，在埃及出土的三千多年前的木乃伊中就有肢体畸形、肌肉萎缩等类似此症的病人存在，中国神话传说中"八仙"之一的铁拐李也有相似的体征。20世纪30年代到50年代，此病曾为地球上最可怕的疾病之一，先在欧美地区流行，后来传入中国，一度大面积广泛传播。健康的小孩得上这种病后身体畸形，行走困难，有的甚至会瘫痪、死亡，幸存者最终成为与常人不同的残疾人而备受歧视，被人叫作"跷脚""瘸子""跛足"，也有被称作"仙家"的，虽然听上去婉转一点，但依然不乏讥讽之意。

小时候，我接种过疫苗，吃过糖丸，因为平时很少有糖果吃，大队卫生员来家里分发预防糖丸的时候，都是兴奋地抢着吃，甚至恨不得多吃几颗。可那时的预防接种工作不够规范，漏掉一两次也是完全有可能的，错过了也就错过了，不再补种、补吃。成年后，我一度分析自己得病的原因，漏吃糖丸可能是一个因素；另外糖丸效果好不好也很难说；还有一个重要的原因就是那天自己玩得过于开心，一身热汗捂在衣服里没有擦干，时间一长，风一吹，人就着了凉，再遇到潜伏在空气当中传染力极强的病毒，就不幸中招成了感染者。

上海儿童医院那时不允许家属在病房里陪护，小小年纪的我，一个人留在医院里接受治疗，时间长达二十天。在此期间，每逢周末，医院允许家长打电话询问自家孩子的治疗情况。父亲、母亲在镇上的邮电所心急如焚地挂通长途电话，听筒里得到的答复总是"还好，还好"，可我出院时虽已退了烧，神志也清楚，但看不见、摸不着的病毒早就如幽灵一般侵入了我的脊髓，损害了我的神经，让我从此成了残疾人。

回到家的母亲无心劳作，天天以泪洗面，不知道哭过多少回，落下了多少泪。她三天两头跑到附近的小庙里磕头、烧香，祈求菩萨保佑，好让我这个宝贝儿子平安无事，早日归来。

出院那天，父亲独自一人去上海把我接回，母亲在镇上的轮船码头伸长脖子等我回来。

回家进了东墙门，我的太太（曾祖母）和娘娘（祖母）迎了上来，两位老人迫不及待要我自己在地上走几步，她们急于知道我治疗后的情况。一向听话的我跟跟跄跄朝前走了几步，突然看到墙脚边的角落里一把自己和小伙伴一起"刮泥"用的草吉（割草的小镰刀），不由得眼神一亮，说了一句我的经典名言："这把小草吉还有啦闹（这把小草吉还在啊）。"

二、一年多时间的针灸

20世纪六七十年代，计划生育政策还相当宽松，乡下人缺衣少食，唯独不缺少孩子。面对来势凶猛的小儿麻痹症，有些家长在花钱给孩子治病不见效果之后，最终会无奈地选择放弃。他们可以再生几个好胳膊好腿的健康小孩传宗接代，给自己养老送终，这也不失为一种明智之举。而我得病后，父母始终对我不离不弃，他们不惜家财，不辞辛劳，带着我四处寻医问药。

官浍村三百多户人家，先后有七八个小孩得上了儿麻，孩子的家长病急乱投医，有找中医针灸的，有请人推拿按摩的，也有给孩子吃中药偏方的，甚至不乏求老天爷、拜菩萨的，可是最终一个都没有治好。

上海治不好，母亲就想办法找本地的中医给我针灸。杨庙镇北大街上有一个给人针灸的中医，听说此人有从盛泽北斗弄名医王家祖传下来的医术，在《盛泽镇志》中都有记载。杨庙是母亲的娘家，离我家有七八公里远，每次去针灸，先得走出长长的官浍村，在宽阔的红旗塘上摆渡过河后穿过天凝大街，跨越高高的圆通桥，途经东方红、张家浜，在许巷塘上再次摆渡，而后走过母亲的娘家娄斗浜、沈家浜和计家浜，最终到达杨庙北大街。

我的双腿已经有了粗细之别，右脚软绵无力，走路一拖一拖，走着走着经常摔跤、跌倒。母亲无奈，只好把三十来斤重的我绑在背上，一步一步艰难地往前走。那时农村都是泥土路，道路曲里拐弯，路面高低不平，遇到刮风下雨更是泥泞难行，而母亲却偏偏要挑那样的日子带我去看病，因为下雨天生产队不出工，她不需要请假，也就不会比别人少拿工分。母亲娘家成分不好，嫁到官溇村后一直低调做人，自从我得了小儿麻痹症以后，她就更加觉得矮人一头，带我看病的路上生怕有人在背后指指点点、说三道四，有些路段还会远远地绕着走。这样一来，大清早从家里出发，一路上走走停停，一般情况下中午日头直的时候才能到达杨庙。

为了省点力气，母亲找来一块包布把我绑在背上，走累了就把我放下来歇一歇。途中一段狭窄的田埂特别长，稍不小心就有可能跌落到水沟里，走在上面很长时间都走不到尽头，因而被人叫作"饿煞枪岸"。每每到了那里，母亲总要紧一紧绑住我的包布，回头关照说："阿囡，别动。"走完这一段，杨庙北大街就在眼前了。

姓王的中医给人针灸每次收三块钱，这个钱一分不能少，也不好赊账。那时猪肉七角钱一斤，按每周一趟计算，一个月在我的腿上至少要花掉十二块钱，这得让家人少吃多少回肉啊！好在开始时我父亲在陶庄小学教书，每月有二十块多一点的工资。领到钱后的那个星期六下午，父亲必定摆渡过河，步行几公里，满头大汗回家一趟，将工资的一半交给我的祖母，余下一半则留作他自己在学校里的吃用开销。当时我家尚未与叔叔家分家，家里除了我祖母，上有一个年迈的太太，下有没到出嫁年龄的小姑，整个大家庭十来口人，经济上全由祖母掌管。我这个家族的长孙得了病，每月只能从祖母的手里紧巴巴得到两次针灸的六块钱，余下的钱只能由母亲自己去想办法。

母亲只得变卖家中值钱的东西继续给我治病。我出生时家里置办的以及亲戚朋友送的手镯、脚镯、挂锁之类的银器，一件件都卖了出去。人家知道我家缺钱用，从我母亲手里买东西基本上不还价，一只我带过的银脚镯，母亲说按当时的行情应该值不了三块钱，可结果还是被同生产队的桂芳阿姨主动买走了。母亲因此念着桂芳阿姨的好，一直把这件事情记在心里。后来家里值钱的东西卖得差不多了，母亲又去向亲戚朋友借钱，向生产队里借钱。到最后叔叔与我父亲分了家，两家所欠的债务自己负责，反正留在小队会计那里的借条上都有各自的签字画押。我家欠生产队里的钱，直到包产到户开始的那一年才彻底还清，无债一身轻，父亲母亲以此为荣。

长长的、细细的银针扎进我的脚上、腿上和腰上，除了有些酸痛，倒也没有屁股上打青霉素那般的闷痛，但我年纪尚小，不明白为什么自己经常要扎针吃苦头，每个去杨庙扎针的日子，必定要哭上一回鼻子，不过出了诊所门，眼角上还挂着泪花呢，又在母亲的背上嬉笑起来。回家的路跟去时一样漫长，母亲大汗淋淋、气喘吁吁地把我背去又背回，满心期待大神医妙手回春，能把我的腿病治好，如果那样的话，母亲肯定愿意跪下来向他磕几个响头。

有一段时间，生产队发动社员做瓦坯，经常派出船只到杨庙南面的三店塘附近去装泥，头天摇出去的空船，第二天下午正好满载返回。母亲打听好了运泥船经过的时间和地点，等我扎针完毕，急急忙忙带我去约定的地方候船。只要搭上便船，她就能省下不少的力气。而我这个三岁半的小娃娃，在船上玩玩泥巴，看看野景，早就把刚吃过的苦头忘记在了船尾远去的一浪浪水波里。

在杨庙针灸的时间里，母亲说她从来没有见过王中医的老婆。

听说那个女人同样精通医术，而且琴棋书画样样在行，她聪明、新潮，又擅长唱越剧、说书、弹琵琶，只因那段时间她不知什么原因在隔离审查，好长时间回不了家。难怪那时王中医诊所里的病人络绎不绝，也都毫不含糊如数交纳了诊疗费，但王中医却总是板着脸，很少见得到笑容，害得我一见到他就哇哇地哭。

时间过去了一年多，母亲背着我一趟趟跑杨庙，费时、费力又费钱，到头来却见不到什么效果，我的病腿原来哪样后来还是哪样。此时正好有从部队下来的军医在村里做免费治疗，母亲就带我去军医那里试试，要是有效果也好省下点钱，给家里减轻一点经济压力。不过，我在军医手里针灸的时间并不长，那些人大多是年轻的实习生，他们针法不熟练，下手没有轻重，把我送到他们手里看病，正好是给他们练手。更为恐怖的是，军医用的针又粗又长，从身体的这边扎进去，又从另一头穿出来，刺破了皮肉带出血，痛得我满脸泪花，拼命挣扎，哭声像杀猪一样响。

母亲当场落泪，从此再也不找人往我腿上扎针了。

三、初中开了第一刀

十四岁那年，我在嘉兴二院住院，接受了人生的第一次开刀手术。

那一年，正是对中国后来的发展具有极其重大意义的十一届三中全会召开不久，改革的春风蓄势待发，行将吹遍大江南北；那一年，我刚上了初中，每天背着书包来回于相隔两公里多远、中途要在红旗塘上摆渡的家校之间；那一年，我父亲虽然仍在乡下劳动改造，皮肤黝黑得像一个地道的农民那样日出而作、日落而息，但他已敏锐地嗅到了春天的气息，坚信自己重返讲台、再当教师的日子为时不远了。

那一天，父亲、母亲打听到嘉兴二院正在开展儿麻矫形手术，据说已经医好了一大批像我这样的病人，不仅有嘉兴的、嘉善的、还有盛泽、吴江等地的患者慕名而来。这个突如其来的好消息，一下子打破了我家平静的生活，全家人兴奋不已。吃过晚饭以后，父亲、母亲、大姐、我，还有小妹，一家五口人围坐在灶屋间里的吃饭桌子旁，在一盏十五瓦的白炽灯下，你一言，我一语，一起讨论给我治病的事情。

我家一直是生产队里的"透支户"，如何给我筹措手术费用是一个很大的问题，但那时父母压根不讨论钱的事，他们要我自己拿主意，去还是不去。那阵势，已经把我当成了该对自己的选择负责的"大人"。我这个没有见过世面的弱冠少年，第一次感受到了肩头的分量，不由得面颊潮红，心怦怦跳。但我的回答毫不犹豫："我要住院！我要开刀！"

官涝小学徐新荣老师先我一周住院做手术。在我到达医院的那一天，比我大十二岁、同样属马的他躺在病房上咬牙忍受着麻药过去后的剧烈疼痛。我无意间碰到了徐老师的病床，立刻引起他一阵难受，看他龇牙咧嘴痛苦的表情，完全没了讲台上的潇洒自如。那时的我突然有些慌张，不敢想象几天后的自己将会是怎样的一副情形。

我所住的病房在住院部的一楼，外面是一个大统间，总共十来张病床，男女混住，病人之间没有多少隐私可言。在大病房的角落里还有一个小房间，听说是因为病人多，临时把医生办公室改成了病房。那里住着两个时髦的城里女子，一个伤了左手，一个伤了右手，两人都是一只手吊在胸前，另一只手活动自如，遇到挤牙膏、拧毛巾、洗衣服这样的事情，她们各出一只手相互配合着完成任务。这比起腿上开刀、一时下不了床的病人来说可真方便了许多。

手术的前一天，一个卖橘子的小贩挑着担子来到病房里做生意，看别人都买来吃，母亲也让父亲买了两斤，好让我缓解一下忐忑的心情。一个外地的病人带了一袋大核桃，给每张床铺都送了一些。为了让我吃到核桃肉，母亲像在自己家里一样把核桃放在门缝里挤，结果被医生发现了，问她："老阿太，你在做啥？"

伸头一刀，缩头也是一刀，终于挨到了手术的那一天。平生第一次躺在手术台上，仰面朝天对着无影灯的光亮，我的身体不由自主地颤抖起来。主刀医师摸了摸我的脸，慈祥地说："不用怕，手术以后你的脚就好了。"医生的这句话，无疑是我来到人世间听到的最动听的语言，犹如黑暗中的一盏明灯，给我带来了无限希望。我心潮澎湃，浮想联翩，似乎还有热乎乎的泪水溢出眼眶。

麻醉师让我弯腰抱膝，像煮熟的大虾那样弓起后背，接受从腰脊中注入的麻醉药。一阵疼痛过后，扎针的部位开始发热，胸部以下很快失去了知觉。

下午三多点钟回到病房，母亲寸步不离地守在床边，一声声叫着"阿囡"。护士关照不可进食，不能喝水，也不能垫枕头，盐水没了就去叫她们来换。我有些头晕，合上眼睛睡了起来，一直睡到傍晚六七点钟的样子，麻药慢慢退去，一阵阵剧烈的疼痛向我袭来，我终于尝到了伤筋动骨的滋味！我这个十四岁的少年第一次经历了伤筋动骨的手术之痛。痛，真的很痛，但我没有哭，病房是个大统间，母亲就在边上，无论如何不可以发出哭声让别人笑话，让母亲难受。我咬紧牙关强忍着，坚持着，直到晚上十点多钟，终于盼来了医生开出的两颗止痛片。那年头没有止痛泵之类的镇痛器械，医生轻易也不给病人打止痛针，说是止痛针打多了对身体不好，何况那时的我，还是一名未成年的初中生，需要留着清醒的头脑和健康的身体，等着将来考中专、读大学呢。

第二天早上从迷迷糊糊中醒来，伤口仍在痛，不过相比头天晚上已经好了许多。接下来的几天基本上就是挂水消炎，测体温，量血压，上报大小便次数之类常规的事情。闲来无事，父亲给我买来了纸和笔，让我照着搪瓷脸盆上两条嬉水的金鱼练习画画，画了好几张，旁人都说不错。终于可以下床活动了，父亲听说勤俭路上的剧院里正在演出越剧《碧玉簪》，问我想不想看。我说想看，他就来了劲，硬是把我背去看演出。我这个乡下孩子，第一次坐在座位分楼上、楼下两层的城市剧院里看戏，演员在舞台上一板一眼地唱戏，字幕投射在两旁的墙面上，一时觉得十分新鲜。

一周以后出院，脚上打了石膏，不能着地行走，只好办了休学手续在家里自学。父亲请木匠师傅给我打了一副木拐，学习累了可以拄拐出去走走，晒晒太阳。我给自己做了一张课程表贴在墙上，轮流自学各门功课，还提前预习了初二、初三的部分内容。其间有小伙伴过来看我，见到我的课程表，打过招呼以后都识趣地走了。有了那段时间的静心学习，返校后我的学习成绩有了起色，从此考试再也没有不及格过。

到了拆石膏的时间，父亲舍不得来来去去坐轮船的船票钱，就向生产队借了一条水泥船，自己摇船前往嘉兴。水乡的河道条条相通，父亲以往随生产队的农船到嘉兴市郊拾过牛粪，熟悉水路的他，觉得摇船来回问题不大。

那日清晨，天刚蒙蒙亮，一条五吨头的水泥船解开缆绳离岸出发了，木橹摇出水花，惊动了河里的鱼儿，扑通一声跳出水面，循声望去却找不到影子。船上四人分别是父亲、母亲、我，还有帮忙摇船的我三姑妈家的小儿子文刚。

时值深秋，浓重的雾气笼罩在水乡的上空，一路上农田、农舍、桥梁、窑墩影影绰绰。一开始没有遇到什么麻烦，可是过了沈家荡、红旗塘，进入沉石荡之后，能见度变得越来越低，我们的船在一个叫不出名字的大荡里迷失了方向。此时抬头见雾，低头见水，大声喊叫没人答应，只有远处水鸟的咕咕声，似在跟我们这些不速之客对话。船在荡里摇来摇去，就是找不到荡口在哪，没有办法，只好继续往前摇。摇啊摇，摇啊摇，费了好大的劲，终于靠了岸。父亲上岸找人一问，才知道已经错过了最近的口子，好在此处向前也能经过栖真和马厍，一样可以到达嘉兴。

大雾散去的时候，母亲做好了早饭，挨个替下文刚表弟和父亲到船舱中吃饭。我坐在船舱里，身上盖着一条毯子，看着他们三个人吃力地摇船，心中不免内疚。不久天色敞亮，淡淡的阳光从云层中渗出，给摇船的人注入了力气，行船的速度快了起来。不过终究绕了远路，到达医院时已错过了上午的就诊时间，只好随便找个地方休息，等到下午才拆去了裹在我脚上的沉重石膏。那一天真是起了大早，赶了晚集。

回家途中，一个大浪打湿了父亲放在船板上的火柴盒，他抽不成烟，一路上面孔铁青非常难看。那时的父亲烟瘾很大，不过为了家里早日造起楼房，几年以后他还是成功地戒了烟。

四、失去了读中专的机会

嘉兴二院做的那次手术，叫作跟腱延长术，通过延长跟腱，放平脚板，使得僵硬的右脚踝关节有了一定的活动范围，原先只能脚尖着地的走路姿势得到了改观，走起路来较以往轻松了不少。虽然不是期待中的彻底治愈，多少让父亲、母亲的心里感到些许欣慰。

休学在家的那段日子，我对初中的课程进行了全面系统的学习，复学后学习成绩上升，大多数考试的成绩都能排在年级的前茅。回顾初中三年，因体育成绩不好，我自始至终没有被评过"三好学生"，也没有当过班干部，但我是班里的学习尖子，年级第一个共青团员。

1982年夏天，一艘满载考生的大轮船从天凝出发，经过两个多小时的航行到达县城轮船码头，一众考生在老师的带领下前往嘉善二中参加初中中专升学考试。对于那时的农村学生而言，考上中专就等于跳出了"农门"，从此成为端"铁饭碗"的城里人，那是何等的吃香。在那贫困的岁月里，不知有多少农村学生为了考上中专，辗转于不同学校开设的初复班中寒窗苦读，春去秋来，一年一载，最终上线者数量寥寥。

　　考试总共三天，我们这些乡下考生去时都带了草席、蚊帐和换洗的衣服。学校已经放了暑假，大门敞开的学生宿舍里空荡荡的，任由考生进去自己挑选床铺。此番前往县城参加考试，我脚上穿了一双不合脚的塑料凉鞋，在从城东轮船码头走到城西学校的路上，脚底磨出了好几个水泡，那时没有别的鞋子替换，只好咬牙坚持完成考试。

　　那年的作文题目是《喜讯》，我以父亲平反、重返教师岗位的喜讯为切入点，阐述了遇到挫折不放弃的人生态度。考试结束后，语文任课老师与我有过一段交谈，年轻的蒋兴华老师刚参加工作不久，我们班是他教的第一个毕业班。问过了我的答题情况，他的脸上露出喜色。

　　成绩揭晓的时候正值台风来临，炎炎夏日不见了，倾盆大雨连着下了好几天。得知上线消息的那天，我正在家里忙着给家人做饭，那时已经实行了家庭联产承包责任制，父亲、母亲和大姐冒雨在分到的承包田里"双抢"。村里接到学校打来的电话，派人到我家报信，我一路小"跳"去了学校。在学校遇到不少同学，他们的脸上透着无比的失落。学校大门外贴着一张大红榜，全校两个班的考生只有两人上线，我是其中一个。

　　我的总分超过录取分数线二十四分，全校第一。

　　消息不胫而走，很快传遍了全村，走在回家的路上，不时有熟识的人向我表示祝贺。

接下来就是体检。在县医院的一间体检室里，分组进入的考生脱光衣服，裸露身体，全身上下脱得仅剩一条短裤。医生发号施令，让排成两行的考生一起做伸手、踢腿、下蹲、起立、转身、跳跃等动作，几个简单的动作下来，任何人身体上的残疾无所遁形。一个火眼金睛的医生发现了第二排最右边的我不同常人，点名叫我出列做进一步的检查。我成了众人瞩目的焦点，像是做了坏事一样被无数双眼睛盯得无地自容。医生摇着头，提笔在我那张体检表的"肢体"一栏里写了一长串字，而人家的表格上那个地方只有两个字：正常。

"中专不招残疾生吗？"我茫然了，说实话这个问题还真是第一次遇到。初一时我学习成绩不好，也就没有想得太多，而从初二开始我的学习有了起色，此后只知道埋头读书，从来没有思考过这个问题，别人可能出于好心，也没有跟我说过这回事。

我手足无措地站在那里，心情糟到了极点。对一个从小身体残疾又希望通过读书改变命运的农村少年而言，那种失望、迷茫、困惑、伤心、苦闷、痛苦和无助是多么刻骨铭心。

那一年，我十六岁。

回家等待的日子无比煎熬。这期间，一起上线的女同学已被一所护士学校录取，而属于我的那份录取通知书却是杳无音信。我把自己关在房间里，三天没有进食。

为了给我争取读中专的机会，已经平反、重新当上教师的父亲带我去了县招生办。父亲在教育系统工作多年，多少有些熟人，见到了招生办负责人，那人就对我父亲说："老戴，你现在来找我已经太晚了，你儿子体检通不过，档案根本就没有投出去。现在唯一的希望是把你儿子所有的志愿选择全部改为服从，如果有招不满学生的学校来补招，我们试着推荐一下。"

负责人拆开写着我名字的档案袋，从中抽出了报名表，换了一张空白表格让我重新填写。刚填了个开头，突然听他"咦"了一声，接着问我父亲："老戴，你在中学里有冤家吗？"

"怎么啦？"父亲颇为诧异。

"你看哪，你儿子的评语上写着'该生脑子愚笨，反应木讷'。"

"怎么可能呢？"父亲急了，"我儿子是学习尖子，全校第一，小时候下象棋就下得过成年人！"

"老戴，你儿子聪明，我第一眼看到就知道了。这是有人诚心在跟你过不去呢。"负责人耸耸肩，无奈地说。

父亲气愤地骂起了人。

负责人接着说："老戴啊，今天这件事，只有你们父子和我知道，回去以后千万不能对外说，否则我就难做人了。"

见我父亲无语，他又安慰道："你儿子的事情我放在心上，能推荐一定推荐，只要有书读，什么学校、什么专业就别管了。"

台风走了，热浪又来。那年的夏天雷雨交加，风起云涌，等待的日子实在是太折磨人了。

转眼到了九月中旬，中专、高中已全都开学，迟迟等不来中专入学通知书的我，只得选择读高中。那时的高中和中专是分开考的，父亲见到了我的高中升学考试成绩单，一直板着的脸上总算有了点喜色。残疾的儿子没有给他丢脸，我的成绩完全够得上全县重点中学的入学分数线。

五、高中四上手术台

1982年的秋天，我成了一名高中生。

高一第二学期开学不久，我又向学校提出了休学申请，这一次将去省建工医院继续做儿麻矫形手术，所做的手术将是一系列的，时间多长一时也说不清楚。那时一个同学来向我借饭票，我掏空了口袋，把所有的饭菜票都给了他。

父亲领我出了校门，天空阴阴的，恰如我落寞的心情有着诸多的无奈。不知道自己何时才能再回到这个熟悉的地方，也不知道手术的效果将会是怎么样，更不知道将来的大学招不招残疾人。

省建工医院的儿麻矫形手术在那时非常出名，一般病人去预约手术，往往需要等上半年左右的时间才能入院，而我因为大舅是杭州大学的教授，他托了朋友帮忙，让我省去了漫长的等待时间。

骨科病区占据了大半个楼层，病区里都是和我一样的儿麻患者。到了那里，我反倒觉得自己应该庆幸，因为与那些撑拐杖、坐轮椅、双腿残疾或者行走要用手帮忙的病人相比，我的残疾程度算是较轻的。或许小时候，母亲一趟趟背我去杨庙针灸，那么多的三块钱花下去，对我的腿神经多少有些帮助吧。

儿麻后遗症形成的残疾可谓五花八门，如髋关节挛缩屈曲或松弛、膝关节屈曲畸形、小腿弯曲、肌肉萎缩、双侧肢体不等长等，此外还有马蹄内翻、脚跟或脚尖不落地等脚部畸形，以及脊柱弯曲、骨盆倾斜等其他身体部位的畸形。

面对我们这些求医者，骨科医生戏称自己是"木匠"，对于两腿长短相差大的病人，要从健康的腿上锯下骨头接到病腿上，这种手术俗称"取长补短"。这样的病人两条腿都得动手术，术后只能躺在床上，恢复期较长。而对于双腿长短相差五厘米以内的病人，往往采取胫骨延长手术，就是把短的那条腿的胫骨斜着锯开，两头打上钢钉放在架子上逐日拉长，达到预定长度后用螺丝固定，等骨头长上以后拆除螺丝，两条腿就一样长了。这种手术被病人称作"老虎凳"。

针对我的情况，医生决定做胫骨延长手术。

手术后头两天疼痛在所难免，这个我有经验，多少有了心理准备，可对于胫骨延长而言，后面开始的牵引才是最难熬的。朝天躺在病床上，脚架得老高，通过固定在小腿上的不锈钢架子，每天拉长一至二毫米。这么点长度，标尺上看一点点，摇摇手柄也很容易，可是长上的骨头活生生被拉开，皮肤、肌肉、血管、神经跟着拉长，那种酸痛很难用文字来准确描述，每天我都要痛出一身汗，穿在病号服里面的贴身内衣天天都得换。有的病人实在受不了，会在医生护士离开后偷偷放松一点，我明白那是在浪费父母的钱，试过一次后再也没有那么干过。

像我这种做了胫骨延长术的病人，因为受到架子的束缚，只能整天躺在病床上，既下不了地，也翻不了身，时间长了好多人屁股红肿、麻木，严重的甚至生了褥疮。那时市面上买不到气垫之类的护理用品，只好托人到大街上去找修车摊上换下来的小车轮内胎，充气后垫在屁股底下，好让受压的部位得到一定的缓解。一旦有病人即将出院，他屁股下的气垫早早就被人预订了。

在医院住了一个半月，右腿拉长了五厘米，我再次进入手术室。医生在我的腿骨上钻眼，拧螺丝，将分开的骨头固定住，拆掉架子，拔去先前打进去的四根大钢钉，然后打上了石膏，让我回家休养。半年后骨头基本愈合，又接到医院通知，回去做脚板放平、跟腱延长等后续手术。拧在胫骨上的那几颗不锈钢螺丝钉一直留在腿上，直到1999年才取出。

离开学校，离开同学，一个人在陌生的地方治病的那段时间里，我在病床上承受着手术和牵引带来的疼痛和煎熬，肉体是痛苦的，内心是无助的，精神上更是苦闷的。那时，我给语文老师刘坷韵写了好多封信，向她诉说心中的痛苦和迷茫。刘老师每信必回，字里行间充满了关切和鼓励，她要我向"八十年代新雷锋""当代保尔"张海迪学习，扼住命运的咽喉，做生活的强者。一名衢州的病友，针对当时《中国青年》杂志上的"潘晓讨论"，邀请我一起参加人生意义、人生价值的全国性大讨论，以此燃起我对未来的憧憬和向往。

在杭州再次住院动手术的时候，母亲要从乡下赶到省城去换我父亲回家，然后由她留在医院里继续照顾我一段时间。母亲大字不识几个，更是没有单独出过远门，让她一个人坐轮船、乘火车到达省城，再换公交车到达医院，多少叫人有点不放心，尤其是出了杭州城站后，如何找到正确的公交车更是个难题。然而母亲自有她的办法，那天出了站，她丝毫不去理会小商小贩们的骚扰，直接找到"红臂章"工作人员，向他们问明白该在哪里上哪趟车。上车买票后，母亲又向售票员说明了目的地，让人家到站时喊她一声。就这样，母亲有惊无险地在莫干山路上的沈塘桥站下了车，抬头一看，医院楼顶上的红十字标志赫然就在眼前。

由于那次休学时间较长，我担心跟不上原来班级的学习进度，返校时主动选择留了一级。正是因为这次留级，让我因祸得福，遇到了那时的同学、现在的妻子阿春。这是人生中意想不到的缘分，或许老天冥冥之中为我俩做着安排。刚到新的班级，我腿上还打着石膏，挂拐杖走路很不习惯，认识不久的一位石姓同学多次帮我去食堂里买菜、取饭盒，从而让我省去了许多麻烦。

拆掉石膏不久，我那条伤痕累累的右腿竟然出了意外，不得已再去杭州治疗。那是一次课间休息，我因听从医嘱，需让那条残疾的腿多活动活动，下课时站在两列课桌中间的过道上来回甩腿，以此活血和舒展筋骨。这时一位同学在我前方不远的地方拿了把椅子转圈玩，无意间木头椅脚与我的肉脚撞到了一起，一阵钻心的疼痛向我袭来，出事了。

第二天下午，父亲风尘仆仆赶到学校，立即带我乘火车前往杭州。拍片的结果不出所料，骨头的中段受到外力冲击已经裂开，需要加螺丝固定。就这样，毫无准备的我又一次上了手术台。

重新打上了石膏之后，父亲与我连夜返回嘉善，我惦记着已经临近的期中考试，而父亲则想着他的学生，得赶紧回去给他们补课。那天的列车上没有空座，父亲想办法给我找到地方，让我坐了下来，而他则站在过道里，扶着座位的靠背站了一路。父亲出来匆忙，只跟同事打了个招呼，连当面去向校长请假的时间都没有。他没有给自己的学生安排好那两天的课程，后来被人告到校长那里，给父亲高级职称的评定惹上了不小的麻烦。

从小学到高中，我的寒窗总共读了十二年半，后面几年的高中尤其关键。期中考、期末考、模拟考、会考、高考……各类考试纷至沓来，让人应接不暇。也许算上休学的时间我比别人多读了一年高中，故几次大的考试，成绩都排在年级四个班的前列，还获得了全市数学竞赛的二等奖。我当上了班干部，加入了校学生会，获得了奖学金，还被评为"优秀学生干部"。我如饥似渴地学习，希望有朝一日像父亲那样，通过读书改变自己的命运。

1986年夏天，我以学校推荐生的资格顺利考上浙江大学，成为一名大学生，实现了久藏于心的大学梦。

六、关于儿麻后综合征

在我跨入大学校门的那一年，在老和山下风景如画的浙江大学校园里，像我这样的残疾人大学生已经有好几个。1985年，山东滨州医学院创办了专门招收肢残大学生的临床医学系，开创了中国残疾人高等教育的先河。第二年夏天，我就收到了浙江大学的入学通知书，成了一名时代的幸运儿。那一次成绩上线以后，从体检到录取，一路绿灯，什么麻烦都没遇到。

大学有体育课，残疾生也不例外，浙江大学所有的残疾大学生集中在一起上"保健体育课"，这是我学生时代里遇到的最开心的体育课。从小学到高中，体育课一直是我的梦魇，人家能跑、能跳、能翻跟斗，而我却只能看看热闹。有一次，好不容易鼓足勇气向体育老师提出想借一个篮球玩玩，可是那个老师残忍地拒绝了我的请求。上大学之前，我的体育成绩从来都是不及格，而在大学独特的体育课上，老师为我量身定制了"保健羽毛球""保健太极拳"两个项目，也就是从那时起，我接触到了羽毛球这项运动，学会了羽毛球的基本动作，从而顺利地拿到了学分。不过保健班的满分体育成绩只能按六十分计入成绩单，这在评定奖学金的时候吃亏不少，但我依然还能拿到奖学金。

大学毕业那年，我通过厂校联合培养的方式进入嘉兴一家内迁的军工厂工作，虽然工资不高，单位里跳槽的人也很多，但我还是坚定地留了下来，不久以后爱人也调到了嘉兴。"挣钱了""能够养活自己了"，带着那样单纯的想法工作着。领导见我工作踏实，吃得起苦，不仅给我提前晋升了工程师职称，还高聘我为高级工程师，后来还任命我担任科研设计所所长。

此后因机缘巧合，我破格加入了嘉兴市中老年羽毛球队，那是一支天不亮就开始打球的老年早球队，刮风下雨甚至下雪天都不停歇。球队是个快乐的大家庭，队长姓包，大家都叫他包师傅，正是他，启发我练成了适合自己的"单脚跳"步法。有了常年打球的基础，我在市、区残疾人运动会上屡屡夺冠，有几次还登上省残运会的领奖台，脖子上挂上了沉甸甸的奖牌。

我从小爱劳动，小时候参加过"双抢"，挣到过工分。结婚后作为男人，家里买米、换煤气、接送女儿之类的重活、累活自然都是我的事，我的工作、学习、生活丝毫没有受到身体残疾的影响。那年家里贷款购买商品房，为了省一点钱，我不听妻子的劝阻坚持要买六楼。那时的房子还没有电梯，一楼是自行车库，确实也是够高的，难怪父亲常跟别人讲："我儿子家住在七楼。"六楼也罢，七楼也罢，那时候年轻，多走几级楼梯也不觉得特别累。

与军工厂签订的劳动合同到期以后，我没有再与工厂续约，而是回到自己的家乡，进了私营企业。有人不解，说我"电杆木当筷子""大炮轰蚊子"，而只有我知道，这样的话我可以天天见到自己的父亲母亲，恰好遵循了"父母在，不远游"的古训。

如今，我家住在风景秀丽的南湖旁，这么好的环境自然不能白白浪费，每每吃过晚饭，与妻子一起走南湖，五公里一圈的路程，一个小时之内基本上可以走下来。虽然走路姿势不太雅观，但看看湖光夜色，呼吸呼吸新鲜空气，我这个肢体残疾人，同样享受到了运动带来的快乐。

好汉不提当年勇，年近六旬的我，明显感觉到自己的残疾正在加重，开过六次刀的病腿现在已萎缩成了"皮包骨"，力量大不如前。俗话说"自病自得知"，我右边的小腿是在做胫骨延长手术时拉细的，而大腿的变化却是原来没有料到的。原本多少有点肌肉的大腿，现在甚至比我常年打羽毛球挥拍搏击的右臂还要细，跟没病的左大腿更是不好比了。好在多年的残疾让我养成了乐观的性格，我常自嘲一粗一细的两条腿分别是"牛大腿"和"羊脚梗"，爬楼梯的时候，"牛大腿"能者多劳一次跨两级，"羊脚梗"量力而行跟着跨一级，充分做到了物尽其用。

前些时候上网查资料，不由得大吃一惊，我的这种现象竟是儿麻后综合征在作怪。近年来国外有研究发现，儿麻患者在症状稳定二三十年后又会出现一系列新的症状，即在小儿麻痹后遗症的基础上继发一系列的病理改变，医学界将此症状称为后小儿麻痹症候群。有资料显示，早在20世纪70年代末期，美国二十五万名小儿麻痹后遗症患者中就有许多人出现乏力、肌力减退和关节疼痛等新症状，有些病人还有呼吸困难、生理承受能力下降、畏寒和其他精神症状。

网上的资料当然也就看看而已，到了我现在这把年纪，早就把身体的残疾看开了，也看淡了。此时的我，绝对不会再有"这辈子如果不得这种病该有多好啊"此类毫无意义的假设，病就病了，残就残了，而从某种意义上来说，还真得感谢自己的残疾。

工作之余，我参加了嘉兴市残疾人坐式排球队，与一帮腿有毛病的残友坐在地上一起打排球，也参加了残联的不少活动，从而被组织选中担任了残疾人专门协会的主席，由此与众多残疾人交上了朋友，成了一些人嘴里的"老大"。我当选了嘉兴市"自强模范"，获得了"残疾人协会工作特殊贡献奖"，还当上了省政协委员，忙忙碌碌地参加省、市、县三级"两会"和残疾人代表大会，利用各种机会发出残疾人的心声，做残疾人的代言人。说句心里话，这么宝贵的人生经历，如果我是健全人，还真不一定能够做得到。

《孟子》说："故天将降大任于是人也，必先苦其心志，劳其筋骨，饿其体肤，空乏其身，行拂乱其所为，所以动心忍性，曾益其所不能。"我当然不是"天降大任"的"是人"，充其量也就是个多读了几年书的书生，此生没能做出惊天动地的成就，唯有成家立业，自食其力，才是我儿时的初心，也是对生我、养我的父母亲最好的报答。

残疾是我此生比别人多得的一份经历。人生路上多一点曲折，多一份磨难，这辈子不就比别人过得更加丰富、更有意思了吗？这样想想，也就坦然了许多。

2018年12月12日

后记

2022年的春节，盼望着的大雪没有下，灰蒙蒙的天空中除了雨丝，见不到一片雪花。这样的长假，待在家里不出门无疑是最好的，正好坐在电脑桌前，整理一下即将交稿的这部散文集，并给散文集写一篇后记。

我是理工男，写作不是我的强项。会写的人，遇见一滴水、一片叶、一棵草，或者是一粒尘埃，都能浮想联翩，洋洋洒洒写出大篇富有感染力的文字来，而我学不来，多半只是平铺直叙地写，写着我记忆中时常涌现的陈年往事。

《太阳照在马塔塘上》写的是我的童年、我的家乡、我的父亲母亲和我小时候得下的那场病，同时也是书中一篇文章的名称。马塔塘是浙北杭嘉湖平原上一条普通的河流，我的家就在那条河的边上，出门见河，河边有河桥（河埠）。父亲告诉我，我家的先辈从马塔塘上游一个叫作南熟的村子里的一棵大树下迁出，沿河一路向东，过了庄家塘桥就在不远处的南河滩定居下来。这么说来，我家是村子里的外来户，但那已是一两百年前的事了，如今我们的家族在马塔塘边上开枝散叶，深深地扎下了根。20世纪60年代出生的我，喝着马塔塘的河水长大，马塔塘便是我的母亲河。因此我的第一部作品集，离不开"马塔塘"这三个让我动情的字。

　　我三岁患上小儿麻痹症，六岁时父亲失去了公职回家当农民。我的童年有痛苦也有欢乐，有迷茫也有向往。父母把我带到这个世上，给我治病，供我读书，把我养大，我的快乐就是他们的快乐，我的痛苦也是他们的痛苦。作为儿子，不能不对自己的父母充满感激，有所回报，因而在外工作十多年后，我又回到了家乡，在父母的眼皮底下工作。每天能够见到父亲、母亲，当面喊一声"爸爸、妈妈"，这是一件多么幸福的事。我感谢家乡的这片土地，感谢父亲母亲的不离不弃，甚至还要感谢残疾给了我一份旁人没有的人生经历。此时此刻的我，仿佛来到了春天的田野，春风拂面，阳光灿烂，所以我的这部作品集取名为《太阳照在马塔塘上》。

　　这部散文集选取了我历年以来所写的六十余篇散文，有些已经散见于家乡的报纸和杂志，内容大多是我幼年、童年、少年时的亲身经历和从长辈那里听来的故事，还有一些家乡的人文，以及我父亲生前的挚友、当过官溇小学负责人的徐志明老师时常讲给我听的家乡往事。当然了，随着年代的久远，有些人，有些事，不免模糊了，不对的地方在所难免，可那不是我的初衷。不当之处，敬请读者批评指正。

　　我清楚地知道自己的写作水平有限，此书的出版，一个重要的原因是缘于文友们对我的不断鼓励，尤其是称得上忘年之交的王家俊老师和董绍桐老师，是他们给了我这个小老弟信心和勇气。王家俊老师是天凝乡贤，八十高龄的他，戴起老花镜，拿着铅笔，逐篇修改了我打印出来的纸质文稿；在秀洲区政协文史委工作的叶加老师也给我提出了非常中肯的建议，言之在理，令我受益匪浅。

　　更要感谢为我这部拙作写序的王立老师。说实话，我与王立老师并不熟悉，此前只是近距离接触过两三次，在我惴惴不安向他提出要求的时候，王立老师爽快地答应了我，他说他与我有着诸多相似的经历：父亲教书，母亲务农，二人"同是天涯沦落人"……收到王立老师发来的序，我的眼眶似乎湿润了，冲他对雨天走乡道、高筒套鞋陷入烂泥中必须用巧劲才能拔出来的那份熟悉，便知他跟我一样是在农村长大、吃过苦的孩子，只有那样艰难地走过，才能写得那么真切。王立老师勉励我："进一步加强经典阅读与写作训练，在谋篇布局、行文遣词上充分增强文本的文学性、感染力。"此话一语中的，正是我现在所欠缺的，也是将来必定追求的目标。

限于篇幅，就此搁笔，感谢一路相携相伴的老师和文友，是你们点燃了我的文学梦，有你们真好。

2022年2月于浙江嘉兴